TatortOst

Titus Simon, Jahrgang 1954, Dr. rer. soc., Sozialarbeiter und Diplompädagoge. Nach einer Professur in Wiesbaden ist er seit 1996 Professor für Jugendarbeit und Jugendhilfeplanung an der Hochschule Magdeburg-Stendal. Neben zahlreichen wissenschaftlichen Publikationen veröffentlichte er mehrere Krimibücher: »Mord im Abseits« (1998), »Der Stadionmörder« (2000), »Der Tote von Can Victor« (2008). Zuletzt erschien der Magdeburg-Krimi »Drei Tote für Benni«, Mitteldeutscher Verlag 2010.

Absturz der Hütchenspieler
Gotthilf Bröckles fünfter Fall

von
Titus Simon

mitteldeutscher verlag

2011
© mdv Mitteldeutscher Verlag GmbH, Halle (Saale)
www.mitteldeutscherverlag.de
www.tatortost.de
Originalausgabe

Alle Rechte vorbehalten

Gesamtherstellung: Mitteldeutscher Verlag, Halle (Saale)

Umschlagfoto: Fotolia.com – Simon Coste, Iaroslav Danylchenko

ISBN 978-3-89812-765-3

Printed in the EU

» Würde Neid brennen wie Feuer, wäre das Holz nur halb so teuer. «
(Bis in die 1970er Jahre existente Inschrift auf der hölzernen Außenwand eines Sägewerks in meiner Heimatstadt Murrhardt)

»Das erzählen Sie uns nun schon seit acht Jahren. Dass die Stromerträge im Vorjahr einmal mehr nicht den Erwartungen entsprochen hätten, das Windaufkommen zu schwach sei und die Räder über längere Zeit stillstanden. Mal ist es ein Zahnbruch am Getriebe, mal eine länger dauernde Reparatur an den Rotoren. Dann ist es eine defekte Kupplung oder ein Fehler beim Druck der Hydraulik.« Professor Dr. Dankwart Gönning-Pfister war aufgesprungen. Die angeschwollenen, bläulich unterlaufenen Adern seiner Schläfen erweckten auf seinem zornesroten Gesicht einen ungesunden Eindruck.

»Es gab bislang noch keinen einzigen Bericht, in dem nicht von irgendeinem Schaden die Rede war, der zu erheblichen Ausfallzeiten der Windkraftanlagen geführt hat.«

Ein älterer Mann mit langen, immer noch dichten weißen Locken trug seine Kritik im Unterschied zu ihm ausnehmend ruhig vor, fand zumindest Gönning-Pfister, der nach vielen Jahren wieder einmal an der Gesellschafterversammlung dieses krisengeschüttelten Windkraftfonds teilnahm.

»Und die Leidtragenden sind wir. Denn wir müssen den Teil der Schadensregulierung finanzieren, den die Versicherung nicht übernimmt. Und der steigt jedes Jahr aufs Neue. Auf was hat man sich in seinem Idealismus bloß eingelassen?«

Ein schwitzender dicker Mann, den Dankwart Gönning-Pfister noch nie auf den Gesellschafterversammlungen der HDL Windpark Fonds 2000 GmbH gesehen hatte, war nach der Wortmeldung des ruhigen Alten gestikulierend aufgesprungen und geiferte gegen Harald Gleiter, dem seine gleichberechtigte Mitgeschäftsführerin der Fondsverwaltungs-Firma Magdeburger Neue Energien, Karin Krüger-Notz, wieder einmal geschickt den Vortritt beim Tagesordnungspunkt »Bericht der Geschäftsführung über das zurückliegende Wirtschaftsjahr« überlassen hatte. Der dicke Mann, dessen süddeutschen Akzent Gönning-Pfister aufgrund seines erregten Einwurfs nicht auf Anhieb genauer landschaftlich zuordnen konnte, hob den linken Arm in einer Art Drohgebärde, die deshalb belustigend wirkte, weil der Dicke nicht nur einen tellergroßen Schweißfleck unter der Achsel hatte, sondern noch ein angebissenes Brötchen in der Hand hielt, mit dem er wild herumfuchtelte. Ansonsten hatte Dankwart Gönning-Pfister keinen Grund zum Lachen. Rund die Hälfte von dem, was er in den letzten fünfzehn Jahren seiner Tätigkeit als Professor für Medienentwicklung an der Börde-Hochschule Magdeburg zur Seite bringen konnte, war in den Anlagen investiert, die von der Fondsgesellschaft in Sachsen-Anhalt errichtet wurden. Natürlich war er niemals davon ausgegangen, dass nach zwanzig Jahren die versprochenen 280 Prozent Gewinn einmal Realität würden, nicht einmal unter Einbeziehung der Steuerersparnisse. Aber eine effektive Verzinsung von sieben Prozent pro Jahr hatte er schon erwartet. Das Geld sollte ihm den Übergang in den Vorruhestand ermöglichen, in dem er dann all die Filmprojekte noch realisieren wollte, zu denen er in den Niederungen der Aufgaben eines Hochschullehrers in den letzten Jahren nicht gekommen war. Und außerdem stand an, dass er sich an der Finanzierung des Studios beteiligte, das Nele Westkamp demnächst aufbauen wollte. Mit dieser verband ihn seit einigen Jahren eine innige erotische Beziehung, die sich im letzten Jahr zu einer festen Partnerschaft ausgewachsen hatte. Das war für den bald Sechzigjährigen in mehrerlei Hinsicht nicht einfach. Zwar belebte die junge Frau sein Liebesleben deutlich, doch er musste sich zunehmend die Frage stellen, ob dieser seine langsam nachlassende Manneskraft noch genügte. Zudem war sein Leben teuer geworden. Seine Ex-Frau presste ihn, gut beraten von einer Männer hassenden Anwältin, aus wie eine Zitrone. Und auch Nele stellte ihre Forderungen. Mal war es ein Beitrag zur Einrichtung ihrer neuen Wohnung, mal rang sie ihm vor dem Liebesakt die Zusage ab, sich auch finanziell an ihrem beruflichen Fortkommen zu beteiligen. Und jetzt dieses Desaster. Gönning-Pfister folgte dem Lauf der Versammlung erst wieder aufmerksam, als Harald Schuster das Wort ergriff, denn er wusste, dass das laienhafte Lamentieren enttäuschter Anteilseigner keine Lösung in sich barg, bestenfalls der Entlastung diente und hin und wieder einen, wenn auch geringen, Unterhaltungswert hatte.

Harald Schuster führte zusammen mit dem stets im Hintergrund wirkenden Dr. Alexander Maul die Geschäfte der Öko Consult GmbH. Diese hielt in nennenswertem Umfang Anteile am HDL Windpark Fonds und hatte nach acht desaströsen Geschäftsjahren die Wut zahlreicher Kleinanleger so weit gebündelt, dass der Versuch gewagt werden konnte, die Magdeburger Neuen Energien als Managementgesellschaft abzulösen. Dazu bedurfte es nach den Regeln des Gesellschaftervertrags einer 75-prozentigen Mehrheit.

Nachdem der von Harald Gleiter verlesene Antrag auf Entlastung der Geschäftsführung mit fast achtzig Prozent der Stimmen abgelehnt worden war, kamen Tumulte auf. Gleiter beschimpfte Schuster und Maul, denen er unlautere Motive unterstellte.

»Sie wollen ja die Verwaltung dieses Fonds nur deshalb an sich reißen, um die Honorare zu kassieren. Wir haben das erfolgreiche Finanzierungsmodell aufgebaut und Sie wollen sich nach Bewältigung der Anlaufschwierigkeiten ins gemachte Nest setzen. Sie verdummen die Gesellschafter und nähren falsche Hoffnungen.«

Dr. Maul drängte nach vorne und versuchte, die Powerpoint-Präsentation des amtierenden Fondsmanagements zu beenden, um selbst die Modellrechnungen der Öko Consult GmbH für die nächsten fünf Jahre präsentieren zu können.

»Finger weg von der Anlage!«, zischte Karin Krüger-Notz und hielt die Hände schützend über den geöffneten Laptop.

»Meine Damen und Herren«, brüllte Gleiter in das aufgeregte Getöse hinein, »lassen Sie uns weiter sachlich zusammenarbeiten!«

Schuster hob beide Hände, worauf der Lärm verstummte. Nur noch ein leises Gemurmel war zu hören. »Ich bin wie Herr Gleiter der Meinung, dass wir sachlich fortfahren sollten. Deshalb bitte ich um Eröffnung des nächsten Tagesordnungspunktes. Wie Sie den Unterlagen entnehmen können, haben zahlreiche Kommanditisten, die zusammen mehr als fünfzig Prozent der Anteile besitzen, beantragt, die Magdeburger Neue Energien als Geschäftsführer der HDL Windpark Fonds 2000 GmbH abzulösen. Ferner können Sie den Unterlagen zu diesem Tagesordnungspunkt entnehmen, dass sich die Öko Consult GmbH, vertreten durch Herrn Dr. Alexander Maul und mich, einer Wahl um die künftige Geschäftsführung stellen wird.« Harald Schuster blickte in die Runde, um die Wirkung seiner Worte zu prüfen, ehe er fortfuhr: »Natürlich steht es der Gesellschafterversammlung frei, noch weitere geeignete Bewerber vorzuschlagen.«

»Richtig!«, rief der schwitzende Dicke. »Lieber ein Ende mit Schrecken als ein Schrecken ohne Ende.« Von allen Tischen war zustimmendes Gemurmel zu vernehmen. Dankwart Gönning-Pfister war sich nun sicher, dass der Mann aus dem Fränkischen stammte.

Er selbst war unentschlossen. Als Anteilseigner des Windenergiefonds Rakow-Gardelegen hatte er bereits vor einigen Jahren ein ähnliches Desaster durchlebt und dabei die Erfahrung gemacht, dass ein Wechsel in der Geschäftsführung die Ertragslage nicht entscheidend verbesserte. Aber clevere Anteilseigner, die mit ihren Firmen meist im selben Geschäftsbereich tätig waren, kompensierten ihre Verluste durch die Vergütung, die sie für die neu übernommenen

Geschäftsführungsaufgaben erhielten. Die Dummen waren die kleinen und mittleren Anleger, die ihre Investitionen im Glauben an den Umweltschutz, die Zukunft der Windenergie und eine Form der Geschäftsführung, die in stärkerem Maße ethischen Gesichtspunkten verpflichtet war, getätigt hatten.

Zu seiner Überraschung sprang Sabine Döbler-Stoll, die bisher der Versammlung schweigend gefolgt war, dem bisherigen Fondsmanagement bei. Die Direktorin der kleinen Fair Trade Bank hielt selbst einige Anteile an dem Unterfangen und fühlte sich in der Verantwortung, da ihr Institut eine wichtige Rolle bei der Vermarktung des HDL Windpark Fonds gespielt hatte. Noch mehr überraschte ihn, dass sie mit ihren Ausführungen seine eigenen Bedenken bestätigte.

»Ich vertrete die Auffassung«, führte sie aus, »dass der geltende Gesellschaftervertrag und die einschlägige Rechtsprechung es verbieten, die Geschäftsführung auf diese Weise abzulösen. Ferner sollte berücksichtigt werden, dass die Magdeburger Neue Energien gegen die Firma, die die Windkraftanlagen erbaut hat, Prozesse um Fragen der Gewährleistungspflichten führt, die völlig in unserem Sinne sind.«

»Das kostet doch wieder nur unser Geld!« Eine Frau mischte sich ein, die Dankwart Gönning-Pfister aus der Lokalberichterstattung der »Magdeburger Volksstimme« kannte. Wohl eine Stadträtin. Richtig, jetzt erkannte er sie, es war Lea Rosenkranz von den Grünen.

Harald Gleiter bestätigte dies: »Frau Rosenkranz, ich danke Ihnen für Ihre besonnenen Worte. Sie weisen auf den entscheidenden Punkt hin. Unsere Firma ist gewillt, weiter die Verantwortung zu tragen. Wenn wir die Erbringung der Gewährleistungspflicht erzwingen, sind die höheren Reparaturkosten an den Anlagen amortisiert. Und unsere Firma ist, wie Sie alle auch, darüber bestürzt, dass die unabhängigen Gutachter so unzutreffende Expertisen zum tatsächlichen Windaufkommen erstellt haben.« Gleiter lächelte erstmals, seit er vor über drei Stunden die Versammlung eröffnet hatte. Das schien heute doch noch gut zu gehen. Mit der Rosenkranz hatte er gerechnet, nachdem er ihr seine kostenlose Unterstützung bei der Durchführung des ersten Magdeburger Energietages zugesagt hatte, mit dem sie sich als energiepolitische Expertin zu profilieren suchte.

Aber dass ausgerechnet die Döbler-Stoll ihn unterstützte. Merkwürdig. Er meinte, aus dem Gemurmel der Anwesenden einen anderen Klang herauszuhören. Anfänglich ungestüm sich entladender Zorn wich offensichtlich einer neuen Nachdenklichkeit.

Dr. Alexander Maul hob die Hand so lange, bis es im Saal wieder vollkommen ruhig geworden war. Er lauschte noch ein paar Sekunden in die Stille hinein, ehe er das Wort ergriff. Er spürte den nahenden Sieg. Jetzt den entscheidenden Schlag führen. Nur die volle Milchkanne nicht noch verschütten. Bei diesem Bild fiel ihm eine Episode aus seiner Kindheit ein. Er und sein Bruder mussten jeden Abend beim Bauern Milch holen. Auf dem Nachhauseweg machten sie sich immer einen Spaß daraus, die volle Milchkanne so schnell im Kreis zu wirbeln, dass die Zentrifugalkraft die Flüssigkeit gegen den Boden des Gefäßes presste. Einmal jedoch hatte ihm sein älterer Bruder in den Schritt gegriffen. Er war zusammengezuckt und die Milch ergoss sich über seine Kleidung, während der Übeltäter sich feixend davonmachte.

Heute wurde die Milch nicht verschüttet. »Darf ich einige Fragen an Sie richten, Frau Krüger-Notz?« Die Angesprochene blickte irritiert auf.

»Soweit wir das können, beantworten wir gerne alle Fragen unserer Gesellschafter.« Harald Gleiter nickte mit wachsender Selbstsicherheit.

»Es doch richtig, dass die Gutachten zum Windaufkommen von der Firma Umwelt Tech erstellt worden sind?«

Gleiter nickte erneut.

»Federführend für die Untersuchungen in Sachsen-Anhalt war Frau Dr. Kerstin Streckeisen?«, fuhr Dr. Maul fort.

»Richtig«, sagte Gleiter, »das ist doch aus den Unterlagen und unseren früheren Beratungen hinreichend bekannt.«

»Bislang war aber nicht bekannt, dass es sich bei Frau Dr. Streckeisen um die Lebensgefährtin des Bruders von Frau Krüger-Notz handelt.«

»Das ist eine bösartige Verleumdung. Nichts als Stimmungsmache!«, brüllte Harald Gleiter in das anschwellende Stimmengewirr hinein.

Beschwichtigend hob Alexander Maul die Hände in die Höhe. »Meine Damen und Herren, ich bitte um Ruhe, bis wir diesen nicht unwichtigen Punkt geklärt haben. Ich wende mich deshalb nochmals an Sie, verehrte Frau Krüger-Notz, und bitte um Bestätigung oder Berichtigung.«

Mehr als vierzig Augenpaare starrten gebannt auf die Angesprochene, die schweigend auf ihre Unterlagen blickte.

»Das stimmt doch nicht«, zischte ihr Gleiter zu, und lauter sagte er: »Meine Damen und Herren, diese Behauptung entbehrt jeder Grundlage. Sie ist nichts anderes als der Versuch ...«

»Die Krüger-Notz soll reden!«, brüllte der beleibte Franke. »Sagen Sie uns, was Sache ist.«

»Ja, Frau Dr. Streckeisen und mein Bruder sind befreundet«, sagte Karin Krüger-Notz mit brüchiger Stimme, »aber das stellt die Unabhängigkeit und die Richtigkeit der Gutachten zum Jahreswindaufkommen nicht in Frage. Sie sollten vielmehr berücksichtigen, dass sich bei Vorgängen in der Natur immer wieder Schwankungen ergeben.«

Harald Gleiter erbleichte. Fieberhaft überlegte er, wie er noch retten konnte, was überhaupt noch zu retten war. »Meine Damen und Herren, ich bin gerne bereit, hier alle Zweifel auszuräumen. Wenn Sie es wünschen, lassen wir ein weiteres Windgutachten erstellen. Auf unsere Kosten selbstverständlich.«

»Abstimmen!«, rief ein älterer weißhaariger Mann, der bisher die Debatte schweigend verfolgt hatte.

»Ich kann aus Gründen, die sich aus dem Gesellschaftervertrag ergeben, hier nicht zur Abstimmung übergehen«, sagte Gleiter mit letzter Kraft. »Aufgrund der eingetretenen Unübersichtlichkeit und der aufgetretenen formalrechtlichen Probleme erkläre ich deshalb die Gesellschafterversammlung für beendet.«

»Nichts da.« Harald Schuster drängelte an das Rednerpult. »Ich möchte förmlich darüber abstimmen lassen, ob die Versammlung weiter geführt werden soll oder nicht.«

»Das können Sie nicht«, keifte Karin Krüger-Notz, »das verstößt gegen den Gesellschaftervertrag.«

»Sie sehen doch, dass das geht«, sagte Schuster und zwang sich, ruhig zu sprechen. »Ich bitte zwei der Anwesenden, die Stimmanteile zu addieren und ihr Ergebnis mit meinem zu vergleichen.«

Als 34 der Anwesenden, die 79,3 Prozent der Anteile besaßen, für eine Fortführung der Gesellschafterversammlung plädierten, erhob sich Harald Gleiter. »Ich betrachte die Versammlung weiterhin für beendet und alle nachgehenden Beschlüsse als nichtig. Ihre Abstimmung steht nicht im Einklang mit dem Gesellschaftervertrag und der einschlägigen Rechtsprechung!« Wütend bahnte er sich den Weg zum Ausgang. Karin Krüger-Notz folgte ihm mit hochroten Wangen und gesenktem Blick.

×××

»Die Herren des Universums waren raubgierig und gewöhnlich vulgär. Sie kannten keine Beschränkungen.«

(Tom Wolfe: »Fegefeuer der Eitelkeiten«)

Ohne anzuklopfen betrat die Eule das Chefbüro und tippelte mit wiegenden Schritten auf den Schreibtisch zu. Dabei wedelte sie mit einem Grinsen, das man nur als unverschämt bezeichnen konnte, mit einem Blatt Papier, vermutlich mit einer ausgedruckten Mail. Dr. Frank Heininger, Direktor und Mehrheitseigner der vor vier Jahren in Magdeburg gegründeten Wertpapierbank European Treasures Invest GmbH, ärgerte sich über den anzüglichen Auftritt seiner Sekretärin. Dass es überhaupt dazu kam, entsprang dem Umstand, dass sie hin und wieder miteinander schliefen. Nicht nach den Regeln des altmodischen Spiels ›Chef vögelt Sekretärin‹: Wer hier mit wem spielte, war unklar. Mal wollte sie, mal wollte sie nicht. Mal legte sie einen Auftritt hin, der zwangsläufig im Bett endete. Tags darauf war sie kühl wie eine Robbenschnauze in der Antarktis. Er nannte sie mal liebevoll, mal lüstern, manchmal fordernd und hin und wieder auch wütend »Eule«, was sie zuließ. Sie hieß Eulalia Montserrat Duran, stammte aus einem alten katalanischen Geschlecht, weshalb dem ersten Teil ihres Nachnamens noch jede Menge weiterer Namen folgten, die er sich niemals würde merken können, obwohl sie ihm die ganze Litanei schon mehrmals vorgetragen hatte.

Frank Heininger hatte schon früh am Morgen beschlossen, diesen Tag als einen ganz beschissenen zu bewerten. Es gab Probleme mit dem Deutschen Beamten-Fonds, der bislang unverschämt gut gelaufen war. Genauer gesagt, über 60.000 Anleger hatten über 500 Millionen Euro investiert. ›Deutscher Beamten-Fonds‹, das klang seriös. Heininger wunderte sich trotz seiner großen Erfahrung im Investmentgeschäft immer wieder darüber, wie leicht auf Sicherheit bedachten deutschen Beamten das Geld aus der Tasche zu ziehen war, wenn ihnen die Illusion vermittelt werden konnte, später einmal mit einer sicheren und zugleich noch leidlich passablen Rendite rechnen zu können.

Eulalia Duran legte das Schriftstück betont langsam auf den äußersten Rand seines ausladenden Schreibtisches. Dann wandte sie sich mit einem Lächeln zur Tür und ging mit geschmeidig fließenden Schritten in einer Weise aus seinem Büro, als handle es sich nicht um einen kurzen Dienstgang, sondern um eine Präsentation auf dem Catwalk. Er angelte sich das Schreiben, überflog es kurz. Gleich zwei Dinge machten ihn wütend. Eule hätte sich den Gang in sein Büro sparen und die Mail von ihrem Schreibtisch aus an ihn weiterleiten können. Sie hatte ohne Zweifel Vergnügen daran gehabt, ihn mit ihrem wiegenden, selbstredend hübsch anzusehenden Arsch herauszufordern. Er war fest entschlossen, sie irgendwann einmal zu feuern, sie zu einem Zeitpunkt abzuschießen, an dem sie in ihrer selbstsicheren Arroganz überhaupt nicht damit rechnete. Dieser Gedanke hatte für ihn fast etwas Tröstliches. Sollte er sie heute zum Essen einladen? Fatal war nur, dass Eulalia Duran völlig unberechenbar war. Einem charmanten Abend bei einem wunderbaren Essen konnte noch die Einladung zu einer *ultima copa*, zu einem letzten Glas in ihrer Wohnung folgen. Oder sie schickte ihn mit einem Küsschen auf die Wange und der Bemerkung, dass sie beide morgen einen besonders anstrengenden Tag haben würden, nach Hause.

Auch wenn er es bis in ihre Wohnung geschafft hatte, war das Ende offen. Mal landeten sie im Bett. Manchmal schickte sie ihn doch noch weg, wobei sie sich während ihrer nun schon einige Jahre währenden Zusammenarbeit und ihrer fast genauso lange währenden gelegentlichen Intimitäten noch niemals hatte von ihm umstimmen lassen. Dann konnte er schauen, wie er nachher zu Hause das Zeug da unten aus sich herausschrubbte. Das hatte immer etwas Armseliges, eine Melange aus Tristesse und Morbidität. Ein unvollständiger Orgasmus. Nein, nicht unvollständig, ein Orgasmus zweiter Klasse eben.

Bei dem Schriftstück, dass sie ihm so kokett auf den Schreibtisch gelegt hatte, handelte es sich um den Ausdruck der elektronischen Version eines Artikels aus dem Wirtschaftsteil der »Süddeutschen«. Bereits der erste Blick darauf verschlechterte seine Laune weiter. Mehr noch, seine Eingeweide krampften sich zusammen, Panik stieg in ihm auf. Für einen Moment fühlte er sich einsam und ohnmächtig, Widrigkeiten ausgesetzt, die böse und vor allem starke Mächte gegen ihn entfalteten. Was die Community der Fondsanbieter schon lange als »Gerücht mit nicht unwahrscheinlicher Realisierungsoption« gehandelt hatte, war nun eingetreten. Die Bundesanstalt für Finanzdienstleistungsaufsicht hatte die Konstanzer Privatbank Rittberger geschlossen. Damit hatte Frank Heininger gerechnet. Doch neu war für ihn, was am heutigen Tag vermutlich in jedem seriösen Wirtschaftsteil zu lesen war. Von der Pleite war auch der Deutsche Beamten-Fonds betroffen. Rittberger, dieses Schwein, hatte bei den Rettungsversuchen für seine Bank beim DBF Verluste in dreistelliger Millionenhöhe produziert. Der Fonds, für den Rittberger als einer von drei Vorständen verantwortlich war, köderte die auf Sicherheit bedachte mittelständische Kundschaft mit Slogans wie »Mit klassischen Werten Vermögen bilden«. Wie sich nun herausstellte, wurde vorwiegend in fehlbewertete, völlig überteuerte Immobilien investiert, was schon in der Vergangenheit zu drastischen Wertberichtigungen geführt hatte. Nun war da in der Zeitung zu lesen, Rittberger habe sich unter anderem auch dadurch bereichert, indem er die Differenz zwischen dem realen Marktwert und dem überteuerten Kaufpreis für die Immobilien einstrich, die teilweise bereits ihm gehörten. Zu allem Übel war nun offenkundig geworden, dass die DBF in der Vergangenheit mehrfach Inhaberschuldverschreibungen im Gesamtumfang von 46,4 Millionen Euro bei der Privatbank Rittberger angelegt hat. Diese Schuldscheine seien nicht gesichert und bei einer Pleite der Bank völlig wertlos.

Dr. Frank Heininger ließ die flache Hand auf die Marmorplatte seines Schreibtisches knallen, als er die letzten Zeilen las: »Rittberger, dessen Finanzimperium vor dem Zusammenbruch steht, hat sich bislang noch nicht zu der Bankschließung und den möglichen Folgen geäußert. Er weilt im Urlaub auf den Malediven.«

Heininger donnerte eine Salve lauter Schläge auf die Tischplatte und ließ das Dokument mit einem ärgerlichen Zischlaut auf den Boden segeln. Er würde der Arsch bei dieser Geschichte sein. Rittberger war weg und auf seine ETI würden nun Tausende hysterische Lehrer und andere wild gewordene Beamte zukommen, die, gelockt durch die schönen Broschüren mit den vollmundigen, nun aber wohl leeren Versprechen, über Wertpapiersparverträge und andere Fondsbeteiligungen in die vermeintlich so sicheren und profitablen Aktien des Deutschen Beamten-Fonds investiert hatten. Und die Kundenabwicklung war Sache der ETI. Schon heute Morgen war ein erstes Schreiben von einer aufgeregten Kuh auf seinem Schreibtisch gelandet. Die hatte wohl irgendwas von einer Verbraucherzentrale gehört und dann auf eigene Faust weiter recherchiert. Der ihm nun vorliegende Brief einer gewissen Veronika Meinecke-Sieber war offensichtlich die Antwort auf ein Schreiben, das ihr seine beiden Mitarbeiter Klaus Strömer und Claudia Brüderle mit gemeinsamer Zeichnung geschickt hatten. Darin war über die Folgen der Einstellung von Zahlungen in einen Wertpapiersparvertrag informiert worden. Nun wollte die Meinecke-Sieber ihre bisherigen Einzahlungen zurück und berief sich mit juristischem Halbwissen auf das Vorliegen eines Ausnahmetatbestandes, der eine außerordentliche Kündigung des Vertrages zuließe.

Genervt schob er den Chip in sein Diktiergerät und entwickelte langsam sprechend einen Musterbrief, denn die aufgeschreckte

Herde grenzdebiler und raffgieriger Kleinanleger würde sich nun sicherlich massenhaft melden. Während er tief in seinen Hightech-Schreibtischstuhl rutschte, spürte er auch schon eine beruhigende Wirkung von der von ihm jetzt ausgefuchsten Strategie und des Glanzes der nun immer lauter gesprochenen Abwehrrhetorik aufsteigen. Auch er hatte seinen Schnitt gemacht. Den galt es nun zu verteidigen.

×××

» Was ist die Gründung einer Bank gegen deren staatliche Rettung?«
(Elmar Altvater)

Professor Dr. Jens Sieber nahm mit ungespielter Verwunderung zur Kenntnis, dass ihn sein Chef mit einem als »vertraulich« gekennzeichneten Schreiben zu einer möglichst rasch anzuberaumenden Unterredung bat. Sein Chef war Professor Dr. Cornelius Fiedler, der mit allen Wassern gewaschene Rektor der Börde-Hochschule, SPD-Mitglied und bis vor einigen Jahren in unregelmäßigen Abständen als Kultusminister gehandelt. Bereits seit seiner ersten Wahl in das Rektorenamt war er vor allem Anderen bestrebt, die Profilbildung der Universität »nach innen und nach außen« voranzutreiben. Hierzu wurden »nach oben und nach unten« wirksam werdende Zielvereinbarungen abgeschlossen und Leistungsziffern erstellt. Rankings wurden ausgewertet, Lehre, Forschung, Weiterbildung und außenwirksame Leistungen wurden qualitativ und quantitativ evaluiert. Cornelius Fiedler lebte für die Vision, eine Hochschule wie ein modernes Unternehmen zu führen. Das Problem war dabei das Personal, das sich hier während der letzten zwei Jahrzehnte angesammelt und in unguter Weise festgesetzt hatte. In Ehren ergraute Professoren, die meisten davon mit Westvergangenheit, und ein mehrheitlich aus Ostdeutschen bestehender, immer noch der risikoarmen Vollversorgung nachhängender Mittelbau standen seinen unternehmerischen Intentionen oftmals im Wege.

Fiedler konnte Sieber ganz gut leiden. Er war einer der wenigen Professoren mit Ost-Vergangenheit. Der frühere Regisseur und Filmproduzent war Gründungs-Dekan des mittlerweile positiv nach außen strahlenden Fachbereichs ›Medien und Medienwirtschaft‹ gewesen, war zwar, wie viele DDR-sozialisierten Filmleute, in altmodischer Weise bei der PDS und nun schon seit einigen Jahren bei den Linken. Fiedler war erst darauf gestoßen, als er den Kollegen mal beim Bier für eine Kampagne der SPD werben wollte. Aber da sich Sieber klug, nämlich unauffällig, verhielt, hatte dieses als gestrig zu bezeichnende Engagement bislang keinen Schaden angerichtet. Aber nun dieser Mist. Man musste aufpassen, dass das nicht zu Lasten der Hochschule ging.

Etwas außer Atem betrat Sieber das Büro des Rektors.

»Entschuldige!«

Fiedler wehrte ab, versuchte ernst und kühl zu wirken, dem Problem, das sich nun auftat, angemessen.

»Lieber Jens«, sagte er gedehnt, »ich habe leider keine guten Nachrichten.«

Der Angesprochene, der sich auf einem Sessel vor dem Schreibtisch des Rektors niedergelassen hatte, schüttelte lachend den Kopf. »Was ist los? Wird die Hochschule abgewickelt? Oder am Ende nur unser Fachbereich? Filmkunst ist ja in Zeiten der Krise nicht hoch angesehen.«

»Mach keine Scherze. Es ist ernst! Gegen dich liegt eine Dienstaufsichtsbeschwerde vor.«

In Jens Siebers Gedächtnis wurden in großer Geschwindigkeit alle Ereignisse abgespult, die Außenstehenden einen Anlass für eine Dienstaufsichtsbeschwerde geben konnten. Ihm fiel nichts ein, so sehr er auch darüber nachdachte. Er hatte alle Projektzuschüsse peinlich genau verbucht, seine Mitarbeiter immer nach Qualifikation rekrutiert und auch stets korrekt behandelt, seine Steuern ehrlich bezahlt, Nebentätigkeiten korrekt angegeben. Er war zu allen Leuten freundlich, in der Öffentlichkeit und bei den Medienvertretern geschätzt. Gut, etwas Gerangel mit dem Kollegen Gönning-Pfister, aber das war intern, nichts Ernstes.

»Ehrlich, Cornelius, ich habe keine Ahnung.«

»Hier.« Der Rektor nahm aus der vor ihm liegenden Dokumentenmappe ein mehrseitiges Schriftstück. »Dazu muss ich in nächster Zeit Stellung nehmen.« Er beugte sich vor, legte die Hände gefaltet auf die geöffnete Mappe und runzelte die Stirn.

Der Schrieb der Anwaltssozietät Staudte, Künzel & Partner war mit dem Vermerk »Persönlich/Vertraulich« an den Minister gerichtet, der es zur weiteren Bearbeitung und mit »der Bitte um Klärung« an den Rektor der Börde-Hochschule weiter geleitet hatte.

Es handelte sich um eine Dienstaufsichtsbeschwerde, zu der die Anwaltskanzlei von Harald Gleiter und Karin Krüger-Notz, den gleichberechtigten Geschäftsführern der Magdeburger Neue Energien GmbH, bevollmächtigt war.

Dort stand in aufgeblasenem Anwaltsdeutsch, dass er, Jens Sieber, an dem HDL Windpark Fonds 2000 GmbH beteiligt sei. Und weiter:

»Unter Verwendung des Briefbogens der Hochschule und unter Verweis auf seine berufliche Tätigkeit für die Börde-Hochschule hat Herr Professor Jens Sieber den Austritt aus der vorgenannten Gesellschaft erklärt. Die Verwendung des Briefbogens und die Angabe der Hochschule sind aus unserer Sicht dienstrechtlich bedenklich.«

»So ein Quatsch«, brummte Sieber, »denen hat man ins Gehirn geschissen. Du kennst doch mein privates Briefpapier, auf dem oben links groß meine Privatadresse steht und ganz klein rechts meine Funktion hier im Hause.«

»Das ist auch nicht das Problem«, sagte Fiedler, legte dabei die Fingerkuppen der linken Hand auf die der rechten und blickte betont gedankenverloren aus dem Fenster. »Lies weiter.«

Der Professor für Film und Medienproduktion las mit wachsendem Erstaunen:

»Das Verhalten von Herrn Professor Dr. Sieber gibt im Übrigen – auch in Bezug auf den Arbeitgeber – insoweit Anlass zur Überprü-

fung, als Herr Professor Dr. Sieber der Firma Öko Consult GmbH, die im Begriff ist, Komplementärin des HDL Windpark Fonds 2000 zu werden, telefonisch gedroht hat, diese unter Ausnutzung von in die Ukraine reichenden Geschäftsbeziehungen zu belästigen.«

»So ein Arschloch!« Es blieb offen, ob Sieber damit den unterzeichnenden Rechtsanwalt Künzel oder aber Harald Schuster meinte, der zusammen mit einem ihm unbekannten Dr. Alexander Maul die Geschäfte der Öko Consult GmbH führte, die im Rahmen der letzten Gesellschafterversammlung des HDL Windpark Fonds mit ausreichender Mehrheit der hochgradig einfältig agierenden Magdeburger Neuen Energien GmbH die Geschäftsführung für den Fonds aus den Händen gerissen hatte. Sieber war daran nicht besonders interessiert gewesen und hatte im Unterschied zu seinem Kollegen Gönning-Pfister deshalb auch nicht an der letzten Gesellschafterversammlung teilgenommen. Das kostete alles Geld, das Geld der Anleger. Und wenn der Fonds den Bach runter ging, blickten alle in die Röhre, aber die neuen Fondsmanager Schuster und Maul hatten zumindest noch eine Zeitlang üppige Bezüge eingestrichen. Das hatte er Schuster in einem, von seiner Seite aus barsch geführten Telefongespräch unterstellt und seinen Austritt aus der Gesellschaft verkündet, den er Zug um Zug nach Rückerstattung seiner Einlagen zu vollziehen gedachte. Schuster hatte ihn knallhart abfahren lassen. »Natürlich können Sie jederzeit austreten. Aber Ihre Einlage verbleibt im Fonds. Lesen Sie den Kontrakt.«

»Schau dir das nächste Schreiben an.« Fiedler dauerte das alles zu lange.

Anhängig war eine Strafanzeige bei der Staatsanwaltschaft Magdeburg sowie eine Mail, welche die Sekretärin Schusters in dessen Auftrag an Harald Gleiter und Karin Krüger-Notz geschickt hatte, in der über die Drohungen berichtet wurde, die gegen die beiden erhoben worden seien:

»Ich möchte Sie darüber informieren, dass ich heute Morgen einen Anruf von Herrn Dr. Jens Sieber erhielt. Er sagte, er gehöre nicht

zur ›Öko-Fraktion‹, sondern sei ausschließlich am ›Geldmachen‹ interessiert. Deshalb besitze er auch eine ukrainische Firma. Er wisse, dass wir persönlich keine Schuld an der schlechten Entwicklung des HDL Windpark Fonds 2000 trügen. Wenn er aber nicht unverzüglich sein Geld zurück bekäme, werde er seine ukrainischen Kontakte nutzen und dafür sorgen, dass die Verantwortlichen der Magdeburger Neue Energien angemessen belästigt werden.
Ich kann nicht beurteilen, wie ernst die Drohung von Herrn Professor Dr. Sieber zu nehmen ist, möchte Sie jedoch darüber unterrichten und Ihnen anheim stellen, die Polizei zu informieren.«

›Was die wohl auch getan haben‹, dachte Sieber und an Fiedler gewandt sagte er: »Ein raffinierter Dreckskerl. Der hat meinen Wutausbruch am Telefon zum Anlass genommen, eine Lügengeschichte zu fabrizieren in der Hoffnung, dass die aus der Geschäftsführung des Fonds geputschten Blindgänger noch eins auf die Nase kriegen. Der setzt offensichtlich voll darauf, dass ich mich juristisch wehre und die mit ihrem Vorwurf auf der Fresse landen.«

»Hast du da Nebentätigkeiten verschwiegen?«, fragte Fiedler. In seiner Stimme lag ein gelangweilter Unterton.

»Ich? Wie kommst du denn darauf?«

»Eine Firma in der Ukraine. Das ist nach den Bestimmungen der Nebentätigkeitsverordnung des Landes eine genehmigungspflichtige Nebentätigkeit.«

»Hör mal, Alter. Du glaubst doch diesen Scheiß nicht!«

Cornelius Fiedler räkelte sich ausgiebig in seinem Schreibtischsessel. »Das Einzige, was ich für dich tun kann, ist, dass ich an den Minister und die Rechtsanwälte schreibe, dass für die Weiterverfolgung der Dienstaufsichtsbeschwerde das Vorliegen der Ermittlungen der Staatsanwaltschaft abgewartet wird. Ich hoffe für dich, dass das gut ausgeht.«

»Und wenn nicht?«

Der Rektor zögerte mit der Antwort, formte mit beiden Händen eine gewundene Geste und zuckte mit den Schultern, ehe er gedehnt zu sprechen begann: »Tue dein Bestes. Und zu begrüßen wäre, wenn die Hochschule da raus gehalten würde. Wir«, dabei rutschte er tief in den Sessel, »wir sind bei der Erlangung von Exzellenz-Mitteln der Bundesregierung weit voran gekommen. Aber Exzellenz bedarf neben Qualität der Forschung und Lehre und vielen anderen Dingen auch eines tadellosen Leumundes. Die Konkurrenz ist groß und die West-Seilschaften nutzen jede noch so kleine Störung, um die alten Verteilungspfade zu behaupten.«

xxx

»Die Finanzkrise ist letztendlich das Resultat riskanter Männer-Strategien. Sie ist auch das Resultat einer Testosteron-Krise.«

(Matthias Horx)

»Ein richtiger Scheißtag ist das heute, Vroni«, murmelte Jens Sieber knapp und küsste seine Frau flüchtig auf den Mund.

»Meiner war nicht besser«, antwortete Veronika Meinecke-Sieber, die von ihrer Familie und ihren Freunden nur Vroni genannt wurde. »Ein dreimal gebrauchter, richtig beschissener Tag.« Sie rollte das fränkische »r« noch stärker als sonst. Die immer noch attraktive Mittfünfzigerin hatte eine ungewöhnliche Karriere hinter sich. In den Siebzigern arbeitete sie an Nürnberger Polit-Theater-Projekten mit, trat in die DKP ein, spielte kleine Nebenrollen in Fassbinder- und Kroetz-Filmen und ging dann aus politischer Überzeugung in die DDR, wo sie in der Filmszene bald Jens Sieber kennen lernte, der sie später in zweiter Ehe heiratete. Ihre erste Begegnung war eher frostig verlaufen. Er hatte sie kühl taxiert und dann zu ihr gesagt: »Die Filmkunst unseres Staates benötigt keine sozialschwärmerischen Agitprop-Aktivistinnen. Du bist besser im Westen aufgehoben.«

Und dann schmiss er sie auch noch aus einer Produktion, von der Teile in der Sowjetunion gedreht werden sollten. In der spartanisch ausgestatteten Kantine des Studios kam es dann vor versammelter Besetzung zum großen Showdown, der über ein wildes Gebrülle, Tränen, Tröstungen und zügelloses Wodkatrinken zu einem ersten Fick führte, wozu der damals noch anderweitig Gebundene in ihre im damals noch völlig heruntergekommenen holländischen Viertel in Potsdam gelegene kleine Einraumwohnung kam. Sie blieb in der DDR, heiratete später den mittlerweile von seiner ersten Frau geschiedenen Filmemacher, studierte Musik und überstand als Musiklehrerin die Wende. Blieb in der Partei, im Schuldienst freilich nur noch im Angestelltenverhältnis und litt gut zehn Jahre am Untergang der DDR, die sie immer für den besseren der beiden deutschen Staaten gehalten hatte. Dann hieß es: »Mund abputzen und weitermachen.« Mittlerweile saß sie seit vielen Jahren zuerst für die PDS und später Die Linke im Stadtrat und war stolz darauf, dass ihre drei Kinder Malte, Sören und Simone ihr zwar nicht in allem folgten, doch im Großen und Ganzen kapitalismus- und globalisierungskritisch dachten.

»Stell dir vor, die zahlen mir mein Geld nicht zurück.«

»Wer?«, fragte er zerstreut.

»Vor einigen Wochen stand doch in der ›Volksstimme‹ ein Bericht über die riskanten Finanzgeschäfte der ETI. Das Unternehmen verwaltet die Wertpapiere, die mir dieser Typ da aufgeschwatzt hat. Wie hieß er doch gleich?«

»Niedermayer.«

Sieber erinnerte sich gut an einen Kaffeenachmittag bei Desiderius Jonas, einem Kollegen aus dem Fachbereich ›Sozial- und Wirtschaftswissenschaften‹. Dessen älterer Freund Gotthilf Bröckle war dabei gewesen, zugereister Schwabe, ein ruhiger älterer Herr, aber seiner Meinung nach ein richtiges Schlitzohr. Bei diesem sonntäglichen Kaffeetrinken tauchte irgendwann Niedermayer auf, Bröckles Neffe, der seinen Onkel in Magdeburg besucht hatte. Später, als nach dem Kaffee noch Liköre und Cognacs gesüffelt wurden, nachdem der alte Bröckle mehrmals augenzwinkernd und unmissverständlich vom »Ranzareißa« sprach, das ihn befallen habe, unterlief Veronika die Leichtfertigkeit, über Geld zu reden, das sie gespart habe und das nun gewinnbringend und sicher angelegt werden sollte. Siebers Meinung nach redet man nicht übers Geld, außer man hat keins oder möchte jemanden beiläufig ärgern.

Dieser Niedermayer, den sein Onkel in dämlicher Weise immer nur »Hupsi« nannte, er hieß wohl mit Vornamen Herbert oder Hubert, war sofort Feuer und Flamme. Er arbeite im Investmentsektor, es gäbe neue, attraktive Anlageformen. Er habe einen todsicheren Tipp.

»Ich sagte noch: ›Lass es bleiben.‹«

»Der Kerl kannte doch die ETI, sprach von überdurchschnittlicher Rendite bei gleichzeitiger maximaler Sicherheit.«

»Als Westkind und kritische Alt-Marxistin solltest du doch wissen, dass es das nicht geben kann.«

»Er hat mir dann von Süddeutschland aus ...«

»Südwestdeutschland«, knurrte Jens Sieber, »Niederngrün, von wo auch dieser Bröckle stammt, liegt im Grenzland zwischen Schwaben und Hohenlohe.«

»Ist doch egal. Er hat mir von dort den Emissionsprospekt dieses Deutschen Beamten-Fonds geschickt. Sah doch total seriös aus.« Wütend hielt Veronika Meinecke-Sieber einen Moment lang inne, ehe sie lauter fort fuhr: »Ich hab' Fondsanteile gekauft und seit drei Jahren läuft ein Wertpapiersparvertrag, aus dessen Einzahlungen Aktien des DBF gekauft werden.«

»Und die Immobilien, die in dem Fonds stecken, sind völlig überbewertet.«

»Woher weißt du das?«

»So läuft das eben!« Jens Sieber grinste seine Frau an. »Scheißtag heute. Fiedler hat mir heute einen auf den Sack gegeben. Gegen mich läuft eine Dienstaufsichtsbeschwerde.«

»Gibt's doch gar nicht.«

»Aber so ist es. Du weißt doch, dass ich den Arschlöchern von der Öko Consult etwas Druck gemacht habe, nachdem sie die Pflaumen von der Firma Magdeburger Neue Energien weggeputscht haben. Jetzt behaupten die, ich hätte gedroht, meine ukrainischen Kontakte, über die ich ja überhaupt nicht verfüge, zu nutzen, um sie unter Druck zu setzen. Völlig irre, das Ganze.«

»Gib zu, ein bisschen hast du die schon unter Druck gesetzt. Diese Rolle spielst du doch ganz gut.« Sie wandte sich ihrem Mann mit einem hellen, spöttischen Lachen zu, das einer der vielen Gründe war, weshalb er sie so liebte.

»Ich hab' schon gesagt, man müsste euch mal auf die Pelle rücken. Aber mehr war wirklich nicht. Ich bin doch nicht blöd.«

»Aber das ist doch eine ganz ausgezeichnete Idee. Wir rücken der ETI, die meine Kohle verzockt hat, mal so richtig auf die Pelle. Guck dir das mal an, wie frech die auch noch antworten.« Veronika reichte ihrem Mann ein Schreiben der Firma. »Ich wollte lediglich meine Einlagen zurück. Hab' ihnen angeboten, dass sie meine Rendite behalten können.«

»Da haben die sich ganz bestimmt halbtot gelacht.«

»Lies mal.«

Sehr geehrte Frau Meinecke-Sieber,
Ihre Forderung nach vorzeitiger Auszahlung Ihrer Einlage haben wir mit Verwunderung zur Kenntnis genommen und nehmen zum Sachverhalt wie folgt Stellung: Erlauben Sie uns eingangs den Hinweis, dass wir, die European Treasures Invest GmbH, als Emissionshaus Wertpapier-Sparverträge im Rahmen von Verwaltungstätigkeiten betreuen. Der Deutsche Beamten-Fonds (DBF) ist ein eigenständiges Unternehmen, mit dem wir verbunden sind. Die ETI hat keinerlei Einfluss auf die geschäftliche Entwicklung des DBF. Insofern ist Ihr jetziger Vortrag nicht nachvollziehbar.
Wir haben zur Kenntnis genommen, dass Sie nicht an der Fortführung des Vertrages interessiert sind. Gemäß der Vertragsbedingungen wird somit von einem Vertragsbruch ausgegangen, was den Eintritt der im Vertrag vorgesehenen Folgen nach sich zieht.

Mit freundlichen Grüßen
European Treasures Invest GmbH
Dr. Frank Heininger
(Geschäftsführender Direktor)

»Die sind clever. Sie verwalten nur, der Fonds ist eigenständig und der Hauptverantwortliche, dieser Konstanzer Bankrotteur, sitzt gemütlich auf den Malediven, hat vermutlich genügend beiseite geschafft und lässt sich den Bauch und die Eier von der Sonne bescheinen.«

»Dass ihr Männer immer meint, Eier zu haben. Die Natur hat das nun mal so geregelt, dass nur in Weibchen Eier heranreifen.«

»Nun denn, jedenfalls lässt der sich's gut gehen.«

»Dem Heininger müsste man mal auf die Pelle rücken. Der ist noch im Lande.« Veronika Meinecke-Sieber umhalste ihren zwei Köpfe größeren Mann, was auf Außenstehende immer etwas kurios wirkte.

»Schatz, wir machen das. Etwas Spaß muss sein in diesem ernsten Leben.«

xxx

»Boni machen Mitarbeiter zu Marionetten der Zielvorgaben, zu Pawlow'schen Hunden der Leistungsanreize.«
(Ulrich Thiedemann, Wirtschaftsethiker der Universität St. Gallen)

Professor Dr. Dankwart Gönning-Pfister erfuhr vom Niedergang des Deutschen Beamten-Fonds ausgerechnet von seinem von ihm nur mäßig geschätzten Kollegen Jens Sieber. Die beiden verband eine innige kollegiale Feindschaft, die aus Ost-West-Gegensätzen, Konkurrenz um schmale Ressourcen und der stets gegenwärtigen Problematik resultierte, dass kreative Persönlichkeiten häufig keine gleichwertigen Köpfe neben sich duldeten. Gönning-Pfister konnte den einige Jahre vor ihm berufenen Sieber vom ersten Tag an nicht leiden. Ein sturer Ossi, interessierte sich nur für Filmkunst, Technik und gewissenhafte Lehre. Völlig inkompetent im Networking. Blockte alle Bemühungen um Internationalisierung durch geschickte Seilschaftsbildungen am Fachbereich ab. Zu guter Letzt hatte er ihm die Anbindung einer Stiftungsprofessur am Fachbereich mit dem Argument verhagelt, die unabhängige Forschung und Lehre leide erheblich unter den Interessen des an der Stiftung interessierten Medienkonzerns. So ein rückwärtsgewandtes Arschloch. Aber so konnte er es im Senat natürlich nicht ausdrücken. Er hatte dafür geworben, doch künftig mehr innovatives Denken zuzulassen und darauf verwiesen, dass damit das Drittmittelaufkommen des Fachbereichs deutlich gesteigert würde. Vergeblich.

Die Botschaft vom Schlingerkurs der Privatbank Rittberger und des DBF wog nach dem Tiefschlag, den er vor vierzehn Tagen auf der Gesellschafterversammlung des HDL Windpark Fonds einstecken musste, besonders schwer. Bei dem Geld, das er in Wertpapieren des DBF angelegt hatte, ging es nicht um Kursverluste und geschmälerte Renditen. Im *worst case* konnte ihn der drohende Zusammenbruch des Anlagekonstrukts 300.000 Euro kosten. Geld, das er dringend brauchte, um seiner Freundin Nele Westkamp das lange versprochene Studio einzurichten. Nele war fast dreißig Jahre jünger als er. Er hatte sie kennen gelernt, als er vor vielen Jahren, damals noch nicht in gesicherter Stellung, Lehraufträge an der Filmhochschule Babelsberg übernommen hatte. 300.000 Euro, das war der größere Teil seines Vermögens. Darin steckte auch der Erbteil, der ihm nach dem Tod seiner Mutter zugefallen war.

Schlecht gelaunt und mit diesem leisen Anflug von Bauchgrimmen, das er seit seiner frühen Kindheit kannte und das er bereits genauso lange hasste, wählte Gönning-Pfister die Nummer von Heininger. Natürlich war sein Drachen am Apparat. Er kannte Eulalia Duran recht gut. Als sie in Deutschland noch keine feste Anstellung hatte, lehrte sie ein paar Semester ›Spanisch für Medienwirtschaft‹. Er war ein paar Mal mit ihr essen gegangen. Einmal hatte sie ihn dann sogar zu einer *ultima copa* in ihre Wohnung eingeladen. Gönning-Pfister wusste, dass die Wahrscheinlichkeit, hinterher gemeinsam im Bett zu landen, in Spanien recht hoch war, wenn die Einladung zum »letzten Glas« ausgesprochen und angenommen war. Ihn hatte Eulalia Duran damals freilich mit einem geheimnisvollen Lächeln sanft und entschieden zugleich abgewehrt.

»Ich möchte Frank sprechen. Es ist dringend.«

»Der ist nicht da«, flötete die Duran und ließ ihren katalanischen Akzent stärker anklingen als sonst. »Wie geht es dir?«

»Wie soll es mir schon gehen«, brauste Gönning-Pfister auf. »Wenn 300.000 Steine bedroht sind.«

»Aber, aber. Wie sagt ihr Deutschen doch gleich? Nichts wird so heiß getrunken, wie es gekocht wird.«

»Gegessen.«

»Was?«

»Man sagt: Nichts wird so heiß gegessen, wie es gekocht wird. Wo ist Heininger? Ist er zu Hause?«

»Ich weiß nicht.« Nun klang ihr Akzent eher französisch.

»Verarsch mich nicht. Hast du seine Handy-Nummer?«

»Hab' ich. Aber ich bin nicht befugt, sie dir zu geben. Tut mir Leid.«

»Leck mich.«

In völlig unprofessioneller Weise knallte Gönning-Pfister den Hörer in die Gabel seines im Retro-Look gehaltenen schwarzen Telefons. Unschlüssig kauerte er vor dem Schreibtisch, als er hörte, wie unten die Haustür geöffnet wurde. Ein Jahr, nachdem er die versteckt gelegene kleine Villa gekauft hatte, die in einem verwilderten Garten weitab der attraktiveren Magdeburger Wohnviertel stand, was sie für jemanden mit seinem Einkommen noch erschwinglich machte, hatte er Nele Westkamp einen Hausschlüssel gegeben. Heute bedauerte er dies, aber ihm war klar, dass er das nicht ohne dramatische Begleitumstände rückgängig machen konnte.

»Hallo, mein Schatz. Alles okay?« Nele Westkamp hatte ihre Prada-Sonnenbrille so weit hochgeschoben, dass sie die Funktion eines Haarreifs übernahm. Sie brachte einige Einkaufstaschen mit, die sie mit einem eleganten Schwung auf die kleine Couch schleuderte, die seinem Arbeitsplatz gegenüber stand. Dankwart Gönning-Pfister fickte wirklich gerne mit Nele, er sah auch ihr Talent fürs Filmemachen, aber er hasste es, wie sie sich hier in seinem Haus breit machte.

»Nichts ist okay«, knurrte er.

»Bist du schlecht gelaunt, mein Schatz?«

»Lass das mal. Du wirst auch gleich schlechte Laune kriegen. Über alle Maßen sogar.«

»Willst du mit mir Schluss machen und zu deiner Ex-Frau zurückgehen? Oder hast du eine Neue?« Nele kicherte. Eine Spur zu infantil, fand er.

»Wir kommen derzeit nicht an das Geld bei der ETI ran, das wir für die Einrichtung des Studios noch etwas vermehren wollten.«

»Heißt das ...?« Nele Westkamp beugte sich zu ihm über den Schreibtisch. Ihre Augen formten sich zu mandelschmalen Schlitzen.

Er rollte mit dem Sessel so weit zurück, bis er an das überladene Bücherregal stieß. »Genau das heißt es. Zumindest im Moment.«

»Heißt das, du hast mich die letzten zwei Jahre nur verarscht? Hast heiße Luft produziert, nur damit die Kleine zum Herrn Professor ins Bettchen hüpft?«

»Du spinnst ja völlig! Cool down, Nele, cool down. Ich muss das alles erst weiter klären. Die Angelegenheit muss man ganz sachlich angehen, sonst wird der Schaden nur noch größer.«

»*Ich* soll sachlich bleiben? Wie soll ich die Filme für die blöde Kampagne ›Studieren in Fernost‹ jetzt auf die Schnelle produzieren?«

Nele Westkamp griff nach ihrem Autoschlüssel, den sie auf einem Aktenstapel abgelegt hatte, der sich neben dem Schreibtisch türmte. »Ich muss das sofort mit den Babelsbergern klären. Du meldest dich, wenn es etwas Neues gibt.«

Dankwart Gönning-Pfister blieb mit dem ganz unromantischen Gedanken zurück, dass jener Teil seiner Freunde vielleicht doch recht behielt, der die Zuneigung der fast dreißig Jahre jüngeren Frau in einer konkret materiellen Sphäre verortete. Verloren in Gedanken zwirbelte er sein schmales Bärtchen, an dem es eigentlich nichts zu zwirbeln gab. Schlechte Angewohnheit, eine Übersprunghandlung. Er musste etwas tun, so viel war klar. Einer spontanen Eingebung folgend, ging er zum Parkplatz. Er wusste, wo Frank Heininger wohnte. Damals, als es letztendlich um die sichere und Gewinn bringende Anlage einer sechsstelligen Summe ging, hatte der ETI-

Chef ihn zu einem Abendessen in seine geschmackvoll eingerichtete Zweitwohnung in der unteren Goethestraße eingeladen.

×××

»Boni sind ein Indiz dafür, dass die Branche bereits die nächste Blase erzeugt.«
        (Ulrich Thiedemann, Wirtschaftsethiker der Universität St. Gallen)

Es klingelte. Er war überrascht darüber, dass um diese Zeit noch jemand zu ihm wollte. Es war kurz nach halb acht. Die Duran war bereits vor mehr als zwei Stunden gegangen.

»Chefchen, ich muss noch was einkaufen. I did my job for today«, zwitscherte sie mit einem kehligen Lachen. Das darin anschlagende feine Timbre ließ ihn unwillkürlich an ihre kleinen, festen Brüste denken. Und an mehr. Dann hatte sie die Tür zu seinem Büro geschlossen.

Es klingelte ein zweites Mal. Mit einem Tastendruck leitete er die Gegensprechanlage vom Sekretariat auf sein eigenes Büro um.

»Ja.«

»Herr Dr. Heininger, mein Name ist Dr. Rakin, ich müsste sie im Auftrag von Frau Sieber sprechen.« Der Mann redete mit starkem Akzent, wohl ein Ausländer.

»Ich kenne keine Frau Sieber.«

»Entschuldigung«, radebrechte der andere, »ihr vollständiger Name ist Meinecke-Sieber. Sie hat Ihnen geschrieben. Wegen Anlage.«

Heininger erinnerte sich an das dümmliche Schreiben von letzter Woche. Es war das erste gewesen. Mittlerweile erhielt er in der DBF-Sache ganze Waschkörbe Post. Er las den Mist nicht mehr. Strömer und die Brüderle hatten sich darum zu kümmern, er war für das strategische Geschäft zuständig.

»Da gibt es nichts zu besprechen. Frau Meinecke-Sieber soll unsere Kundeninformation abwarten.«

»Nur ganz kurz. Vielleicht können wir eine für Sie günstige Einigung erzielen. Es dauert höchstens fünf Minuten.«

»Also gut.« Heininger schlurfte in das Büro seiner Sekretärin und betätigte den Türöffner. Dann schlurfte er wieder zu seinem Schreibtisch. Die Verbindungstür ließ er offen.

Herein kamen drei äußerst merkwürdige Gestalten. Ein Graubart trug trotz der immer noch spätsommerlichen Temperaturen einen Russenpelz und eine Fellmütze. Hinter ihm tauchten zwei junge Männer in schwarzen Kunstlederjacken auf. Der eine hatte sein langes Haar mit wenigstens einer Tube Haar-Gel in widerlicher Weise zurück-, ja, gekämmt konnte man gar nicht sagen. Heininger fiel spontan nur der Begriff »gekleistert« ein. Der andere hatte sich vermutlich mit dem gleichen Zeug seinen rotblonden Bürstenschnitt an den Schädel geklatscht. Beide trugen billige Sonnenbrillen mit silberglänzenden Gestellen, die seit den achtziger Jahren hier keiner mehr trug und höchstens noch als Accessoires in einem neuen *Borat*-Film eingesetzt werden konnten oder möglicherweise noch in Kasachstan oder Kalmückien getragen wurden.

Der Alte blickte sich suchend im Büro um. Der mit den langen Haaren schloss die Tür.

»Herr Heininger«, der Graubärtige betonte überstark das »g« in seinem Namen, »Herr Heininger, wir wollen Ihnen nur einen Vorschlag unterbreiten. Zum Wohle meiner deutschen Cousine und Ihnen nicht zum Schaden.«

Wie redete der? Wie in den alten Filmen, die in Galizien spielen.

Plötzlich ging alles ganz schnell. Der Rotblonde zog ein Springmesser aus der Hosentasche, rammte es in die Armlehne des Sessels, der vor Heiningers Schreibtisch stand.

Der Alte zog ein Schriftstück aus der Brusttasche, entfaltete es und hielt es dem verdatterten Wertpapierhändler mit beiden Händen vor die Nase.

»Wir sind gleich wieder weg, du Arschloch. Du überweist meiner Cousine Veronika Meinecke-Sieber ihr Geld zurück. Sonst besuchen

wir dich in deiner schönen Wohnung in der Goethestraße 9. Oder wir fackeln deine Katze ab, die in der Tiefgarage steht. Deine nette Tochter lebt bei deiner geschiedenen Frau und geht auf die Waldorfschule. Wir möchten ihr wirklich nichts tun.«

Mit der ›Katze‹ meinten die wohl seinen Jaguar.

Der Graubart richtete einige kurze Sätze an den Langhaarigen, wohl in Russisch oder einer anderen östlichen Sprache, die Heininger nicht verstand. Der Jüngere nickte, spielte kurz dämlich an seiner Sonnenbrille herum, sprang dann mit einem Schrei auf und verschob mit großer Wucht den schweren Schreibtisch. Dann erhob sich auch der Rotblonde, der bislang geschwiegen hatte. Der Alte faltete lächelnd das Papier zusammen und schob es in die Brusttasche seiner Jacke, die ihm wohl zu warm war. Schweiß lief in kleinen Rinnsalen über seine Wangen und den Hals.

»Schön, Sie kennen gelernt zu haben. Ich glaube, wir werden einen Weg finden, oder, um genau zu sein, *Sie* werden einen Weg finden.«

Heininger blickte durch die geöffnete Tür und lauschte den leiser werdenden Schritten im Treppenhaus. Dann war der Spuk vorbei.

×××

»Geschäfte, bei denen es um sehr viel Geld geht, sind wie eifersüchtige Frauen. Man darf ihnen keinen Grund zur Klage geben.«
(Leonardo Padura: »Ein perfektes Leben«)

Im »Amsterdam« saßen um diese Zeit nur wenige Gäste. Die Kaffeetrinker waren gegangen, die Abendgäste kamen in größerer Zahl frühestens in einer Stunde. Die Bedienung wunderte sich über die laute Fröhlichkeit am Tisch neben der Tür. Sie wusste den Grund nicht, denn wann immer sie in rascher Folge die verschiedenen Getränke, die die fünf bestellt hatten, an den Tisch brachte, wurde nicht gesprochen, höchstens gelacht.

»Warum seid ihr so spät gekommen? Ich war schon in Sorge.« Veronika Meinecke-Sieber wischte sich eine kleine Lachträne aus dem Augenwinkel.

»Wir mussten nochmal kurz nach Hause, abschminken, vor allem aber, um das Zeug aus den Haaren zu waschen.« Malte, der ältere der beiden Sieber-Brüder, griff sich in seine noch feuchten, langen schwarzen Haare.

»Erkälte dich nicht«, mahnte die Mutter.

»Ach was, die sind doch trocken, bis wir von hier aufbrechen.«

Der Ältere war von Anfang an Feuer und Flamme für die wahnwitzige Idee gewesen, einen Knecht des Finanzkapitals mal richtig zu erschrecken. Seit dem G-8-Gipfel in Heiligendamm beteiligte er sich regelmäßig an Aktionen der autonomen Szene, was seinen überzeugt linkspazifistischen Eltern regelmäßig die Sorgenfalten auf die Stirn trieb. Bei der großen Demonstration in Straßburg war er das erste Mal mit vielen anderen zusammen in einem Polizeikessel festgehalten und dann, darüber empörte er sich ganz besonders, in rechtswidriger Weise über die Grenze nach Deutschland abgeschoben worden.

Der zwei Jahre jüngere Sören hatte dieser Aktion nur zögernd zugestimmt. Er war im Gegensatz zu seinem Bruder ein eher stiller, introvertierter Junge, der aber von allen drei Geschwistern das größte Schockpotential gegenüber seinen Eltern entwickeln konnte. Nicht, dass er ein Rechtsextremist geworden wäre. Das hätte die Eltern zwar entrüstet, aber sie hätten zuerst allerlei psychologische Deutungen entwickelt oder solche gar von Dritten eingeholt, die sich auf die Frage bezogen hätten, was letztendlich falsch war an in ihrer toleranten, den Kindern zugewandten Erziehung. Nein, Sören war so etwas wie ein ideal geratener Sohn. Klug, fleißig, der Beste seiner Klasse, aber nicht als Streber verschrien, sportlich, nette Freundin, großer Freundeskreis. Hielt immer sein Zimmer in Ordnung, ganz im Unterschied zu seinem großen Bruder und seiner jüngeren Schwester.

Simone hatte als Einzige vehement gegen die verquere Idee plädiert.

»Das könnt ihr doch nicht machen. Auch wenn das alles Gauner sind, es sind doch Menschen. Ihr seid doch selbst schuld, wenn ihr euer Geld auf diese Weise vermehren wollt, statt es denen zu geben, die es wirklich nötig haben«, hatte sie trotzig gesagt.

Sören hatte in seiner bedächtigen Art abgewogen, am Ende aber doch mitgemacht und lieferte sogar die Idee zur ›Russen-Nummer‹.

Sorge bereitete seinen Eltern der Umstand, dass er ihnen vor einiger Zeit eröffnet hatte, er wolle nach dem Abitur zur Bundeswehr. Mehr noch, er wolle Zeit- oder vielleicht sogar Berufssoldat werden. In altmodischer Weise führte er das antiquierte Leitbild vom ›Bürger in Uniform‹ gegen die radikalpazifistischen Ansichten seiner Eltern ins Feld.

»Das Bürgertum nimmt doch Afghanistan gar nicht wahr«, hatte sie der Junge zu belehren versucht. »Die letzten drei Gefallenen waren ein Russlanddeutscher aus Kasachstan und zwei junge Ostdeutsche, die ihr gewöhnlich in eurer überheblichen Gutmenschen-Rhetorik ›bildungsbenachteiligt‹ nennt.«

Und mit dem Satz »Man kann sich seinen bürgerschaftlichen Pflichten nicht immer quengelnd entziehen« hatte er eine der sehr seltenen Situationen geschaffen, in denen seine Mutter zumindest für einen kurzen Augenblick sprachlos war.

Jetzt aber einte sie der ihrer Sicht nach gelungene Auftritt bei Dr. Frank Heininger.

»Das wird zwar wenig bringen«, nuschelte Jens Sieber, nachdem die Bedienung mit den leeren Gläsern in die Küche gegangen war, »aber wir haben zumindest erreicht, dass der Sack keinen ganz so entspannten Abend verbringt.«

»Wart's ab«, sagte Malte mit einem engelhaften Lächeln, »der hat ganz schön uncool aus der Wäsche geguckt.«

»Aber das mit der Tochter und der Waldorfschule, das war schon ein bisschen grenzwertig«, warf Sören ein.

»Das war eindeutig kriminell. Nötigung war das«, schimpfte Simone in einer Lautstärke, die ihre Mutter zusammenzucken ließ. Ihr Blick schweifte nervös im Schankraum umher.

»Sei es, wie es sei«, murmelte Jens Sieber, »man sollte sich nicht alles gefallen lassen. Dann richtete er sich abrupt auf. »Aber in einem Punkt hat Simone natürlich völlig recht.« Während er sprach, blickte er zu seiner Frau. »Wir sind natürlich mit schuld an dem Schlamassel.«

»Entweder man ist Teil des Problems oder Teil seiner Lösung«, fabulierte Malte.

»Wo hast du das denn her?«, fragte der Professor und blickte belustigt zu seiner Frau hinüber. »Zahlen bitte!«

×××

»In den überfüllten Kneipen hört man dasselbe After-Work-Gebrüll wie in Manhattan zur Dämmerstunde: Männer, aufgepumpt vom Geld- und Weltkontakt, elektrisiert von zu vielen Gelegenheiten. Den ganzen Tag haben sie Millionen Pfund ›Buchgeld‹ (virtuelles Geld) über den Globus manövriert, jetzt stehen sie am Tresen, brüllen sich Heldentaten ins Ohr und mischen das angestaute Adrenalin mit Alkohol.«

(Peter Kümmel)

Frank Heininger verbrachte in der Tat keinen entspannten Abend, allerdings nicht aus den Gründen, die die Familie Sieber vermutete. Der Auftritt dieser drei Dilettanten hatte ihn natürlich erst einmal verängstigt, dann nach und nach verblüfft und am Ende um ein Haar belustigt. In dem Aufzug, den der Alte gewählt hatte, läuft kein russischer Mafiosi herum. Vielleicht noch ein kalmückischer Clanfürst oder ein Ataman der Wolgakosaken am Feiertag. Aber auch nur in einer völlig abgelegenen Steppenlandschaft. Vielleicht noch ein kirgisischer Großvater am Sonntagnachmittag. Die waren ja so blöd, dass sie noch nicht einmal bemerkt hatten, dass sie mittels der über dem Eingang angebrachten Überwachungskamera gefilmt worden waren. Das würde er sich morgen in aller Frühe anschauen und dann, je nach Lage, die Polizei informieren oder auch nicht.

Schnell nochmal zu Hause vorbeigeschaut, das Hemd gewechselt. Einen kurzen Blick auf die »Katze« geworfen, mit der alles in Ordnung war und die er heute stehen ließ. Er ging später noch zum Stammtisch ins »Three Lions«, da kam er prima mit der Linie 6 hin. Zurück meist mit dem Taxi. Der Nachverkehr war dann doch zu löchrig.

Heininger verkehrte jeden Dienstag auf einem »Money-Maker-Meeting«. So nannten sie ihr Treffen zwar nicht offiziell, aber der Begriff fiel hin und wieder, meist zu fortgeschrittener Stunde. In dem mit einem leichten irischen Flair behafteten Lokal traf sich ein kleiner Kreis örtlicher Investment-Banker. Die Mehrzahl von ihnen kannte sich schon seit Mitte der neunziger Jahre, die Goldgräber sozusagen, die das freie private Kapital der Neubundesbürger, das zwar in kleiner Stückelung, aber in einem beachtlichen Gesamtumfang vorzufinden war, in die richtigen Bahnen lenkte. Der erste Hype war der Neue Markt gewesen. Das brachte Schwung in die Bude. Die Kleinanleger saßen jetzt überwiegend auf Zertifikaten, die nur noch dreißig, zehn, fünf oder sogar weniger als ein Prozent des ursprünglichen Nennwertes hatten. Wo gehobelt wird, fallen Späne. Später dann rein in den ostdeutschen Immobilienmarkt, in Zertifikate der »Tiger-Staaten«, in europäische Werte, in den Energiemarkt. Energie wird schließlich knapp. Ganz sichere Sache.

Heute war die Stimmung merklich gedrückt. Nicht alle hatten etwas mit der Rittberger-Pleite zu tun. Aber es bildeten sich immer viele Wellen um die Steine, die ins Wasser geworfen wurden.

Harald Schuster von der Öko Consult GmbH begrüßte Heininger als Erster. »Na Alter, die Zeiten werden schlechter.«

»Kann man sagen«, erwiderte der Angesprochene mit einem schiefen Lächeln.

»Aber an die ›Katze‹ geht's noch nicht«, stichelte Franka Stecher von der örtlichen Niederlassung der Deutschen Bank, die ihn um Haupteslänge überragte. Sie war zu DDR-Zeiten erst Mehrkämpferin und dann Ruderin gewesen. Zu den ganz großen Titeln hatte es nie gereicht. Vor Olympischen Spielen und Weltmeisterschaften war sie regelmäßig verletzt. Kam dennoch als verdiente Sportlerin zur Staatsbank der DDR und rettete sich als Sachbearbeiterin hinüber zur Deutschen Bank, wo sie innerhalb weniger Jahre in der

Leipziger Investmentabteilung Karriere machte. Sie galt als ›Trüffelschwein‹ für Metallwerte, was so viel bedeutete, dass sie eine sehr gute Analystin war. »Marxistische Dialektik plus Kapitalismus gleich maximaler Gewinn«, nölte ihr Westboss gelegentlich bei Betriebsfeiern unter Anspielung auf ihre frühere SED-Mitgliedschaft und würdigte damit zugleich ihre sehr guten Umsatzzahlen. In Magdeburg arbeitete sie erst im zweiten Jahr.

Heininger bestellte sich das übliche Guinness, grüßte die anderen. Jost M. Schmidt unterbrach seinen Redeschwall und nickte dem Neuankömmling zu. Der Immobilienexperte der hiesigen Filiale der Nord/LB dozierte über den Mythos von der Banker-Moral. »Wir machen die Regeln nicht. Die Regeln der Wirtschaftspolitik und damit auch des Bankenwesens gestaltet die Politik. Keinem anderen Berufszweig wird so dreist der Vorwurf gemacht, dass er die ihm gegebenen Spielräume nutzt und kreativ ausgestaltet.«

»Auf die Art deiner Kreativität kommt es an«, nuschelte Heininger und nippte an seinem Bier.

»Eure Luftblasenproduktion mit dem Deutschen Beamten-Fonds war ja eine höchst kreative Leistung«, frotzelte die sonst so zurückhaltende Sabine Döbler-Stoll, die nun im dritten Jahr die kleine Magdeburger Filiale der Fair Trade Bank leitete. Aber die meisten der Anwesenden kannte sie viel länger. Man traf sich schon früher auf Tagungen, Meetings, Gesellschafterversammlungen oder pompös inszenierten Submissionen, woran teilnahm, wer wichtig war oder wichtig sein wollte.

»Dass Fair Trade nicht immer funktioniert, hast du doch am eigenen Leib erlebt. Ihr habt doch den Handel mit den Beteiligungen am HDL Windpark Fonds 2000 betrieben, der jetzt aus der Kurve fliegt.«

»Nichts fliegt aus der Kurve«, mischte sich Harald Schuster kokett ein. »Unter unserer Regie wird der Gesellschaft unter dem neuen Namen ›Windenergiefonds Haldensleben GmbH & Co.‹ neues Leben eingehaucht.«

»Das wird doch nichts«, giftete Heino Baudis, der Geschäftsführer der Magdeburg Invest hinter seinem Weizenbier hervor. »Ihr habt doch das angeschlagene Schiff nur geentert, um eure eigenen

Verluste durch die Vergütung zu reduzieren, die euch jetzt für die Geschäftsführung zusteht. Das ist doch die ganz ordinäre Low-Performer-Strategie.«

»Streitet euch nicht«, flötete Franka Stecher. »Niemand kann ernstlich behaupten, er könne Finanzblasen wirklich verhindern.«

»Natürlich geht das«, knurrte Jost M. Schmidt. »Man müsste nur weltweit die Verschuldung der Banken begrenzen, sie zu einer hohen Kapitalreserve zwingen. Und bei euch im Peanuts-Bereich«, er blickte dabei abschätzig auf Frank Heininger, »müsste eine ausreichend hohe Haftung der Anbieter eingeführt werden.«

»Trinken wir auf einen blasenfreien Kapitalismus!«, grölte Baudis, der als Einziger bereits etliche Kurze zu sich genommen hatte.

Bereits kurz nach zehn verabschiedete sich Sabine Döbler-Stoll. »Ich habe noch was vor«, sagte sie mit einem geheimnisvollen Lächeln.

Erst weit nach Mitternacht brachen nach und nach die Anderen auf. Frank Heininger ließ sich von der Bedienung ein Taxi rufen. Als er vor seiner Haustür den Schlüssel aus der Hosentasche fingerte, tippte ihm jemand auf die Schulter. Erst erschrak er heftig, dann spielte ein genießerisches Lächeln um seine Lippen.

»Gehst du mit mir hoch?«

»Nicht zu dir. Ich will heute mit dir an einen ganz besonderen Ort.«

xxx

»Die Vertreter mehrerer gewichtiger Hedgefonds schlossen Wetten darauf ab, dass der Eurokurs weiter falle. Anfang Februar 2010 trafen sich wichtige Akteure der Szene zu einem exklusiven Dinner bei in einem Privatmann in Manhattan. Bei Filet Mignon und an Zitrone gebratenem Hühnchen wurde darüber gesprochen, wie sie von der Schuldenkrise in der Eurozone profitieren könnten.«

(»Wall Street Journal«)

Hauptkommissar Bertram lag zu einer Zeit, zu der er üblicherweise bereits im Büro oder an anderer Stelle im Einsatz war, noch im Bett.

Es war kein Wochenende. Er hatte weder Urlaub noch feierte er Überstunden ab, was sowieso selten vorkam. Dazu war seine Abteilung zu schwach besetzt. Als das Telefon bellte, wusste er sofort, dass eine der ganz großen Herausforderungen darin liegen würde, die Augen wenigstens einen winzigen Spalt zu öffnen und das selbst dann noch viel zu helle Licht zu ertragen.

Dass die Sonne schien, spürte er auf seinem Gesicht. Er wusste aus der Erfahrung vieler Jahrzehnte, dass es schon recht spät war, wenn das Sonnenlicht in diesem Zimmer die freien Partien seines in das Kissen gewühlten Gesichts erreicht hatte. Das Telefon gellte nochmal. Mit geschlossenen Lidern, hinter denen ein immer stärker werdendes Pochen eingesetzt hatte, hob er den Hörer ab und knallte ihn wieder auf die Halterung.

Heute war sein Tag. Diesen einen Tag würde er sich von nichts und niemandem vermiesen lassen, außer vielleicht durch die Schmerzen, die jetzt wohl nach und nach einsetzen würden. Er kannte das seit seiner Armeezeit. Er wusste früh, dass es immer so sein würde, wenn er Hochprozentiges zu sich nahm. Also tat er dies seit vier Jahrzehnten nur in ganz seltenen Ausnahmefällen. Das übliche Geburtstagssaufen am Arbeitsplatz, das zu den wenigen überdauernden kulturellen Errungenschaften der DDR zählte, war seit langem kein Anlass mehr. Selbst bei runden Geburtstagen von Vorgesetzten nahm er höchstens mal ein Glas Sekt.

Das Telefon gellte erneut.

Er spürte nun, wie sich ein zweites Pochen am Hinterkopf aufmachte, ihn durch den Tag zu begleiten. Es verlief asynchron zu den Schlägen, die hinter seinen immer noch geschlossenen Augenlidern pulsierten.

In diesem Augenblick klingelte das Telefon nochmals.

›Scheißkerle!‹, dachte er. Das war heute sein Tag. Der freie Tag, den er dafür erhalten hatte, dass er nun seit vierzig Jahren Bulle war. Er hatte das nicht geplant. Hatte seine drei Jahre Wehrpflicht heruntergerissen. Wollte dann Physik studieren. Man war auf ihn zugekommen. Man sei auf ihn aufmerksam geworden. Er habe trotz seines jugendlichen Alters den Eindruck hinterlassen, ein scharfsinniger, zuverlässiger Mensch zu sein. Scharfsinnig? Darüber hatte er zuvor niemals nachgedacht. Man hatte es ihm bislang auch nicht gesagt. In der Schule nicht und zu Hause schon gar nicht. Dort herrschte bis zum Tod seines Vaters das Ethos von der ehrlichen Arbeit, die natürlich schwere körperliche Arbeit sein musste. Also gut, ab zur Volkspolizei. Er hatte sich rasch zur Kripo hochgearbeitet. Die Wende laufbahnmäßig gut, mental leidlich überstanden. Eigentlich erstaunlich, dass er nun schon länger dem anderen Staat als Polizist diente. Noch zwei Jahre. Er würde mit 63 gehen, soviel war sicher. Würde die Abschläge bei der Pension in Kauf nehmen, falls es überhaupt welche gab. Darum hatte er sich bislang noch nicht gekümmert.

Und wieder klingelte das Telefon.

Offensichtlich wollte man ihm mit aller Macht den freien Tag nehmen, den ihm der Innenminister zu seinem Jubiläum geschenkt hatte. Wobei »schenken« nicht das richtige Wort war. Er hatte schließlich einen Anspruch erworben. Vierzig Jahre gebuckelt für einen einzigen zusätzlichen freien Tag.

Bertram wälzte sich auf die Seite und fingerte nach dem Hörer. Claus Müller war am Apparat, der in dienstlichen Zusammenhängen gelegentlich »Müller eins«, meist jedoch »Celaus« genannt wurde, denn es gab noch einen jüngeren, »Müller zwo«, der witzigerweise Klaus mit Vornamen hieß. Klaus mit K. Und den nannten sie zur Unterscheidung vom Älteren »Kalaus«.

»Reiß mir den Kopf ab«, sagte Müller statt einer Begrüßung. »Du musst her. Die Chefin verlangt nach dir.«

»Himmelherrgottzack!«, fluchte Bertram, wie er es von seinem Freund Gotthilf Bröckle oftmals gehört hatte, dem kleinen Schwaben aus Niederngrün.

»Ja, kotz' dich erstmals aus, lass es raus«, sagte Müller.

»Hör mit dem Quatsch auf. Du bist nicht mein Therapeut. Wurde Trümper entführt?«

»Nein, der OB weilt vermutlich wohlbehalten an seinem Arbeitsplatz. Wenn er nicht wieder mal nach Nashville gereist ist, in die neue Partnerstadt, wo alle so gern hinfliegen. Aber du bist auf gutem Wege, es wird tatsächlich jemand vermisst.«

»Dafür müsst ihr mich doch nicht dabei haben.«
»Doch.«
»Quatsch«, krächzte Bertram.
»Es ist ein anderer Promi. Und die Präsidentin will dich sehen.«
»Was für ein Promi?«
»Na, vielleicht doch nur ein B-Promi. Ein örtlich bekannter Investment-Banker.«
»Wann?«
»Die Runde ist in einer Stunde«, flötete Müller eins. »Chef, ich bin nur der Überbringer der schlechten Nachricht.«
»Wenn ich wieder auf dem Damm bin, nenne ich dir alle antiken Reiche, in denen Überbringer schlechter Nachrichten geköpft, erschlagen, gehängt, gerädert, geviertelt oder den Raubtieren vorgeworfen wurden.« Er schwieg einen Moment und atmete eine Weile laut und mit geschlossenen Augen vor sich hin, eher er fortfuhr: »Also gut. Aber ich warne euch. Wenn nur ein Einziger was über mein Aussehen sagt oder lacht ...«
»Wird nicht passieren«, sagte Müller und versuchte ein aufheiterndes Lachen, das nicht so recht gelingen wollte.

Als Bertram das Besprechungszimmer mit geringer Verspätung betrat, wurde ihm mit einem Mal schmerzlich bewusst, dass er und Claus Müller die einzigen Übriggebliebenen waren, die bereits in der DDR als Kriminalpolizisten gearbeitet hatten. Richter, das alte Grubenpferd, war vor drei Monaten in Pension gegangen. Der fehlte ihm am meisten mit seiner schweigenden Bedächtigkeit und seiner so oft zutreffenden Analyse. Falkenhorst, sein früherer Assistent, hatte sich zur Überraschung aller erfolgreich nach Halle beworben. Müller zwo und die Seliger waren wesentlich jünger. Die Laufbahn der Präsidentin führte nach der Wende erst über verschiedene Behörden ins Innenministerium und von dort in ihre jetzige Position. Kurt Fröhlich, ihr äußerst ergebener persönlicher Referent, kam aus dem Westen, hatte aber dennoch bereits Stallgeruch. Der füllige, für sein Alter zu kurzatmige junge Mann kam direkt nach dem Abitur nach Sachsen-Anhalt. Im letzten Jahr hatte er an der Polizeihochschule Aschersleben noch einen der neuen Master-Studiengänge mit Bravour abgeschlossen. Vor allem aber zeichnete ihn aus, dass er ein kluger Organisator und Stratege war und die manchmal schrillen Ausfälle seiner Chefin ohne Beschädigung überstand. Hauptkommissar Bertram hatte immer das Bild einer Schildkröte vor sich, der ein Sommerregen im dichten hohen Gras nichts anhaben konnte.

Claus Müller öffnete, wie stets bei längeren Besprechungen, seine uralte Thermoskanne, die er bereits zu DDR-Zeiten mit ins Büro gebracht hatte, und goss sich heißen, dampfenden Tee ein. Einer zerbeulten Aluminiumbrotbüchse, die man ohne weiteres als Requisite in einem in den fünfziger Jahren produzierten DEFA-Film hätte verwenden können, entnahm er eine dünne Schnitte, die, wie seit über dreißig Jahren schon, nochmals akkurat in Butterbrotpapier gewickelt war. Nicht seine Frau, sondern er selbst belege sich die Schnittchen, hatte er während ihrer langen gemeinsamen Dienstzeit wohl mehrere hundert Mal erklärt. Bertram mochte es nicht, wenn während ihrer Besprechungen gegessen wurde. Aber Müller eins hatte auch nur noch zwei Jahre bis zu seiner Pensionierung zu arbeiten. Und heute genoss er es, wie die giftigen Blicke der Präsidentin an dem alten Müller abprallten wie ein paar Regentropfen auf der Haut eines Krokodils.

Die anderen hatten offensichtlich auf ihn gewartet. Kalaus schenkte ein Glas Mineralwasser ein und schob es wortlos vor ihn hin, was sonst nicht vorkam.

»Nun«, eröffnete er mit krächzender Stimme die Runde, »was ist so wichtig, dass man mir meinen in vierzig Dienstjahren errungenen freien Tag nimmt?«

Niemand schien an seiner stimmlichen Einschränkung Anstoß zu nehmen. Gestern hatte er nicht nur reichlich Rum und Wodka getrunken, sondern auch die Davidoff 500 geraucht, die die Kollegen ihm in den Geschenkkorb gelegt hatten. Er nippte am Wasser.

»Ein Promi ist verschwunden«, sagte Kalaus und kicherte.

»Also nun mal ernsthaft«, giftete die Präsidentin. »Wir haben ja Verständnis dafür, dass Sie heute alle etwas angeschlagen sind. Herr Fröhlich wird die bislang bekannten Fakten vortragen.«

Der Angesprochene nickte, schob seine Brille zurecht und machte sich sogleich an den Vortrag: »Dr. Frank Heininger, ein hier in Magdeburg ansässiger, bundesweit agierender Wertpapierhändler, wird seit drei Tagen vermisst. Als er vorgestern nicht ins Büro kam, war seine Sekretärin«, er senkte die Stimmte, »übrigens eine Spanierin, wohl erstaunt, machte sich aber keine Sorgen. Ihr Chef sei bekannt für spontane Entscheidungen. Dies galt sowohl für den geschäftlichen Sektor als auch sein Liebesleben.« Fröhlich blinzelte seinen Zuhörern sichtlich verlegen durch seine dicken Brillengläser zu. »Frau Duran hat sich heute Morgen, als sie endlich eine Vermisstenanzeige aufgab, exakt so ausgedrückt.«

»Und warum erst heute? Warum nicht gestern?«, röchelte Bertram und hustete schnarrend aus der Tiefe seiner Bronchien.

»Unter normalen Umständen hätte sie sich auch heute keine Sorgen gemacht. Dr. Heininger sei immer mal wieder ein paar Tage verschwunden und dann immer wieder aufgetaucht. Aber jetzt gilt der Chef der Wertpapierhandelsbank European Treasures Invest, abgekürzt ETI, als gefährdet, da ein von seinem Haus massenhaft in Umlauf gebrachtes Papier von erheblichen Wertverlusten bedroht ist und Tausende Anleger in Panik geraten sind. Frau Duran meint, bei der Höhe der sich nun abzeichnenden Verluste könne schon mal einer richtig ausrasten. Sie habe in den letzten Tagen zahlreiche wütende Anrufe entgegen nehmen müssen.«

»Und außerdem hat sie das hier mitgebracht.«

Claus Müller nahm einen Chip, der vor seiner Brotbüchse auf dem Tisch lag, und hielt ihn Bertram hin.

»Das sind die an der Pforte aufgenommenen Bilder, die von einer Kamera festgehalten werden, wenn dort geklingelt wird.«

»Ist das überhaupt zulässig?«, fragte Ursula Seliger, die bislang noch kein Wort gesagt hatte.

»Das spielt jetzt keine Rolle«, entgegnete der ältere der beiden Müllers und hob den Chip mit ausgestrecktem Arm in die Runde. »Immerhin ist darauf zu sehen, dass Heininger vor drei Tagen Besuch von einem ungewöhnlichen Trio bekam.«

»Leg mir das nachher mal ein«, sagte Bertram leise. »Wer hat ihn zuletzt gesehen?«

»Lassen Sie jetzt mal Fröhlich zu Ende berichten«, fuhr die Präsidentin sichtlich ungeduldig dazwischen.

»Ja«, sagte Fröhlich mit der hellen Stimme eines noch hoch motivierten Junglehrers, der die Aufmerksamkeit seiner Klasse wieder gewinnen wollte. »Wo sind wir denn stehen geblieben? Ach, richtig. Frau Duran berichtete ferner, dass sie Dr. Heininger am vergangenen Dienstag das letzte Mal gesehen hat. Sie sei etwas früher als sonst gegangen. Dienstags geht Heininger regelmäßig zu einer Art Investmentbankerstammtisch, der sich im ›Three Lions‹ trifft. Das ist in der Nähe des Ambrosiusplatzes. Die Sekretärin hat bereits jemanden aus diesem Kreis angerufen. Einen gewissen Harald Schuster. Der habe am Telefon gesagt, alles sei normal verlaufen, etwas aufgeregter vielleicht, wegen der Pleite eines süddeutschen Bankhauses. Aber sie seien ja schließlich gewohnt, im Haifischbecken zu schwimmen.«

Fröhlich blickte erneut in die Runde, ehe er fortfuhr: »Habe er so gesagt, sagt die Duran. Heininger sei zu einer für ihn üblichen Zeit gegangen, offensichtlich allein. Alles normal eben.«

»Wenn dann alles so ›normal‹ war und dieser Dr. Heininger auch sonst mal für ein paar Tage verschwunden ist, warum dann diese Aufgeregtheiten? Warum werden wir hinzugezogen?«, fragte Bertram gereizt und taxierte dabei seine Vorgesetzte herausfordernd.

Diese wich seinem Blick aus. »Herr Bertram, ich weiß, dass Sie heute nicht gut zu gebrauchen sind.« Sie hob abwehrend die Hände und schaute zu Fröhlich hinüber. »Und das ist auch okay, ich mache Ihnen wirklich keinen Vorwurf. Aber Heininger ist derzeit der meistgehasste Mann in Sachsen-Anhalt. Schauen Sie sich mal das Filmchen an, das vor der Eingangstür der Firma aufgenommen wurde. Lassen Sie sich von seiner Mitarbeiterin die Briefe und Mails zeigen, die derzeit eingehen. Dann treffen Sie in Ruhe Ihre Entscheidungen.« Sie blickte demonstrativ auf die Uhr. »Habe gleich einen Termin mit dem Staatssekretär. Gibt es noch Fragen an mich? Wenn nicht ...« Mit diesen gedehnt vorgetragenen letzten Worten stand sie auf. »Danke für Ihr rasches Erscheinen.«

xxx

»Es ist die Art von Zaubertricks, die die Alchimisten der Hochfinanz beherrschen, jene mathematisch hochgebildeten Finanzingenieure der Wall Street, von denen auch die Deutsche Bank stets eine große Zahl beschäftigt.«

(»Die Zeit«)

Gotthilf Bröckle war ausnahmsweise nicht, wie er es meistens tat, um fünf Uhr aufgestanden. Er war, wie bereits vor einem Jahr – bei dieser Vorstellung lachte er immer wieder still in sich hinein – Student und das schlug langsam auf seine Gewohnheiten und seinen Lebenswandel durch. Bröckle studierte nun bereits im dritten Semester Wasserwirtschaft. Genauer gesagt, er hatte anfangs das Angebot seines Freundes Desiderius Jonas angenommen, dessen Wohnung für einige Zeit zu nutzen, um als »Student des dritten Lebensalters« etwas Abwechslung in seinen Alltag zu bringen. Und jetzt hatte ihm dessen Kollege Aron Winter seine für ihn eigentlich viel zu große Wohnung zur Verfügung gestellt. Dieser war in Verdacht geraten, für den Tod von drei Neonazis verantwortlich zu sein. Nach diesen dramatischen Ereignissen ließ er sich ohne Bezüge für ein Jahr beurlauben, um in den USA zu lehren und zu forschen. »Wenn du die Wohnung gut in Schuss hältst und das traue ich dir zu«, hatte er gesagt, »genügt mir die Erstattung der Nebenkosten.«

Das war ein so gutes Angebot, dass er nach einer langen Aussprache mit Eva, seiner immer noch sportlich wirkenden Frau, die überwiegend im schwäbischen Niederngrün wohnte und ihn nur gelegentlich besuchte, darauf eingegangen war.

Mit dreiundsechzig hatte Bröckle die vermeintlich spannenden Teile des Lebens bereits hinter sich. Nach einer Schlosserlehre trat er in den sechziger Jahren in den mittleren Polizeidienst, als in Baden-Württemberg Polizisten rar waren und händeringend Nachwuchs gesucht wurde. Bröckle war erfolgreich, schlitzohrig und brachte es bis zum Kriminalhauptwachtmeister. Als er in einer Parteispendenaffäre gegen einen prominenten FDP-Politiker ermittelte, pfiff ihn sein Chef zurück. Gotthilf Bröckle war ein Konservativer, ein Wertkonservativer. Er hatte Unrechtsbewusstsein, und er hatte eine Ehre. Er verließ im Alter von neununddreißig Jahren den Polizeidienst und arbeitete bis zur vorzeitigen Berufsunfähigkeit bei der ›Süddeutschen Gasversorgung‹. Er war darüber kein unglücklicher Mensch geworden, aber mitunter verspürte er eine große Leere.

Ehe er sich auf eine heiße Frühstücksschokolade ins »Café Köhler« zurückzog, musste er noch rasch auf die Bank. Und dann wollte er sich auf jeden Fall nach dem Befinden seines Kumpels Heinz Bertram erkundigen, der am Vortag in der »Mausefalle« vermutlich böse abgestürzt war. Jedenfalls war der Hauptkommissar schon sternhagelvoll, als er, mit Verweis auf den löchrigen Fahrplan des Nachtverkehrs, dem bacchantischen Treiben den Rücken gekehrt hatte. Er war erstaunt und gleichzeitig auch erfreut gewesen, als Bertram ihn als Einzigem, der weder bei der Polizei war noch im Innenministerium oder bei nachgeordneten Landesbehörden arbeitete, eine Einladung zur Feier seiner nun genau vierzig Dienstjahre zukommen ließ. Zu viel des Guten waren dann allerdings jene Ausschweifungen in seiner zynisch-heiteren Rede, in denen er ihn als »schwäbischen Blitz« und »Mercedes unter den Wessis« bezeichnet hatte, der sich hier im Lande mehr Verdienste erworben habe als alle ihm bekannten bezahlten Westimporte zusammen. Da klappten einige Westkiefer deutlich sichtbar herunter. Bröckle selbst war die ganze Situation peinlich.

Eigentlich, so viel hatte der kleine Alte mitbekommen, wollte Bertram heute freimachen. »Der Minister hat mir für vierzig Dienstjahre einen freien Tag spendiert, damit ich meinen Rausch ausschlafen kann.«

Aber nachdem er zu maßvoller Zeit, es war schon fast elf Uhr, Bertram zu Hause angerufen hatte, meldete sich lediglich der Anrufbeantworter. Also mal rasch mal eben auf die Bank, dann ins Präsidium und anschließend, wenn noch Zeit war, flott ins »Köhler« und von dort zur Nachmittagsvorlesung. Der Tag bekam Struktur.

Gotthilf Bröckle hatte neben einem Festgeldkonto und einigen Sparbüchern bei der heimatlichen Niederngrüner Sparkasse auch noch einen Kapitalbrief bei der Deutschen Bank. Der war bereits vor vierzehn Tagen fällig geworden und er beschloss, eine gleich gelagerte Neuanlage in einer der Magdeburger Filialen abzuschließen. Da er ohne Voranmeldung kam, musste er fast eine Viertelstunde warten, ehe eine Mitarbeiterin Zeit für sein Anliegen hatte. Eine Frau, die ihn wenigstens um Haupteslänge überragte, trat in sein Blickfeld, begrüßte ihn freundlich und bat ihn in ihr Büro. Er überflog rasch ein Schildchen, das neben der Tür angebracht war. Er hatte es hier mit einer Franka Stecher zu tun, die in dieser Filiale die Investmentabteilung repräsentierte. Aber er wollte doch nur einen neuen Kapitalbrief erstehen. Er beschloss, auf der Hut zu sein, sich nichts aufschwatzen zu lassen.

Die Frau schien in Eile zu sein und entschuldigte sich sogleich dafür. »Ich bin eigentlich für Ihren Wunsch gar nicht zuständig, aber die Kollegin ist krank, also mache ich das.«

»Wegen mir kann das ganz schnell gehen. Ich hatte einen Kapitalbrief, hier«, er holte das entsprechende Dokument aus seiner Aktentasche, »der Vertrag lief über zehn Jahre, 5,25 Prozent Verzinsung. Pro Jahr, versteht sich.«

»Das werden Sie heute leider nicht mehr erreichen können. Die Zeiten sind für derartige Produkte nicht eben günstig.« Sie blickte auf die vor ihr liegenden Ausdrucke. »Zehn Jahre: 3,75 Prozent, sieben Jahre: 3,5 Prozent.«

»Oh je, des isch aber nemme viel«, murmelte er vor sich hin. Und an die Frau gewandt, sagte er: »Also machen Sie mir einen Vertrag mit einer Laufzeit über zehn Jahre fertig. Das Geld muss in einen sicheren Hafen.«

Der Rest war rasch vonstatten gegangen. Er war ja ein pflegeleichter Bankkunde, einer, der in seinem Leben nie Schulden gemacht hatte, was den Kreditinstituten sicherlich nicht gefiel. Und dann auch noch einer, der für seine bescheidenen Ersparnisse nur sichere Anlageformen wählte. Soweit heute überhaupt noch etwas sicher war.

Die Bankangestellte hatte eine entfernte Ähnlichkeit mit der Frau, die er in seinen Erinnerungen »die schöne Riesin« nannte. Das erste Mal hatte er diese am »Café Köhler« vorbeigehen sehen, wo er mit Bertram bei einer heißen Schokolade gesessen hatte, und das zweite Mal war er ihr auf der Treppe des Hauses begegnet, in dem er diese vertrackte heimliche Durchsuchung von Evelyn Denningers Wohnung vorgenommen hatte, die später des Mordes an drei jugendlichen Rechtsextremisten überführt wurde. Er hatte entscheidend dazu beigetragen. Aber die illegale Durchsuchung ihrer Wohnung war ein gewaltiger Schlag ins Wasser gewesen. Gedankenverloren schlug er den Mantelkragen hoch. Wahrscheinlich irritierte ihn, da wie dort, die Größe der beiden Frauen. Diese Bankangestellte wirkte ausgesprochen muskulös, obwohl sie sicher auch schon die Vierzig überschritten hatte. Vielleicht war sie mal Kugelstoßerin oder Diskuswerferin gewesen. Er lächelte in sich hinein. Das waren doch alles Spekulationen eines kleinen alten Mannes. Mit Sicherheit konnte man lediglich ausschließen, dass eine der beiden Frauen Leistungsturnerin gewesen war.

Bröckle grüßte Müller zwo, der mit einem bedächtigen Nicken seine Frage nach der Anwesenheit des Hauptkommissars bejahte. Leises Tuscheln im Hintergrund.

»Schwäbischer Blitz«, sagte einer, er konnte nicht heraushören, wer es war.

Bertram machte einen schlechten Eindruck. Bislang nie gesehene, verquollene Tränensäcke, korrespondierend mit einer unansehnlichen, teigigen Gesichtshaut.

Na ja, der Mann ist schließlich nur einmal vierzig Jahre im Polizeidienst. Eine Feier zum Fünfzigsten wird's ja nicht mehr geben.

Bertram hatte den Kopf auf die Fläche der linken Hand gelegt und spielte mit der rechten unkonzentriert an der Maus.

»Doch im Dienst?«, fragte Bröckle statt eines Grußes.

Der andere nickte stumm und zoomte das Standbild eines kurzen Films näher heran.

»Ein Fall?«

Bertram ließ von der Maus ab und fuhr sich mit Daumen und Zeigefinger durch die geröteten, brennenden Augen. »Ein C-Promi ist verloren gegangen, ein Hütchenspieler.«

»Ein was?«

»Man sagt das so: ein ›Hütchenspieler‹. Wertpapierhändler, viertel- bis halbseiden. Ein Landsmann von dir.«

»Ja, das hab' ich schon verstanden. Aber was ist ein C-Promi?«

»Ich vermute mal, einer wie Obama, Richard Gere oder Franz Beckenbauer ist ein A-Promi.«

»Das ist mir schon klar, dann sind Leute wie zum Beispiel euer Ministerpräsident, den man nur hier, aber anderswo weniger kennt, B-Promis. Aber was ist ein C-Promi? Und was unterscheidet ihn von einem B-Promi?«

»Tja nun, das weiß ich auch nicht so genau, da muss ich mal die jungen Kollegen fragen, die mich mit diesen modernen Phrasen volltexten, wie man heute sagt.«

»Wie heißt er denn?«

»Wer?«

»Na, der C-Promi.«

»Das darf ich dir eigentlich nicht sagen. Dr. Frank Heininger. Kam, wie so viele, nach der Wende hierher.«

»Au, au, au«, stöhnte der Alte. »Den Namen hab' ich schon mal gehört. Mein Neffe, dieser Unglückswurm, ist in der Versicherungs- und Anlagenbranche tätig. Der hat mit Immobilienfondsanteilen gehandelt, die mein Landsmann Heininger verwaltet. Ich glaub', die sind jetzt nur noch heiße Luft, ach was, kalte Luft, heiße Luft könnte man wenigstens noch energetisch nutzen.«

»Heininger ist seit Tagen verschollen. Deshalb hat man mir heute verwehrt, den einzigen Rausch der letzten zehn Jahre ordentlich auszuschlafen.« Er blickte demonstrativ auf die Uhr. »Und jetzt wollte ich eigentlich auf der Außenterrasse meiner Sauna liegen. Im Strandkorb.«

»Du Armer.«

»Es gibt keine Spur von ihm. Seine Sekretärin befand es erst heute Morgen für nötig, das Verschwinden anzuzeigen. Ein, zwei Tage verschwand der immer mal ins Lotterbett. Das ist wohl ein ganz lebenslustiger Landsmann von dir.«

»Dann isch des koi Schwob', des isch beschtimmt a Badenser, die send ja bekanntermaßa a wenig frankophil.«

»Soso.«

»Vielleicht ist er abgetaucht. Wenn das wirklich zutrifft, was heute in der ›Volksstimme‹ steht, hätte er ja allen Grund dazu. Die Pleite der Konstanzer Privatbank Rittberger trifft ja vor allem die gutgläubigen Anleger, die in den Deutschen Beamten-Fonds investiert haben. Lust führt zu Verlust. Mein Neffe, dieser Depp, hat das Zeug auch gutgläubig gehandelt. Selbst seiner Mutter, also meiner Schwester Lilli, hat er Anteile angedreht. Dreitausend Euro Verlust.«

»Lustverlust.« Der Polizist lachte schnarrend. »Konstanz, das ist doch bei euch da unten. Nichts ist mehr solide im Schwabenländle. Selbst Porsche schreibt rote Zahlen. Und jetzt auch noch Bosch. Wo soll das enden?«

»Konstanz liegt im Badischen«, griente der Alte. »Außerdem wirkt da am Bodenseeufer schon die magische Kraft des Finanzplatzes Schweiz.« Bröckle setzte sich auf die Schreibtischkante.

Just in diesem Augenblick deaktivierte Bertram den Bildschirmschoner, der aus einem Zusammenschnitt schöner Fußballszenen seines FCM bestand. Viel altes Material war in das Potpourri eingewoben. Für den 1. FC Magdeburg galt noch mehr als für andere Vereine, dass früher alles besser war. Natürlich die Szene, als die Spieler in weißen Bademänteln ihre Freude über den unverhofften Europapokalsieg im Mai 1974 auslebten. Jetzt war wieder das Standbild zu sehen. Mit einem Klick ließ er den Film wieder ablaufen, von dem er sich bereits Ausschnitte angesehen hatte, ehe Bröckle sein Büro betrat.

»Was sind das für Clowns? Die sehen ja aus wie drei verloren gegangene Mitglieder einer Balkan-Blaskapelle.«

»Das sind ganz merkwürdige Burschen, die Dr. Heininger am Tag vor seinem Verschwinden im Büro aufgesucht haben. Das hier wurde mit einer Überwachungskamera aufgenommen, die aktiviert wird, wenn man an der Haustür klingelt. Leider fehlt der Ton.«

Er stoppte den Film, ging zurück zum ersten Bild und vergrößerte den Ausschnitt mit den Gesichtern der Besucher.

Plötzlich fing Bröckle zu lachen an. Er wandte sich vom Schreibtisch ab, drehte eine kleine Runde durchs Büro und kam prustend zu seinem Ausgangspunkt zurück. »Den da kenn' ich.«

Er wies mit dem Finger auf den Bildschirm. »Hier den Ältesten. S'isch doch koi Fasnet.«

»Welchen kennst du?«

»Na den da, den mit d'r komischa Kapp uff. Ich hab' den zwei- oder dreimal gesehen. Der kommt ab und zu dienstags an den Stammtisch, zu dem ein Freund von mir gehört. Du kennst ihn doch, Desiderius Jonas. Der, der mir eine Zeitlang seine Wohnung überlassen hat.«

»Und wer ist der da?«, fragte Bertram ungeduldig.

»Das ist ein Kollege von ihm. Aber er hat ein anderes Lehrgebiet. Mit Vornamen heißt er Jens.«

»Das ist ja merkwürdig. Den Nachnamen kennst du nicht?«

Der Alte schüttelte den Kopf. »Aber des rauszukriaga isch koi Problem. Mein Neffe, dieser Unglücksrabe, besuchte mich einmal in Magdeburg. Und dann schwatzt er der Frau von diesem Jens die faulen Wertpapiere des Deutschen Beamten-Fonds auf. Korrekt müsste das heißen: Wertvernichtungspapiere. Die Frau heißt Vroni.«

×××

»*An den Börsen geht's weiter aufwärts. So wird das noch ein paar Monate bleiben, sagen die Experten – bevor die Falle zuschnappt.*«
(»Süddeutsche Zeitung«)

Professor Dr. Jens Sieber saß mit seiner Gemahlin auf der mit Natursteinplatten ausgelegten Veranda. Der Regen hatte aufgehört. Mit einem langärmligen Hemd hielt man es noch im Freien aus. Sie hatten eine Kleinigkeit gegessen. Jetzt rauchten sie.

Mit den Worten »Schau dir diese Sauerei mal an!« reichte sie ihm einen bereits geöffneten Brief.

Er fingerte ein einseitiges Schreiben der VR-Bank Aalen heraus, dem er entnahm, dass 341 Stück eines umständlich bezeichneten Wertpapiers noch einen Wert von 8,52 Euro hatten. Jeder Anteil wurde somit aktuell mit 0,025 Euro gehandelt.

Obwohl er die Antwort bereits erahnte, fragte er: »Und?«

»Was und? Das waren mal meine vermögenswirksamen Leistungen. Aber lies weiter.«

Dem Kleingedruckten entnahm er den Satz: »Sofern Sie eine vorzeitige Vertragsauflösung wünschen, stehen Ihnen unsere Mitarbeiter gerne zur Verfügung.«

»Ein Witz, jetzt, wo nichts mehr da ist.«

»Bis zum Vertragsablauf reicht der Restwert nicht einmal, um die anfallenden Depotgebühren zu begleichen. Die wollen mich nur unter der Bedingung aus dem Vertrag entlassen, dass ich auf sämtliche Forderungen gegen sie verzichte.«

»Du hast dich bereits informiert?«

Sie stieß den Zigarettenrauch aus und nickte schweigend.

Ihm ging der Gedanke durch den Kopf, dass es sich bei diesem Verlust im Vergleich zu den anderen Katastrophen nur um einen Kleinbetrag handelte. Aber das wagte er nicht zu sagen. Inspiriert von einer Reihe kleiner Wasserpfützen dachte er zum wiederholten Mal darüber nach, ob er nicht besser den Boden mit glatten Keramikfliesen versehen sollte. Das würde Vroni zwar ärgern, er hätte aber wieder mal einen hübschen Ausgleich zu seinen professoralen und künstlerischen Aufgaben. Als er über Art, Größe und Farben des künftigen Bodenbelags nachdachte, klingelte es. Er hörte, wie Vroni, die zwischenzeitlich hineingegangen war, den elektrischen Türöffner betätigte.

Etwas blass und mit zwei Männern im Gefolge kam sie auf die Terrasse zurück. »Jens, Polizei.«

Verblüfft drehte er den Kopf. Ein junger und ein älterer Mann, letzterer mit einem recht ungesunden Aussehen, blieben an der Terrassentür stehen. Irgendwo hatte er den schon mal gesehen.

»Polizei?« Er erhob sich und stellte den Whisky auf den Glastisch zurück. »Haben sich die Herren schon ausgewiesen?«

Vroni nickte zerstreut.

»Aber sicher«, sagte der jüngere eine Spur zu laut und zog nochmals seinen Dienstausweis. »Müller, Kommissar Müller. Müller mit weichem ›M‹.« Er grinste frech. »Und das ist Hauptkommissar Bertram. Wir müssen Sie sprechen.«

Eine Stunde später schlenderten die beiden Kriminalbeamten über den Domplatz. Bertram hatte darauf bestanden, zu Fuß zu gehen, und Müller zwo fügte sich in dieses Schicksal. Von der Kleiststraße, wo die Professorenfamilie im schicken Gründerzeit-Ambiente lebte, bis zum Präsidium war es nicht sonderlich weit. Es hatte wieder zu regnen begonnen. Der Sommer war endgültig passé. Bertram fröstelte und schlug den Kragen seines leichten Mantels hoch.

»Fehlt nur noch der Hut, dann sieht er aus wie Lino Ventura in ›Der Kommissar und das Mädchen‹«, dachte Klaus Müller. Lino Ventura war der Lieblingsschauspieler seiner Mutter. Noch immer sah sie jede Wiederholung seiner Filme, auch wenn diese alten Filmklassiker meist erst spät ausgestrahlt wurden.

»Verworrene Geschichte«, sagte Bertram und hustete.

»Wir müssen an die Frau ran. Hast du bemerkt, wie Sieber jeden Versuch seiner Frau, etwas zu sagen, abgeblockt hat? Er habe mit Heininger nur ganz ernsthaft reden wollen. Aber zur Kostümierung und zum Beisein seiner Söhne kam nichts als albernes Gestammel. Ein Versuch der Situationskunst wäre das gewesen, eine interaktive Entladung. So ein Hampelmann.«

»Vielleicht hält er Polizisten einfach für blöd«, sagte Bertram müde.

»Dieses Geschwalle. Der hält uns wirklich für bekloppt. Der will uns verarschen.« Müller redete sich langsam in Rage. »Kreative Inszenierungen im Alltag.« Der Jüngere zog seinen Chef am Ärmel. »Komm, wir gehen zurück. Dem müssen wir einen Denkzettel verpassen.«

Bertram schüttelte müde den Kopf und winkte ab. »Lass man. Der soll ruhig denken, Bullen sind Blödmänner. Solche kriegen wir leicht an den Kanthaken. Der Kleine ist noch minderjährig. Wenn wir denen zu stark auf die Pelle rücken, entwickeln die eine Entlastungsstrategie, die den Minderjährigen nach vorne stellt.«

»Können gebildete Eltern so fies sein?«

»Glaubst du an den Weihnachtsmann? Bildung reduziert nicht, sondern befördert kriminelle Energie.«

»Ist doch ganz offensichtlich. Der Sieber wollte Heininger Angst einjagen. Deshalb die Schmierenkomödie. Vielleicht wollte er ihn zwingen, die Einlage seiner Frau vorzeitig auszuzahlen, den Vertrag aufzulösen, irgendwas in die Richtung.«

»Die Frau hat ja auch zugegeben, dass sie DBF-Anteile besitzt.«

»Wir behalten den im Auge.«

»Zuerst überprüfen wir seine Angaben. Am frühen Abend seien sie alle im ›Amsterdam‹ gewesen. Das ist doch sicher aufgefallen. Eine so große, lustige Familie. Und dann nach 22 Uhr Stammtisch im ›Layla‹.«

»Nur er, sie nicht.«

»Richtig. Sie hat für den späteren Abend kein Alibi. Sei alleine zu Hause gewesen. Die Kinder wären zu unterschiedlichen Zeiten zwischen Mitternacht und Morgengrauen nach Hause gekommen, der Mann so um eins.«

Sie hatten das Präsidium erreicht. Am Fuße des Treppenhauses eilte ein Kollege aus dem Rauschgiftdezernat an ihnen vorbei.

»Schon Feierabend?«, fragte Müller zwo keck.

»Du weißt doch«, griente der andere, »ein Beamter ist immer im Dienst. Außerdem hat man in meiner Sparte andere Einsatzzeiten.« Rasch verschwand er in Richtung Parkplatz.

»Wir werden dieser lustigen, netten Familie weiter auf den Zahn fühlen«, knurrte Bertram.

Sein jüngerer Kollege nickte dienstbeflissen.

×××

»Man kann sagen, die Wirtschaft ist ein moralfreier Raum.«
(Friedhelm Hengsbach, Sozialethiker und Theologe)

Ursula Seliger hatte bei der Verteilung der ersten Ermittlungsschritte die Aufgabe übernommen, Heiningers Sekretärin nochmals umfassend zu befragen.

Eulalia Duran verabredete sich bereitwillig mit ihr in ihrer in der Nähe des Wittenberger Platzes gelegenen Privatwohnung und sagte ihr zu, alle Mails und Faxbriefe besorgter und wütender Anleger ausgedruckt mitzubringen.

Sie empfing die Polizistin in einem engen weinroten Kleid, das ihre fraulichen Reize besonders betonte, an der Wohnungstür und führte sie in ihre geschmackvoll eingerichtete Dreiraumwohnung.

»Man merkt an Ihrer Einrichtung, dass Sie Spanierin sind.«

»Ich bin Katalanin.« Eulalia Duran lächelte nachsichtig. »Das hier ist eigentlich ein Durcheinander, ein Einrichtungs-Chaos. Aber von jedem Ort, an dem ich gelebt habe, ist ein Stück dabei.«

»Sind Sie schon lange hier?«

Die dunkelhaarige Frau nickte. »Ich war zuerst Dozentin für spanische Sprache an der Börde-Hochschule. Aber das war schlecht bezahlt. Seit vier Jahren bin ich bei European Treasures Invest. Das ist ein kleiner Laden. Außer mir und Dr. Heininger arbeiten dort nur noch zwei Leute fest und etwa ein Dutzend auf der Basis von Provisionen. Ich war aber nie im strategischen und operativen Geschäft tätig. Letztendlich war ich Sekretärin, auch wenn mich mein Chef immer als persönliche Referentin vorstellte.« Bei den letzten Worten huschte ein Lächeln über ihr wohlgeformtes Gesicht.

»Sie sagten bei unserem ersten Zusammentreffen, es sei nicht ungewöhnlich gewesen, dass ihr Chef unangekündigt mal ein oder zwei Tage wegblieb.«

»Ja, das ist typisch für ihn. Eigentlich ist er ein großes Kind. Wenn er zu was Lust hat, zieht er das durch. Das gilt für das Geschäftliche genauso wie für das Private.«

»Das Private, was meinen Sie damit konkret?«

»Damit meine ich vor allem seine sexuellen Eskapaden!« Eulalia Durans Augen funkelten.

»Jetzt sind Sie aber nicht die diskrete Sekretärin.«

»Warum auch. Das ist in der Community hinreichend bekannt. Damit protzt er jeden zweiten Dienstag im ›Three Lions‹.«

»Ich liege wohl richtig mit meiner Vermutung, dass Dr. Frank Heininger familiär nicht gebunden ist.«

Eulalia Duran nickte. »Genauer gesagt, er ist nicht mehr gebunden. Ist seit zwölf Jahren geschieden, keine Kinder.«

»Kennen Sie die Ex?«

Die Katalanin schüttelte energisch ihre schwarzen Locken. »Ich glaube, zwischen Frank und seiner früheren Frau besteht gar kein Kontakt mehr. War wohl auch in derselben Branche. Bei der Commerzbank. Damals zumindest.«

»Diese Eskapaden«, Ursula Seliger sprach das Wort unverhohlen angewidert aus, »was muss man sich darunter vorstellen? Gibt es Namen?«

»Namen? Mein Gott, Frank hatte zahlreiche Affären mit Frauen aus der Branche. Die ganz Abgekochten bleiben dort eher unter sich, das unterscheidet sie von Angehörigen anderer Berufsgruppen.«

»Bedingt«, sagte Ursula Seliger und hing mit leichter Verblüffung einen kurzen Moment der Feststellung nach, dass sich ihr eigenes Privatleben, wenn sie von ihrer neuen Liebe und der Familie einmal absah, vorwiegend in einem Kreis von Polizisten, deren Ehefrauen und Freundinnen abspielte.

»Manchmal machte er auch ganz verrückte Sachen.«

»Was zum Beispiel?«

»Wissen Sie«, lachte die Duran, »es gibt immer weniger Schwarz oder Weiß. Nur noch Salz und Pfeffer. Alles ist Crossover. Wie meine Wohnung hier.« Sie blickte sich um. »Frank führte oft Beziehungen, in denen sich eine Art unkonventioneller Prostitution mit Zuneigung vermischte. ›Mantener‹. Mir fällt das deutsche Wort nicht ein.«

»Aushalten.«

»Richtig. So sagt man dazu: ›jemanden aushalten‹. Er ließ beispielsweise eine Gespielin von Münster auf die Schwäbische Alb reisen, um mit ihr in einer leicht zugänglichen Höhle zu vögeln. Er erzählte später, der besondere Kick habe darin gelegen, dass sie schon nach kurzer Zeit eine geführte Besuchergruppe hörten, die in ihre Richtung kam. Sie zogen noch ihre Klamotten an, als hinter einer Biegung bereits die ersten Lichter der Stirnlampen sichtbar wurden.«

»Ist er so attraktiv?«

Eulalia Duran zögerte einen Moment und verdrehte dabei kokett die Augen. »Mein Typ ist er nicht. Zumindest nicht für eine dauerhafte Beziehung. Aber er hat viel Charme und besitzt ein geradezu magisches Gespür für Frauen, die ein paar Jahre älter als er und auf besondere Eskapaden aus sind. Zudem ist er absolut diskret. Er hat noch niemals eine seiner Partnerinnen in eine peinliche Situation gebracht. Das ist gerade für verheiratete Frauen nicht unwichtig. Sein schärfstes Ding«, Eulalia Duran lachte bei der Erinnerung daran, »bahnte sich im ICE von München nach Braunschweig an. Von München bis Stuttgart flirtete er mit einer Speisewagenbekanntschaft. Bis Frankfurt war klar, dass sie miteinander pennen wollten. Sie hatten wohl daran gedacht, sich in das größere behindertengerechte WC in der Nähe des Speisewagens zurückzuziehen. Zwischen Hanau und Fulda fuhr der Zug langsamer. Am Ende eines Feldweges, der am Waldrand endete, sahen sie ein Auto stehen. Das brachte ihn auf die Idee, sich mit der Frau an einem bestimmten Tag zu einer festgelegten Zeit genau an dieser Stelle zu treffen. Die Frau willigte ein und kam zwei Wochen später tatsächlich zum vereinbarten Treffpunkt. Sie vögelten, während ein ICE an ihnen vorbeifuhr. Wer in diesem Augenblick aus dem Fenster blickte, sah ganz in der Nähe der Bahntrasse einen unerwarteten Liebesakt im Grünen.«

»Glauben Sie ihm diese Geschichten? Vielleicht ist alles nur Macho-Geschwätz.«

»Ich glaube ihm nicht viel. Aber diese Sachen schon. Er drängt seine Geschichten niemandem auf. Man muss sich ihm geschickt nähern.«

»Sie haben vorhin erwähnt, dass Heininger immer wieder Frauen aushielt. Was waren das für Frauen?«

»Das waren keine professionellen Prostituierten. Es waren Gelegenheitsbekanntschaften, eher jüngere Frauen, manchmal Studentinnen. Es wurde niemals als Geldgeschichte begonnen. Aber Frank war illusionslos und ging sehr wohl davon aus, dass die Bereitschaft der Mädchen, sich hin und wieder mit ihm zu treffen, meist nicht dauerhaft auf romantischen Gefühlen basierte.«

»War Heininger großzügig?«

»Wie meinen Sie das?«

»Hat er viel Geld ausgegeben, um jemanden an sich zu binden?«

»Manchmal schon. Einmal bestellte er ein Mädchen, eine Studentin, in ein zuvor reserviertes Hotelzimmer in München. Sie sollte bei seiner Ankunft bereits in der runden Badewanne sitzen. Ein Luxushotel also. Er gab ihr dann für das Wochenende zweitausend Dollar. Er bezahlte sie in Dollars, die er ihr in kleinen Scheinen in einem grauen Umschlag überreichte. Er bestand darauf. Ich hatte meine liebe Not, einen grauen Umschlag aufzutreiben. Wo gibt es heute noch graue Umschläge?«

»Beim Finanzamt.«

Eulalia Duran lachte glucksend. »Stimmt. Sie haben Recht. Bei solchen Details war er geradezu zwanghaft. Er ... Mir fällt auch hier das deutsche Wort nicht ein. Im Spanischen heißt es ›embrigar‹.«

»Berauschen. Er hat sich an solchen Dingen berauscht?«

»Ja, genau. Sie können offensichtlich gut Spanisch.«

»Ich war als Kind mit meinen Eltern drei Jahre auf Kuba. Mein Vater hat dort als Schiffbauingenieur internationale Solidarität geübt. Und Sie?«

»Was soll mit mir sein?«

»Haben Sie bei den Abenteuern Ihres Chefs auch eine Rolle gespielt?«

»Das ist aber eine unmoralische Frage.« Eulalia Duran zog ein Schnütchen.

»Und? Hatten Sie eine Affäre mit Ihrem erlebnishungrigen Chef?«

»Sagen wir es so«, sie zögerte kurz, »meine Aufgabe bestand darin, ihm etwas Respekt vor den Frauen beizubringen.«

»Also haben Sie die Domina gespielt?«

Die Duran verfiel in ein schallendes Gelächter. »Köstlich«, stieß sie glucksend hervor, während sie sich eine versteckte Träne aus dem Augenwinkel wischte. »Das ist gut. Nein, ich habe ab und zu mit ihm geschlafen. Aber das ›Wann‹, ›Wie‹ und ›Wo‹ bestimmte immer ich.«

»Liebten Sie ihn?«

»Nein. So einen liebt man nicht. Aber er ist ein guter Liebhaber. Und ich hatte größere Freiheiten im Beruf.«

»Auch eine Art der Prostitution.«

»Na, na, das ist doch deutlich moralingesäuert. So habe ich Sie gar nicht eingeschätzt. Aber Sie haben mich um die Mails und die Faxbriefe gebeten, die in den letzten Tagen in Bezug auf den DBF eingegangen sind.« Sie griff hinter sich und nahm eine dicke gelbe Mappe von einem Tischchen. »Alles aus den letzten drei Tagen. Viel Spaß beim Lesen, sage ich nur.«

xxx

»*Gesundheit ohne Geld ist wie halbes Fieber.*«

(Englisches Sprichwort)

Bertram hatte sie auf neun Uhr zu einem kurzen Austausch ins kleine Besprechungszimmer bestellt. Sie waren eine überschaubare Runde, nur zu dritt, Claus Müller, die Seliger und er selbst. Müller zwo fehlte noch.

Zwei von der Streife hatten einzelne Personen aus der Runde befragt, die sich am vergangenen Dienstag im »Three Lions« zum vierzehntägigen Stammtisch getroffen hatten. Ihr schriftlicher Bericht ergab nichts Neues. Alle bestätigten mehr oder weniger das schon Bekannte. Dr. Frank Heininger sei zu einer für ihn üblichen Zeit allein gegangen. Eine Frau sei schon kurz nach zehn Uhr aufgebrochen, hatte wohl noch eine Verabredung. Zwei, eine Frau Stecher von der Deutschen Bank und ein Herr Baudis von einer hiesigen Investment-Klitsche, seien ebenfalls früher, alle anderen später aufgebrochen. Alles normal. Keine Auffälligkeiten. Das war auch der Tenor der Auskünfte des befragten Kneipenpersonals.

Bertram berichtete vom Besuch bei Siebers. »Wir bleiben da dran«, war sein dürres Resümee.

Ursula Seliger gähnte demonstrativ. »Ich habe mich die halbe Nacht durch die Schreiben gequält, die empörte Kunden an Heininger geschickt haben. Da ist alles dabei. Beschimpfungen, Drohungen, Hinweise auf massive Existenzängste der gehobenen Mittelschicht, die gelegentlich ihre hässliche Fratze zeigt. Auch ein Fall von, sagen wir mal, geringfügigem Amtsmissbrauch liegt vor.« Ursula Seliger grinste verschmitzt. »Einer aus unserem Haus droht ihm als Polizist.«

»Einer von uns?«, brauste Bertram auf.

»Nein, jemand aus einer anderen Abteilung.«

Ehe Bertram noch etwas erwidern konnte, stürmte Klaus Müller herein. »Sorry«, sprudelte es aus ihm heraus, »aber das wird euch interessieren!« Er reichte dem Hauptkommissar ein Schriftstück. Der überflog das Schreiben und sah dann in die Runde. »Bei der Staatsanwaltschaft Magdeburg ist eine Anzeige gegen Herrn Professor Sieber eingegangen.«

»Wegen seinem Auftritt bei der ETI?«, fragte Celaus.

»Nein, er hat einem gewissen Harald Gleiter und einer Karin Krüger-Notz, beide sind gleichberechtigte Geschäftsführer der Magdeburger Neue Energien, damit gedroht, ukrainische Kontakte spielen zu lassen, wenn sie ihm seine Einlage in einen Windparkfonds nicht vorzeitig zurückzahlen. Beim Kultusministerium ist zudem eine Dienstaufsichtsbeschwerde in gleicher Sache anhängig.«

»Oi, oi, oi«, hustete Bertram. »Das ist aber ein wilder Professor.«

»Diese Frau Krüger-Notz hat ihn zudem auch noch wegen Beleidigung angezeigt«, fuhr Müller zwo in trockenem Vortragsstil fort.

»Wieso denn das?«

»Obwohl sie ihm mehrfach am Telefon ihren richtigen Namen gesagt habe, hätte Sieber sie hartnäckig immer mit ›Krüger-Fotz‹ angeredet.«

Müller eins blickte in die Runde. »Ungeheuerlich!« Er blies beide Backen auf, machte einen Trompetermund und nickte lange wie der Wackeldackel, den er mit Verwunderung in den siebziger Jahren auf der Heckablage des Ford Taunus seiner Westverwandtschaft gesehen hatte, wenn sie mal nach Karl-Marx-Stadt zu Besuch kamen. Daneben lag die Klopapierrolle unter einem bunten Wollüberzug, den Tante Erni selbst gehäkelt hatte. So richtig begehrenswert war ihm die westliche Lebensart damals gar nicht erschienen. Na ja, der Ford Taunus war schon ein attraktiver Schlitten.

Bertram, der um den Hintergrund dieses albernen Dauernickens wusste, grinste. »Auf, auf, Celaus, Karl-Marx-Stadt gibt es schon lange nicht mehr. Wir müssen weiter kommen. Familie Sieber wird vorgeladen. Zumindest Herr und Frau Sieber.«

»Meinecke-Sieber.«

»Was?«

»Die Frau heißt Veronika Meinecke-Sieber.«

»Auch die laden wir vor. Und dann muss schleunigst die Spurensicherung in sein Büro und seine Privatwohnung. Kalaus, du bist dieses Mal mit der ehrenvollen Aufgabe dran, die Anrufbeantworter dieses Herrn abzuhören.«

×××

»Wer acht Stunden am Tag arbeitet, hat keine Zeit, Geld zu verdienen.«

(Bodo Schuler, selbsternannter »Money Coach«)

Dankwart Gönning-Pfister saß schon über eine halbe Stunde vor seinen Unterlagen und brachte keine vernünftige Zeile zustande, obwohl er ganz dringend wirklich gute Ideen für seinen nächsten Vortrag benötigte. Die Premium-Player der Filmwirtschaft, vor allem der Filmförderung, würden zugegen sein. Er hatte viel zu spät begonnen, auf die spritzigen Einfälle gehofft, die er meist immer dann hatte, wenn er unter Druck arbeitete. Aber wie aus heiterem Himmel zog ihn die Rittberger-Krise in ihren Bann. Und dass seine Anteile an dem Immobilienfonds des DBF mittlerweile nicht mehr wert waren als das Papier, auf das sie gedruckt waren, wusste er seit einer Stunde. Ein Gespräch mit der Bankenaufsicht brachte ihm endgültige bittere Gewissheit. 300.000 Euro futsch. Der Fachmann hatte die einzige Möglichkeit, wenigstens noch einen Teil zu retten, darin gesehen, sich einer Sammelklage anzuschließen, die wohl soeben im Zusammenspiel zwischen verzweifelten Anlegern und findigen Anwälten auf den Weg gebracht wurde. Ob das was brächte?

»Meistens nicht viel«, hatte der Mann gesagt. »Ich will ehrlich zu Ihnen sein.«

In seiner maßlosen Wut hatte er die Privatnummer von Heininger gewählt. Wieder nur der Anrufbeantworter.

»Kerl, ich bring dich um«, brüllte er und legte auf.

›Nele wird toben‹, dachte er und verspürte plötzlich den Wunsch, sie möge heute nicht kommen. Dass sie einfach mal ein paar Tage weg bliebe. Er brauchte Ruhe, musste wieder einen klaren Kopf kriegen. Sonst rasten da einige Sachen gegen die Wand.

Aber der Tag sollte für Professor Gönning-Pfister nicht besser werden. Schon wenige Minuten später vernahm er das verfluchte Geräusch der sich öffnenden Haustür. Er sollte ihr den Schlüssel abnehmen. Kleine Schweißperlen bildeten sich auf seiner blassen Stirn. Dann war sie auch schon oben.

»Hallo, Schatz!«

»Gibt's was Neues«, fragte sie ohne zu grüßen, nachdem sie die Prada-Sonnenbrille auf den Glastisch gelegt und die Schuhe unter die kleine Couch gekickt hatte, die die Strenge der Gelehrtenstube etwas auflockerte.

Gönning-Pfister zögerte mit der Antwort. Doch dann entschloss er sich, die ganze Geschichte ohne Beschönigungen und Hoffnung weckende Schwenks und Einflechtungen zu berichten. Sollte sie sehen, wie sie nun zurechtkam. Es war ohnehin langsam an der Zeit, dass sie begann, wirtschaftlich selbständig zu werden.

Nele Westkamp hatte sich eine Zigarette angezündet, ohne ihn zu fragen. Sie wusste, dass er sich vor Zigarettenrauch ekelte. Er sagte nichts dazu.

»Im Klartext«, sie dehnte die Worte, »das Geld ist futsch, das Studio ist futsch.«

»Das Studio ist nicht futsch. Du musst es nur ohne meinen Zuschuss finanzieren.«

Sie betrachtete ihn mit einem schiefen Grinsen. »Wie denn? Die Banker scheißen sich doch derzeit bei der Kreditvergabe in die Hosen. Ich habe doch keinerlei Sicherheiten. Höchstens«, sie blickte sich prüfend um, »das Haus hier stellt doch eine Sicherheit dar.«

»Tut es nicht«, sagte er trocken. »Erstens sind hier noch gewaltige Schulden drauf, und zweitens werde ich es nicht für deine Experimente weiter belasten.«

»Du hilfst mir also nicht?«

»Nele, du musst irgendwann mal erwachsen werden. Dazu gehört, dass man ab einem gewissen Alter auf eigenen Beinen steht.«

»Das ist fies. Du bist ein fieser alter Sack. Gerade jetzt hätte ich die Riesenchance, mich in die Werbekampagne ›Studieren in Fernost‹ einzuklinken. Die Rektoren der ostdeutschen Hochschulen sind mit den Klamaukfilmchen und den beiden Comicfiguren Gang und Gong unzufrieden. Scholz & Friends, die über verschiedene Online-Plattformen um westdeutsche Abiturienten für ostdeutsche Universitäten werben, möchten neue Kurzfilme präsentieren. Das ist meine Chance.«

»Du kannst doch die Technik des Fachbereichs nutzen, du hast als Lehrbeauftragte jederzeit Zugang.«

»Du weißt doch ganz genau, dass das dort vorhandene Equipment immer belegt ist und auch technisch den Anforderungen von Scholz & Friends nicht genügt.«

»Bringen wir es auf den Punkt. Mein Geld hat dein Freund Frank Heininger vermasselt.«

»Das ist nicht mein Freund.«

»Aber du kennst ihn.«

»Na und. Magdeburg ist doch ein Dorf. Diejenigen, die ein wenig über den Durchschnitt herausragen, kennen sich doch alle.«

»Bedanke dich bei deinem überdurchschnittlich begabten Bekannten dafür, dass nun mal nix mehr da ist. Ich muss sehen, ob man überhaupt noch was retten kann.«

»Weißt du was? Das ist auch so ein zahnloser Sprücheklopfer wie du. Ihr Westmännchen seid doch alle gleich. Versprüht euern Charme und macht vage Andeutungen auf die Kohle, die ihr angeblich habt. Und wenn es darauf ankommt, heiße Luft. Wie in euren Hosen. Nichts als heiße Luft.«

»Ach, du kennst dich im Hosenstall von Heininger aus? Ich dachte, deine Ost-Jacken sind besser im Bett.«

Nele Westkamp starrte ihn einen langen Augenblick hasserfüllt an. »Mein Gott, bist du ordinär. Schlimmer noch, du bist primitiv. Ich dachte immer, so bist du nur im Suff, wenn du deine Professorenkollegen mit blöden Sprüchen wie ›Ostschnecken ficken besser‹ zum Wiehern bringst.«

Dankwart Gönning-Pfister saß rückensteif in seinem Schreibtischsessel und krallte sich mit beiden Händen so fest an die Armlehnen, dass die Fingerknöchel weiß hervortraten. »Das sagst du nicht noch mal«, presste er hervor.

»Du alter perverser Drecksack. Du wirst schon noch sehen, wo du eines Tages landest.« Nele Westkamp war aufgesprungen, hangelte die zierlichen Schuhe unter der Couch hervor, ohne sie anzuziehen, griff klappernd nach ihrem Autoschlüssel und schob die Sonnenbrille wie einen Haarreif auf ihre Stirn. »Ich bin dann erstmal weg. Wer weiß, vielleicht hast du sogar was mit dem Verschwinden von diesem Heininger zu tun.«

×××

»Nur wenige können groß gewinnen. Ein paar können ein bisschen gewinnen. Die große Masse geht leer aus.«

(Peter O. Chotjewitz)

Harald Schuster trat voll in die Eisen, die Bremsen quietschten. Da hatte sich so ein Kretin rechts an ihm vorbeigequetscht und stieß vor ihm in die freie Parklücke. Scheißtag heute. Der Kerl stieg wie ein Pavianmännchen aus seinem aufgemotzten Opel und grinste triumphierend seiner Tussi zu, die so aussah, wie sie hier eben aussahen. Pechschwarz gefärbt, vorne ein paar grüne Fransen, künstlich gebräunte Haut, zu kurzes Top, immer noch Arschgeweih.

Schuster stellte seinen Wagen in der Nähe der »Feuerwache« ab. Er war gespannt. Die ›Very good fellows‹, wie sie manchmal ironisch ihren Stammtisch nannten, trafen sich heute außer der Reihe. Die Initiative war von Heino Baudis ausgegangen. Er sei in Sorge. Als ob das Verschwinden von Frank Heininger nicht allen Sorge bereitete. ›Good Fellows‹. Er lächelte. In diesem Geschäft hat man keine Freunde, höchstens Geschäftspartner. Und wenn es nicht lief, hatte man weder Geschäftspartner noch Freunde.

Die anderen waren schon da, bis auf die Stecher. Unmittelbar nach ihm rauschte die Döbler-Stoll herein und steuerte ohne zu grüßen sofort auf den Tresen zu. Sie hatte noch vor ihm ihr Getränk, was ihn ärgerte.

Die war nicht von ihrem Holz. ›Fair Trade.‹ Wenn man das schon hört.

»N'abend«, sagte er. »Bin spät dran, wieder keinen Parkplatz gekriegt. Kommt Franka noch?«

»Die hat mich vorhin angerufen. Sie schafft es nicht. Wenn alles gut läuft, kommt sie vielleicht später«, sagte Sabine Döbler-Stoll und nippte an ihrem Weißwein. Sie trank hier nie Bier, obwohl sich die Kneipe eher als ›English Pub‹ verstand.

Jost M. Schmidt nahm seine erkaltete Pfeife aus dem Mund und legte sie neben sein dunkles Bier. »Heino, ich weiß, dass du uns wegen dem Verschwinden unseres guten Freundes Frank zusammengerufen hast, aber vielleicht kannst du noch ein paar Worte dazu sagen.«

Man sah es Heino Baudis an, dass er sich nach dieser Aufforderung unwohl fühlte. Mit einem Hüsteln sagte er: »Ich habe hier keine offizielle Funktion, aber das spurlose Verschwinden von Frank bereitet mir Sorge. Die Polizei war bei mir. Ich vermute, bei euch auch.« Er blickte in die Runde. Die meisten nickten schweigend.

»Bei mir war so ein alter Bulle«, sagte Schuster, »der roch noch so richtig nach DDR und Stasi. Dem schien es richtig Spaß zu machen, einen aus dem Westen stammenden Wertpapierhändler mal so richtig zu löchern, obwohl wir ja fast nur mit Beteiligungen an Alternativenergie-Projekten am Markt tätig sind.«

»Ihr seid auch nicht besser«, sagte Sabine Döbler-Stoll, »nur euer Ruf ist ein anderer. Hat er dich auch nach den DBF-Geschäften gefragt?«

»Auch. Aber er fragte vor allem nach einer Anzeige, die Harald Gleiter gegen einen aufgeregten Anteilseigner des früheren HDL Wind Park Fonds 2000 erstattet hat, nachdem ich ihm mitgeteilt habe, dass ein gewisser Sieber mir nach der turbulenten Übernahme des Fondsmanagements am Telefon sagte, er werde seine ukrainischen Beziehungen spielen lassen, um Gleiter und die Krüger-Notz unter Druck zu setzen.«

»Hast du da nicht ein bisschen geschummelt, um die Magdeburger Neue Energien zu einem unvorsichtigen Schritt zu bewegen?«, fragte Jost M. Schmidt mit einem süffisanten Lächeln.

»Quatsch doch nicht so blödes Zeug!«, brauste Schuster auf. »Jedenfalls schien Sieber die am Wickel zu haben. Die ›Eule‹ hat mir erzählt, dass er mit zwei weiteren illustren Gestalten im Schlepptau bei Frank aufgetaucht ist, um ihn unter Druck zu setzen. Sie sei schon weg gewesen. Aber das Kommen der drei ist von einer Kamera aufgezeichnet worden, die am Eingang angebracht wurde.«

»Frank hat 'ne Kamera am Eingang?«, fragte Baudis grinsend.

»Sind doch gefährliche Zeiten«, sagte Schmidt mit einem vieldeutigen Lächeln und leerte sein zweites Glas mit wenigen Zügen. »Noch eins!«, rief er der gestresst davoneilenden Bedienung hinterher.

»Dann haben sie diesen Sieber ja in der Mangel«, sagte Sabine Döbler-Stoll nachdenklich. »Er hat Frank bedroht. Der ist kurz darauf verschwunden. Außerdem hat er Drohungen gegen Harald Gleiter und Karin Krüger-Notz erhoben, wenn du die Wahrheit gesagt hast.« Sie blickte bei den letzten Worten zu Harald Schuster hinüber.

»Klar, glaubst du, ich erfinde so was?«

»Man kennt doch deine kleinen Kleckerpfoten. Denk doch mal zurück an Boltenhagen. Da hast du doch auch nicht die Wahrheit gesagt. Und andere auch nicht.«

»Das ist aber jetzt nicht fair«, mischte sich Jost M. Schmidt ein. »Das ist doch viele Jahre her. Ganz olle Kamellen aus der Goldgräberzeit.«

»Aber Pamela hat das nicht überwunden. Und jetzt ist sie tot.«

»Sabine, lass das doch!«, flehte Schuster mit hochrotem Gesicht. »Damals stand Aussage gegen Aussage. Und jetzt haben sie den Sieber im Schwitzkasten, nicht mich.«

»Wir wissen doch gar nicht, was mit Frank passiert ist.« Baudis versuchte, die erregte Stimmung zu dämpfen. »Ist das der Medien-Sieber?«

»Genau der«, sagte Schuster. »Für einen Professor ist der verdammt impulsiv und aggressiv.«

»Professoren sind auch nur Menschen.« Sabine Döbler-Stoll wirkte wieder sichtlich entspannt.

Schuster blickte auf die Uhr. »Franka kommt wohl nicht mehr und ich sollte langsam wieder los. Hab' noch eine Verabredung. Ist sonst noch was?«

»Sobald jemand was von Frank hört, meldet er sich«, sagte Baudis. »Und verratet der Polizei nicht zu viele Betriebs-Interna.«

»Hast wohl Dreck am Stecken?«, frotzelte Schmidt.

»Wir befinden uns auf stürmischer See und sitzen doch alle in einem Boot«, dozierte der Angesprochene.

×××

»Wer nichts zu verkaufen hat, tut wenigstens so, das heißt, er verkauft Optionen auf etwas, das es nicht gibt, und verkauft sie rechtzeitig weiter oder versäumt den richtigen Augenblick. Einer ist immer der Dumme.«

(Peter O. Chotjewitz)

Die Männer saßen schon am Besprechungstisch, als die Bürotür stürmisch aufgestoßen wurde. »Guantanamera!«, sang Ursula Seliger, »Guajira Guantanamera, Guantanamera! Guten Morgen, liebe Kollegen!« Die einzige Frau des Teams trug einen für den Dienst unverschämt kurzen Rock.

»Was ist los, liebreizende Kollegin, heute so guter Laune? Bist du frisch verliebt?«, fragte Kalaus.

»Gib zu, du hast wieder deine kubanische Phase«, witzelte der alte Müller. »Wer einmal auf Kuba war, wird niemals wieder der sein, der er war, als er dorthin aufbrach.«

»Das glaub' ich gleich, dass ihr alten Machos ganz spezielle Vorstellungen von Kuba habt. Schon mittags weißen Rum trinken, Havannas rauchen, den Weibern an den Arsch greifen und sich von älteren Männern den Son vorspielen lassen. Das ist doch eine Form von gemütlichem, melancholischem Sozialismus.«

Claus Müller blickte fröhlich zu der jungen Kollegin auf. »Weißt du, mir war der Castro schon deshalb äußerst sympathisch, weil er in den sechziger Jahren einmal in einem Interview gesagt hat: ›Wir sollten alle ziemlich jung in Rente gehen.‹ Nur haben sich die sozialistischen Führer dieser Welt leider niemals an diese charmante Regel gehalten und er selbst auch nicht.«

»Mein Sozialismus ist das nicht!«, rief Kalaus dazwischen.

»Ja, ja«, wandte sich der alte Müller dem jüngeren zu. »Wir wissen doch alle, dass du in der Bundesrepublik angekommen bist. Aber Fidel Castro hat mir immer imponiert. Hat sich vor niemandem geduckt. Nicht vor den Amis und nicht vor den Russen. Und als unser realer Sozialismus zusammenbrach, da schrieben doch die West-Gazetten, dass es keine zwei Jahre dauern würde, bis Fidel und das ganze System hinweggefegt wären. Da haben die sich aber mal ganz gewaltig geirrt. Wenn ihr mich fragt, in das kapitalistische System gehört eben mal ein gehöriger Schuss Kommunismus.«

»Das sagt ein Lebenszeitbeamter«, knurrte Müller zwo.

»Ich war auch schon vor der Wende Beamter«, giftete Müller eins zurück. »Und ich bin auch kein verträumter Revolutionär. Unser vor kurzem pensionierter Kollege Richter war einige Jahre in Angola in der Polizeiausbildung. Da waren die Kubaner noch im Land. Seine vor zwei Jahren verstorbene Frau war Ärztin und arbeitete im Hospital in Luanda. Sie betreute mal drei junge kubanische Soldaten, deren Rückenverletzungen so schwer waren, dass sie ausnahmslos im Rollstuhl landen würden. Wisst ihr, was ihr kubanischer Kollege gesagt hat? Das seien sowieso nur feige Dreckskerle. Wären sie nicht getürmt, hätte man ihnen nicht in den Rücken geschossen. So viel zur Revolutions-Folklore.«

»›Wette niemals auf einen Hahn, wenn du nicht sicher sein kannst, dass er gewinnt‹, lautet ein kubanisches Sprichwort«, räusperte sich Bertram, der bislang schweigend der Unterhaltung gefolgt war und blickte auffordernd in die Gesichter seiner Kollegen.

»Hoi, hoi, hoi, Chefchen, du bohrst heute aber dicke Bretter!«, lachte Ursula Seliger. »Du weißt aber, dass Hahnenkämpfe seit über dreißig Jahren auf Kuba verboten sind. Die Erlebniswelt Rum trinkender, Havanna rauchender und Son spielender alter Machos ist somit deutlich geschrumpft.«

»Also«, sagte der Hauptkommissar gedehnt, »von Heininger fehlt bis jetzt unverändert jede Spur. Wir müssen deshalb weiterhin alle Möglichkeiten in Betracht ziehen.«

»Wir sollten vor allem endlich in Betracht ziehen, dass wir bislang noch gar nicht zuständig sind!«, schnarrte Claus Müller. »Wir machen uns überflüssige Arbeit, nur weil da ein mehr oder weniger prominenter Zeitgenosse verschwunden ist.«

»Und die Präsidentin unseren Einsatz fordert«, ergänzte der jüngere Müller.

»Er kann sich ins Ausland abgesetzt haben, oder er hat sich einfach versteckt. Vielleicht wurde er nach dem DBF-Flop von verschiedenen Seiten bedroht.« Müller eins hing schief in seinem Sessel und rieb sich nachdenklich das Kinn.

»Auch das ist möglich.« Bertram nickte. »Aber unser konkretester Verdacht geht in Richtung Sieber. Wobei man nicht weiß, wer da das Heft in der Hand hält. Frau Meinecke-Sieber gab an, es sei ihre Idee gewesen, den Heininger etwas zu erschrecken, wie sie sagt.

Weil der sie und viele andere so skrupellos reingelegt hat. Die Söhne hätten nichts davon gewusst. Wie eine Glucke hat sie sich vor ihre Söhne gestellt. Der Jüngste hat ganz naiv gefragt, ob er wegen der Geschichte Ärger beim Bund kriegen könnte. Ganz seltener Fall, dass ein Gymnasiast heute noch zum Bund will.«

»Und was sagt Sieber dazu?«, fragte Claus Müller.

»Sehr zurückhaltend, der Mann. Obwohl er sonst richtig wortgewaltig sein soll. Hat schnell erkannt, dass wir außer den Bildern von der Pforte nichts haben. Sie hätten das eher als Spaß verstanden. Er habe schon Anfang der siebziger Jahre spontane Happenings inszeniert. Heininger hätten sie nicht bedroht. Und mit seinem Verschwinden hätten sie schon gar nichts zu tun. Und auf die Verkleidungen angesprochen, meinte er, man müsse sich das vorstellen wie ein bayrisches Haberfeld-Treiben.«

»Was soll denn das sein?«, fragte Klaus Müller.

»Noch nie was davon gehört? Wenn ich es richtig verstanden habe, sind das bäuerliche Zusammenrottungen, bei denen das Volk verkleidet und mit Lärminstrumenten ausgestattet die Mächtigen angreift. Natürlich nur verbal, aber es geht deftig zur Sache. In jüngster Zeit richtet sich der Volkszorn vor allem gegen die Landwirtschaftspolitik und die Verbandsoberen, von denen sich das gemeine Landvolk verraten fühlt.«

»Chefchen, du kennst dich ja wirklich in der Welt aus. Du weißt nicht nur über Kuba Bescheid, sondern weißt auch geheimnisvolle bayrische Gepflogenheiten zu deuten.« Ursula Seliger lachte fröhlich, um dann sofort sachlich nachzufragen: »Hat er was zu der Anzeige von Gleiter und dieser Krüger-Notiz gesagt?«

»Das sei alles erstunken und erlogen. Eine üble Intrige von Schuster, der als neuer Geschäftsführer des«, Bertram blätterte in seinen Notizen, »ja hier, des nun als Windenergiefonds Haldensleben GmbH & Co. KG firmierenden Projektes weiter Stimmung gegen seine abgesägten Vorgänger machen wolle. Vorher hieß der Laden HDL Windpark Fonds 2000. Da soll einer noch durchblicken.«

»Die Kollegen vom Revier Mitte haben uns eine Mail geschickt, eine anonyme Anruferin habe mitgeteilt«, ab hier las Claus Müller vom Blatt ab, »Professor Gönning-Pfister habe etwas mit dem Verschwinden von Dr. Frank Heininger zu tun.«

»Da geht ja was ab in der professoralen Ecke«, nölte Müller zwo.

»Celaus, du gehst dem nach!«, sagte Bertram leise. Der Angesprochene nickte.

»Ich mach dann mal weiter, ja«, drängte Ursula Seliger. »Hatte ein äußerst unterhaltsames Gespräch mit Eulalia Duran, der katalanischen Sekretärin Heiningers. Der Vermisste war wohl ein Spieler auf den verschiedensten Feldern. Zockte mit dem Geld anderer Leute, pflegte einen exklusiven Lebensstil und entwickelte darüber hinaus besondere Neigungen auf der weiten Flur der Liebe.«

»Davon wollen wir mehr hören!«, sagte Klaus Müller kichernd.

»Das glaube ich dir gern. Aber der Schweinkram ist nicht jugendfrei, mein Kleiner. Die Duran hat selbst hin und wieder mit Frank Heininger die Bettstatt geteilt, allerdings, wie sie sagt, nur zu ihren Konditionen. Dann hat sie mir noch eine ermüdende Sammlung von Briefen, Faxen und Mails gegeben, die nach dem Bekanntwerden der Rittberger-Pleite und dem damit im Zusammenhang stehenden Wertverlust der DBF-Anlagen eingegangen sind.« Sie hob die prall gefüllte gelbe Mappe in die Höhe, die Eulalia Duran ihr ausgehändigt hatte.

»Da stecken tausend offene und verdeckte Mordgelüste drin, sag ich euch. Kaum zu glauben, wie solide Bürgerinnen und Bürger, unter ihnen viele Beamte, so die Contenance verlieren können.«

»Die Patina der Zivilisiertheit ist nun mal dünn«, bemerkte der alte Müller trocken. »Vor allem, wenn es ums Geld geht.«

Das Telefon klingelte. Bertram ignorierte es zunächst, nahm aber nach dem achten Klingeln doch den Hörer ab. Als er wieder aufgelegt hatte, sah er seine Mitarbeiter einen nach dem anderen an.

»Harald Schuster ist seit gestern Abend verschwunden.«

»Wer soll das sein?«, fragte Klaus Müller.

»Das ist einer aus dem Kreis der Banker und Wertpapierhändler, mit dem sich Frank Heininger immer getroffen hat.«

»Geld stinkt doch!«, knurrte der alte Müller.

»Und ob«, sagte Ursula Seliger. »Eulalia Duran hat mir erzählt, dass Heininger einmal einer Studentin für eine spezielle Form sexueller Dienstleistungen ein Honorar von zweitausend Dollar gab. In Fünfdollarnoten, wohlgemerkt. Ich muss dabei an eine Untersuchung denken, die belegt, dass in den USA an neunzig Prozent aller Dollarscheine Kokainspuren zu finden sind. 360 von 400 Scheinen hat schon jemand in der Nase gehabt. Ein ekelhafter Gedanke. Widerlich!« Sie schüttelte sich theatralisch.

»Tja, was lernen wir daraus? Den Drogen kann man nicht entkommen. Sie stecken in jeder Ladenkasse und in jedem Geldbeutel.« Claus Müller wieherte. Er fand seinen Witz sehr gelungen.

xxx

»Reich wird, wer in Unternehmen investiert, die weniger kosten als sie wert sind.«

(Warren Buffet, Spekulant und Investor)

Hauptkommissar Heinz Bertram saß im »Café Köhler« und wartete auf Gotthilf Bröckle. Hier trafen sie sich in unregelmäßigen Abständen, seit er vor zwei Jahren das Lokal durch die gelegentlichen Treffen mit dem kleinen Schwaben kennen gelernt hatte. Dieser liebte es über alles. »Das ist meine zweite Wohnstube«, hatte er in seiner zuweilen recht altertümlichen Ausdrucksweise einmal gesagt.

Bertram war zu früh da, aber er wollte nach Abschluss einiger Routine-Befragungen nicht gleich ins Büro zurück.

Als die Bedienung ihm den bestellten Kaffee gebracht hatte, blickte er sich im halbgefüllten Gastraum um. Vorwiegend älteres Publikum, in der Mehrzahl Frauen, die sich hier auch in kleinen Gruppen trafen, um jenseits der Männerwelt etwas zu plaudern.

Bertram lachte amüsiert. Wieder einmal hatte er bei der Altersbestimmung einer Zufallsumgebung vergessen, dass er bereits genauso alt war wie die Mehrzahl der Gäste. Noch zwei Jahre, dann wäre er in Pension. Soviel stand fest. Ob er dann in ein Loch fallen würde? Er hatte sich darüber noch keine Gedanken gemacht, auch wenn ihn die Polizeipsychologin immer dazu aufgefordert hatte, sich »aktiv mit dem künftigen Ruhestand auseinanderzusetzen«. Scheiß drauf! Wie sagte doch damals der Kölner Kollege, mit dem er in den neunziger Jahren einen Mord im Autoschiebermilieu aufklären konnte: »Et kütt wie et kütt!« Anfangs hatte er diese rheinische Alltagsweisheit überhaupt nicht verstanden. Für Hedi, seine Frau, würde es schwer werden, soviel stand fest. Er, den ganzen Tag zu Hause. Sie war immer ein selbstständiger Mensch gewesen. Trotz der Kinder hatte sie über 35 Jahre gearbeitet. Typische DDR-Frau eben. Es blieben noch ein paar Freunde, der Garten, Kinder und Enkel. Und natürlich der Polizeisportverein. Er würde künftig mehr Sport treiben. Ein guter Vorsatz. Neben dem Altherrenkick etwas mehr Tennis, das tat ihm, der ein Späteinsteiger war, recht gut. Joggen war ihm zu langweilig. Zum Schwimmen quälte er sich einmal in der Woche, wegen der Wirbelsäule. Noch zwei Jahre.

War er ein guter Polizist gewesen? Heinz Bertram dachte erst in jüngster Zeit über diese Frage nach. Genauso, wie er sich erst seit kurzem daran zu erinnern versuchte, weshalb er zur Polizei gegangen war. Man war bei der Armee auf ihn aufmerksam geworden. Das allein konnte es nicht gewesen sein. Mitarbeit am Aufbau der sozialistischen Gesellschaft. Sein Beitrag zur Eliminierung der schädlichen Elemente. Auch wenn er sich erst heute, zumindest aber mehr als damals, als DDR-Bürger fühlte. Als der Staat noch real existierte, war seine Identifikation mit ihm nicht so stark gewesen, als dass sie seine Berufswahl hätte steuern können. Er war auch kein Rambo-Typ, und er sah sich auch nicht als brillanten Kombinierer, entsprach somit keinem der dominanten Prototypen, wie sie zumindest die Medien vermittelten. Routine, Gründlichkeit, gutes Teamwork (früher sprach man von einem funktionierenden Kollektiv), ein Schuss Intuition, dann noch ab und zu eine kleine Prise Glück. Er hasste die Fernsehkrimis, in denen einsame Helden und in jüngster Zeit vermehrt einsame Heldinnen mit gezückter Waffe einen Tatverdächtigen in einem aufgelassenen Industrieareal verfolgten. An so was klotzt man mit Masse ran. SEK, Wärmebildkamera, kein gebückt durch die Industriebrache huschender Idiot im Eins-zu-eins-Shoot-Out. Warum war er nicht Ingenieur oder

Physiker geworden, wie es noch bis zum Abitur seine Absicht war? Oder Lehrer für Physik und Mathe? Vielleicht hatte er doch darauf gesetzt, als Polizist mehr Überraschungen zu erleben, das Unverhoffte eben. Heute hoffte er, dass das Unerwartete möglichst ausblieb. Er wünschte sich jeden Morgen einen belanglosen Arbeitstag als Beamter. Keine halb verwesten, aufgedunsenen, verbrannten Massen, die einstmals Mensch gewesen waren. Keine von Nazirudeln erschlagenen Ausländer. Das Schlimmste aber waren die toten Kinder. Ein Druck krampfte sich in seine Eingeweide. Plötzlich musste er gegen die Tränen ankämpfen. Schon einmal konnte er sie nicht zurückhalten. Hedi und er waren mit den Söhnen, ihren Frauen und den drei Enkeln im Urlaub gewesen. Die Enkel waren damals annähernd im selben Alter wie drei tote Kinder, die sie in einem Abrisshaus gefunden hatten. Die anderen waren ratlos gewesen. Tränen kannten sie bei ihm nicht, nicht einmal Hedi. Er behielt den Grund für sich, obwohl Anette, die Frau seines jüngsten Sohnes, ihn bedrängte. Er müsse doch mit jemandem über seinen Kummer reden. Alles Quatsch, populärpsychologischer Mist. Er war Hedi dankbar dafür gewesen, dass sie ihn damals in Ruhe gelassen hatte.

»Na, Herr Kommissar, heute so verträumt?«

Er hatte Bröckle nicht kommen sehen.

Bertram grüßte den Alten, der sich ihm gegenüber auf einen freien Stuhl setzte und bei der unverzüglich herbeieilenden Bedienung das Übliche bestellte: ein Kännchen heiße Schokolade und Mohnkuchen. Beim Blick durch die ausladende Fensterfläche und das Zusammentreffen mit dem Hauptkommissar erinnerte er sich an eine länger zurückliegende Episode.

»Schon verrückt. Als wir vor ungefähr zwei Jahren das erste Mal hier saßen, ging draußen eine riesige Frau vorbei. War trotz ihrer Größe nicht unattraktiv. In meiner Erinnerung nenne ich sie die ›schöne Riesin‹. Ich hab dir gar nicht erzählt, dass sie im selben Haus gewohnt hat wie die Denninger.«

Bertram erinnerte sich gut an den Fall. Eine Sozialarbeiterin ermordete drei junge Nazis.

»Woher weißt du das?«

»Das sind die Zufälle, die das Leben so mit sich bringt«, antwortete Bröckle ausweichend. Er hatte mit niemandem darüber gesprochen, dass er damals auf illegale Weise in Evelyn Denningers Wohnung eingedrungen und im Treppenhaus gleich zweimal der ungewöhnlich großen rotblonden Frau begegnet war.

»Und, wie geht's bei dir?«, wechselte er das Thema.

»Ich hab grad mal wieder so einen Scheißfall. Zwei plötzlich und spurlos verschwundene Wertpapierhändler. Das heißt, der eine handelt wohl mehr mit Beteiligungen an Windkraft-, Solar- und Erdwärmeanlagen und entsprechenden Fonds. Von beiden nicht die geringste Spur. Kein Anzeichen für einen überraschenden Aufbruch, keine Kontenbewegungen, die auf ein Untertauchen schließen lassen. Keine Zeugen für einen Überfall, eine Entführung oder etwas Ähnliches. Nichts. Das Einzige, was wir haben, sind massive Drohungen von geschädigten Anlegern, unter denen ein hiesiger Professor in besonderer Weise ins Auge sticht. Aber außer einem obskuren Auftritt im Büro des zuerst Verschwundenen können wir dem auch nichts weiter nachweisen.«

»Das sind die hässlichen Seiten der Polizeiarbeit.« Bröckle schlürfte mit sichtlichem Wohlbehagen seine heiße Schokolade.

»So ist das wohl. Bevor du kamst, habe ich festgestellt, dass ich nach vierzig Jahren Polizeidienst immer noch nicht genau weiß, warum ich überhaupt Polizist geworden bin. Natürlich gibt es ein paar Gründe. Aber keiner ist wirklich zwingend, keiner deutet so richtig auf eine Berufung hin.«

»Bei mir war das anders«, erwiderte der Alte, der ja einige Jahre im Polizeidienst von Baden-Württemberg gewesen war. »Als das Land in der kurzen Blüte, die man heute noch ›das Wirtschaftswunder‹ nennt, wegen der guten Verdienstmöglichkeiten, die die Wirtschaft bot, keine Polizisten mehr kriegen konnte, war das für mich die Riesenchance, aus der Metallklitsche herauszukommen, in der ich bereits meine Schlosserlehre absolviert habe.«

»Hast du deinen späteren Ausstieg aus dem Polizeidienst schon mal bereut?«

Bröckle schwieg lange und pickte umständlich die letzten Kuchenkrümel mit der Gabel auf.

»Heinz, ich würd' das heute nicht mehr machen. Ich dacht', man könne als kleiner Polizist Gerechtigkeit auch gegen die Großen herstellen. Das geht aber nicht. Höchstens dann, wenn deine Vorgesetzten bis ganz oben hinter dir stehen. Noi, noi, ich würd's nicht mehr machen. Nicht nur wegen den schätzungsweise 400 Euro weniger Rente. Es war auch mein wilder, unbändiger Stolz, der mich bewog, zu kündigen, nachdem man nicht gegen die illegalen Spendenpraktiken eines FDP-Mannes vorging. Dieser Felix Bröckle, er ist nicht mit mir verwandt«, der Alte grinste, »lebt heute noch fröhlich und unbehelligt auf dem Lande und hat in den Neunzigern sogar noch das Bundesverdienstkreuz erhalten. Aber Schwamm drüber, in unserem Alter macht es keinen Sinn, sich unnötigerweise über Vergangenes zu ärgern.«

»In der DDR konntest du gegen die Bonzen vorgehen. Vor allem bei Wirtschaftsvergehen und Kapitalverbrechen. Natürlich nicht gegen die Nomenklatura, das ging nicht. Aber so einen Kombinatsdirektor, der bei Auslandsgeschäften verbotene Zahlungen oder Sachwerte entgegengenommen hat, den konntest du hopsnehmen. Das Problem war nur, dass die damals mit Wirtschaftsvergehen befassten Polizeikräfte so hoffnungslos unterbesetzt waren wie heute die Steuerfahndung. Damals wie heute musste das Vergehen schon gravierend sein. Oder die Täter stellten sich besonders dreist oder unsäglich blöd an. Du weißt ja wahrscheinlich aus eigener Erfahrung, dass viele Ermittlungserfolge auf glücklichen Zufällen basieren.«

»Na ja, der Job läuft jedenfalls nicht so heldenhaft ab wie in den Krimiserien, die sie im Fernsehen zeigen.«

»Der mutigste Kerl ist doch heute der Heimwerker. Das ist ein richtiger Draufgänger, wenn man weiß, wie hoch die Wahrscheinlichkeit ist, sich im eigenen Haushalt zu verletzen oder sogar tödlich zu verunglücken.«

»Also, dann wollen wir mal wieder unserer Arbeit nachgehen«, sagte Bröckle mit einem verschmitzten Lächeln.

»Was musst du denn noch arbeiten? Als Rentner?«

»Ich hab Svetlana versprochen, ihre Kellertür zu reparieren. Wer gelernt hat, Schlösser zu öffnen, muss auch dafür sorgen können, dass sie funktionieren. Und außerdem bin ich ja Student.«
»Du bist schon ein lustiger Vogel. Das muss man dir lassen.«

xxx

»*Der dümmste Grund eine Aktie zu kaufen, ist, weil sie steigt.*«
(Warren Buffet)

Klaus Müller sah nochmals seine Notizen durch, die er am gestrigen Tag während verschiedener Befragungen angefertigt hatte. Gleich war große Runde. Wobei ja die Runde nach den Umstrukturierungen der letzten Jahre, der Pensionierung des Kollegen Richter und dem Weggang von Falkenhorst sehr überschaubar geworden war.

Er markierte einzelne Stellen der Mitschriften farbig. Auf die Melodie des Ohrwurms »Ein kleiner grüner Kaktus« sang er ganz passabel einen selbst gereimten Text:

»*Manchmal half er ihr beim Spülen,
lieber noch möcht' er in ihren Titten wühlen.*«

Er überlegte, ob in der zweiten Zeile »möcht' er mit ihren Nippeln spielen« das Versmaß besser treffen würde, als ihn ein harter Schlag im Rücken traf.

Ursula Seliger war unbemerkt hinter ihn getreten. »Na, Kaläuslein, reimst du wieder schmutzige Lieder? Du hast einfach das ganz besondere Pech, fünfzig Jahre zu spät geboren zu sein. Seit Elvis ist der schlichte Chauvi nicht mehr *en vogue*. Und außerdem« setzte sie mit einem spöttischen Lachen fort, »im Zeitalter der Spülmaschine ist es mit der Gelegenheit, mit etwas Geschirrpflege ein paar Bonuspunkte bei uns Frauen zu erzielen, einfach vorbei.«

Klaus Müller kam plötzlich in den Sinn, dass er und die Seliger in wenigen Jahren als einzige von diesem überalterten Team übrig bleiben würden. Bei diesem Gedanken erschrak er heftig.

Da schlug ihm seine Kollegin nochmals zwischen die Schulterblätter, dieses Mal allerdings mit deutlich weniger Wucht. »Ab und zu ein bisschen die Sau raushängen lassen, Klausilein, das ist nicht weiter schlimm. Wichtig ist nur, dass du das hin und wieder in deiner Männergruppe aufarbeitest.«

»Du spinnst doch!«, fauchte er.

»Hab ich die schweinischen Texte gesungen oder du? Auf, komm, die anderen warten bereits.«

Im Besprechungszimmer unterhielten sich Bertram und Claus Müller mit Kurt Fröhlich, der zur Überraschung aller heute allein in ihre Runde kam. Normalerweise erschien er nur im Gefolge der Präsidentin.

»Da seid ihr ja endlich!«, knurrte Bertram.

Fröhlich streckte den Finger in die Höhe, gerade so, als säße er wieder in der Schulbank. »Liebe Frau Seliger, meine Herren, meine Anwesenheit hat damit zu tun, dass der Fall, oder sagen wir besser, die Fälle, langsam Unruhe hervorrufen. Haben Sie heute schon die Zeitung gelesen?«

Bertram machte eine abfällige Handbewegung. »Wir wissen alle, dass die Präsidentin sich Sorgen über das Verschwinden zweier bekannter«, er zögerte kurz, »zweier örtlich gut bekannter Geschäftsleute macht. Von denen ja einer dasselbe Parteibuch besitzt wie unsere geschätzte Vorgesetzte. Aber wir waren nicht untätig.« Er nickte aufmunternd in die Runde.

Nach und nach wurden die einzelnen Berichte vorgetragen. Mitarbeiter und Nachbarn waren befragt worden. Nachforschungen über Kontenbewegungen und mögliche Flugbuchungen in Hannover, Leipzig und Berlin wurden angestellt. Das Übliche eben, die graue Routine in einem Fall, von dem man noch nicht einmal wusste, ob es überhaupt einer war.

»Das heißt«, fasste Claus Müller das Vorgetragene zusammen, »wir haben keine Anhaltspunkte dafür, dass das Verschwinden von Frank Heininger mit dem von Harald Schuster zusammenhängt.«

Bertram stand auf, ging zum nächstgelegenen Fenster, blickte hinaus und sagte wie beiläufig: »Auffällig sind zwei Dinge. Beide hatten Probleme mit riskanten Anlagegeschäften. Heininger mehr noch als Schuster. Und beide verschwanden, nachdem sie sich von ihrer Stammtischrunde verabschiedet hatten. Alles ›Very good fellows‹. Alles Wertpapierdealer, die seit der Wende den Osten unsicher machen. Mit Ausnahme von einer Frau Stecher, die bei der Deutschen Bank ähnlich beschäftigt ist, aber erst vor knapp zwei Jahren in diesen Kreis kam. Sie stammt zwar aus Sachsen-Anhalt, war aber die letzten zwanzig Jahre in Leipzig tätig. Arbeitete zuvor bei der Staatsbank der DDR.«

»Na, dann kennt sie ja alle Tricks«, witzelte Claus Müller.

»Eine dritte Sache fällt auf«, mischte sich Ursula Seliger ein. »Beide haben offensichtlich keine feste Partnerschaft, aber ein wohl ausschweifendes Liebesleben. Heininger war zwar im Westen mal verheiratet, ist aber schon lange geschieden.«

»Money makes love«, nuschelte Klaus Müller.

»Höre ich da Neid aufkommen?«, antwortete Ursula Seliger spitz. »Außerdem müsste es eher heißen: ›Money makes sex‹.«

»Wer hat denn das Verschwinden von Harald Schuster gemeldet?«, fragte Fröhlich, der lange geschwiegen hatte.

»Ein gewisser Dr. Alexander Maul«, antwortete Bertram. »Maul ist der gleichberechtigte Mitinhaber der Firma Öko Consult GmbH. Es gab da wohl vor kurzem einigen Ärger bei einer Art feindlicher Übernahme. Mit großer Mehrheit der Anteilseigner wurde ein in die Krise geratener Windkraftfonds aus der Verantwortung der hiesigen Firma Magdeburger Neue Energien gelöst und in die Verwaltung der Öko Consult überführt. Das produzierte natürlich eine Menge böses Blut. Harald Gleiter und Karin Krüger-Notz, die Geschäftsführer der Magdeburger Neue Energien, waren natürlich stinksauer auf Schuster, der, so stellt es zumindest Maul dar, maßgeblichen Einfluss auf das Zustandekommen der erforderlichen Anteilsmehrheit hatte. Das Quorum lag bei zwei Dritteln der Anteile. Das ist mit über 75 Prozent klar übertroffen worden. Dagegen war übrigens eine Stammtischschwester von Schuster und Heininger. Frau Döbler-Stoll hat wohl über die Fair Trade Bank Kunden akquiriert. Die Bank selbst ist nur in minimalem Umfang an dem Fonds beteiligt. Die machen das wohl häufig so, um in den Anlegerversammlungen wenigstens eine geringe Mitsprache zu haben.«

»Fair Trade Bank. Wenn ich das schon höre«, grollte der ältere Müller.

»Die scheinen ganz seriös zu sein«, sagte Ursula Seliger. »Scheinen das mit dem fairen Handel wirklich ernst zu nehmen. Sind natürlich im Haifischbecken der Anlagengeschäfte nur ein ganz kleiner Fisch.«

»Wenn den beiden was passiert ist, rückt die impulsive Professorenfamilie Sieber erst einmal ins Zentrum unserer Ermittlungen. Sie haben die Verschwundenen gekannt und beide in unterschiedlicher Weise bedroht.« Fröhlich tippte anhaltend mit dem Bleistiftende auf die Tischplatte.

»Da ist doch ein anonymer Anruf eingegangen, der diesen anderen Professor mit dem Verschwinden Heiningers in Zusammenhang bringt«, sagte Müller zwo.

»Weiß man mittlerweile, wer da angerufen hat?«, fragte Bertram.

Klaus Müller schüttelte den Kopf. »Nee, es war ein blitzkurzer Anruf einer Frau, anonym natürlich. Und der kam von einem öffentlichen Münztelefon, das am Hintereingang des Hauptbahnhofs steht. Können wir vergessen.«

»Was kann ich zusammenfassend sagen?«, Bertram sah Fröhlich an. »Auch wenn es Unruhe auslösen sollte, wir haben noch keinen Anhaltspunkt dafür, dass das Verschwinden auf Verbrechen beruht. Wir nehmen den Sieber und den Gönning-Pfister in die Mangel. Ansonsten lautet die Devise: ›Halbe Kraft voraus!‹ Wir haben ja noch andere Aufgaben zu erledigen. Und das mit immer weniger Personal.«

×××

»Der Spekulant beherrscht nicht nur die Börse, er beherrscht auch das Nachdenken über die Börse.«

(Thomas Steinfeld)

»Entschuldigen Sie vielmals, dass es hier etwas ungepflegt aussieht.« Sigmunde Schlosser blickte mit einer Mischung aus Verlegenheit und leiser Traurigkeit über den verwilderten Garten, noch ehe sie sich daran machte, das niedere Metalltor zu öffnen, das zu ihrer Parzelle in der Gartensparte »Oberbär« führte.

»Soll ich Ihnen helfen?«, fragte der junge Mann höflich, der die 87-Jährige zusammen mit seiner Frau, den zwei kleinen Kindern und dem Mischlingshund zu deren Gartengrundstück gefahren hatte. Familie Wittig hatte die Absicht, die Gartenparzelle der alten Frau zu übernehmen. Das Gartenhausgebiet war günstig in der Stadt gelegen. Hier war Platz für die Kinder, und etwas eigenes Gemüse war ja immer gut, vor allem gerade jetzt, wo die Zwillinge noch klein waren.

Sigmunde Schlosser fiel es sichtlich schwer, ihre Datsche aufzugeben. Sie liebte den Garten, den sie zusammen mit ihrem Mann seit 1952 bewirtschaftet hatte. Anton war schon fünf Jahre tot, die beiden Kinder lebten mit ihren Familien im Westen. Sie hatte sich noch einige Jahre bemüht. Der Grundstücksnachbar, Heinrich Fischer, mähte ihr manchmal den Rasen und ging ihr bei kleinen Reparaturen zur Hand, etwa der Pumpe, die bereits zu Zeiten, als ihr Anton noch lebte, ihre Tücken und Aussetzer hatte. Aber jetzt konnte sie nicht mehr.

»Das mit dem Hund könnte schwierig werden«, sagte sie zu der Frau. »Da sollten Sie am besten gleich mal mit dem Vorsitzenden reden. Eigentlich ist Hundehaltung nicht gestattet. Aber jetzt werden es ja immer weniger. Das ist nicht der einzige Garten, der nicht mehr bewirtschaftet wird. Die Alten sterben weg, und die Jungen haben keine Lust. Oder sind, wie meine auch, im Westen. Sogar meine Enkelin ist schon lange drüben im Beruf.«

Volker Wittig nickte. Das dauerte ihm alles viel zu lange. Mal den Garten inspizieren und die Laube. Dann wollten sie essen gehen. Sie hatten den Kindern Pizza versprochen. Und die Entscheidung mit Bedacht fällen.

»Können wir zuerst die Laube besichtigen?«, fragte er.

»Aber natürlich. Ganz, wie Sie wollen.«

Sigmunde Schlosser hätte den jungen Leuten gern zuerst die verschiedenen Plätze gezeigt, an denen das eine oder andere gut oder weniger gut angebaut werden konnte.

»Heinrich, mein Gartennachbar, war so nett und hat mir in den letzten Jahren den Rasen gemäht. Die Gartenordnung sieht ja vor, dass ein Drittel überbaut sein darf, ein Drittel ist Nutzgarten, und das letzte Drittel hat Rasenfläche zu sein. Aber keine Angst«, die alte Frau winkte ab, »so peinlich genau als zu der Zeit, als mein Anton und ich noch jung waren, nimmt man das heute nicht mehr.«

»Wollen wir reingehen?«, fragte Volker Wittig ungeduldig.

»Ach Gott, aber natürlich.« Die Greisin kramte in den Schlüsseln. »Mein Anton sagte immer, ich sei viel zu geschwätzig.«

Nachdem Sigmunde Schlosser den Schlüssel zur Tür der Gartenlaube gefunden hatte, dauerte es noch eine kleine Weile, bis das schon fast antiquarische Schloss aufsprang. Sie öffnete die Tür und betrat den Vorraum.

»Ach Gottchen, ach Gottchen, jetzt ist das blöde Vieh wieder da.« Sie drehte sich zur Familie Wittig um, die aufgereiht hinter ihr stand. Der Hund tollte durch den verwilderten Garten. »Dabei habe ich Heinrich gebeten, er soll im Dachraum, wo sich das Vieh immer einnistet, Petroleumlappen auslegen. Das müssen Sie sich merken. Nur Petroleum hilft. Was glauben Sie, was wir alles schon ausprobiert haben. Mit Geräuschen, die er angeblich nicht mag. Marderpaste. Sie müssen im Herbst immer mit Petroleum getränkte

Läppchen in den Stauraum legen. Zwei, drei vielleicht, das genügt völlig. Im Frühjahr dann gut durchlüften.«

»Können wir jetzt mal reingehen?«, knurrte Volker Wittig und sah seine Frau an, die schon seit längerem nervös mit den Autoschlüsseln spielte.

»Aber es riecht auch wieder«, sagte Sigmunde Schlosser. Sie öffnete die Tür zur Wohnküche der Gartenlaube und stieß einen gellenden Schrei aus.

×××

»Alles Geldwerte, das sie zu besitzen glauben, von der Wohnung bis zur Lebensversicherung, ist im Zweifelsfall längst schon Derivat einer globalen Schuldenwirtschaft, über deren Fortgang an anderer Stelle entschieden wird.«

(Thomas Steinfeld)

Claus Müller hatte noch auf die allerneuesten Auswertungen der Spurensicherung gewartet und betrat deshalb den großen Besprechungsraum um einige Minuten verspätet. Er sah bereits auf den ersten Blick, dass die Präsidentin geladen war. ›Geladen‹ war nicht der richtige Ausdruck.

›Sie explodiert gleich‹, dachte Claus Müller, ›sie wird in tausend Stücke zerspringen!‹ Er spürte ein starkes Bedauern bei der Einsicht, dass Letzteres wohl nicht der Fall sein würde.

»Wo kommen Sie jetzt noch her!«, herrschte sie den neu Hinzugekommenen an. »Wohl wieder zu lange Kaffee getrunken?«

»Ich trinke Tee, Frau Präsidentin«, sagte der ältere Müller leise. »Ich habe eben noch die neuesten Ergebnisse der Spurensicherung in Erfahrung gebracht, damit wir hier auf der Basis aktueller Informationen beraten können.«

»Das hier ist aktuell«, sagte die Präsidentin und hob die neueste Ausgabe der »Magdeburger Volksstimme« hoch. »Oder das da.« Dabei schlug sie mit dem Handrücken auf die Bild-Zeitung, die mit der Headline »Magdeburger Wertpapierhändler erwürgt – ein anderer wird noch vermisst« auf den Mord an Harald Schuster einging, der erst acht Tage nach dem Verbrechen in einer bereits seit längerer Zeit leer stehenden Gartenlaube gefunden worden war.

»Sie sind verantwortlich dafür, dass seit dem Verschwinden der beiden bislang noch nicht ernsthaft ermittelt wurde.«

›Wenn Blicke töten könnten!‹ dachte Bertram, auf den die Präsidentin zur Unterstreichung ihrer Aussage mit einer heftigen Geste zeigte.

»Wie hatten Sie doch gesagt, als nach dem Verschwinden von Dr. Frank Heininger auch dieser Herr Schuster vermisst wurde? ›Halbe Kraft voraus!‹«

Schuldbewusst zog Kurt Fröhlich den Kopf ein, nachdem offensichtlich wurde, dass er Bertrams flapsige Bemerkung aus der letzten Zusammenkunft wortgetreu der Präsidentin übermittelt hatte.

»Kleiner, dich fick' ich irgendwann in nächster Zeit«, zischte Klaus Müller so leise, dass es nur die neben ihm sitzende Kollegin Seliger annähernd verstehen konnte.

Sie warf dem jungen Müller einen freundlichen Blick zu. Obwohl er nicht mit allem, was den besonderen Charakter dieser Ermittlungsgruppe ausmachte, einverstanden war, schien er loyal zu sein. Dafür bekam er bei ihr ›big points‹.

»Bis zum Fund der Leiche in der Gartenanlage gab es nicht den geringsten Hinweis darauf, dass ein Verbrechen vorliegen könnte«, sagte Bertram. Er wirkte vollkommen beherrscht.

»Sie hätten auf jeden Fall, also in beiden Fällen, im Umfeld ermitteln können. Dann wäre nicht wertvolle Zeit verstrichen. Hätte man nach dem Verschwinden von Dr. Frank Heininger bereits damit angefangen, würde Herr Schuster vielleicht noch leben.«

»Aber genau das ...«, erwiderte Hauptkommissar Heinz Bertram, ehe er von dem sonst so leisen Claus Müller übertönt wurde. Dieser war von seinem direkten Vorgesetzten unbemerkt aufgestanden und begann erst halblaut, dann immer lauter zu sprechen.

»Entschuldigen Sie, Frau Präsidentin, aber ich kann diesen Scheiß nicht länger hören. Sie und alle anderen, die neben Ihnen oder noch drüber sitzen, sind doch nur noch von dem gesteuert, was in den Medien berichtet wird. Trägt eine Maßnahme zur Profil- oder Imagebildung bei? Oder droht man in der Rangfolge sogenannter profilierter Funktionsträger abzurutschen? Wir hier unten reißen uns den Arsch auf, machen Überstunden ohne Ende, machen die Arbeit von Kollegen mit, die schon seit zwei Jahren ausgeschieden sind. Sie«, jetzt brüllte er, »waren ja noch nicht einmal in der Lage, Ersatz für unseren pensionierten Kollegen Richter zu organisieren. Oder für Falkenhorst, der nach Halle gegangen ist. Schauen Sie sich doch mal um. Vier Leute hat diese Ermittlungsgruppe noch. Vor sechs Jahren waren wir noch doppelt so viele, in den Neunzigern waren wir noch elf.«

»Und zu DDR-Zeiten waren Sie bestimmt zwanzig«, sagte die Präsidentin kühl, als Müller ins Stocken geraten war und wie ein Triathlet nach dem Zieleinlauf erst einmal nach Luft schnappte. Und lauter werdend fuhr sie fort: »Müller, so reden Sie nicht mit mir. Sie sind zweifelsohne ein Polizist, der Verdienste vorweisen kann. Aber wenn Sie das nächste Mal den gebotenen Respekt vermissen lassen, werde ich mich nicht scheuen, trotz ihres bereits fortgeschrittenen Dienst- und Lebensalters einen Eintrag in Ihrer Personalakte vorzunehmen.«

Claus Müller sprang erneut auf, doch Bertram kam ihm zuvor, legte ihm den rechten Arm um die Schulter und zog ihn an der gefassten linken Hand wieder auf den Stuhl zurück, auf dem er mit einem gurgelnden Geräusch Platz nahm. Er griff sich an die Brust und atmete schwer.

»Um es abzukürzen, Frau Präsidentin ...« Ruhig setzte Bertram das Gespräch fort.

Ursula Seliger bewunderte die kühle Beherrschtheit ihres Chefs. In Gedanken gab sie ihm einen Kuss.

Der junge Müller stierte bereits minutenlang zu Fröhlich hinüber. Innig hoffte er, dass der persönliche Referent der Präsidentin wie beim letzten Mal auch dieses Jahr am landesweiten Fußballturnier der Polizeidienststellen teilnahm. Und dass ihre Mannschaften im Verlauf des Wettbewerbs aufeinander treffen würden.

»... genau das haben wir getan. Nach dem Verschwinden der beiden haben wir gründlich das jeweilige Umfeld auf Hinweise nach möglichen Gründen und Umständen beforscht. Ernsthafte Anhaltspunkte für ein Verbrechen gab es nicht. Seit gestern Abend ermitteln wir umfangreich und mit sämtlichen zur Verfügung stehenden Kräften im Mordfall Schuster. Claus, was besagen die neuesten Erkenntnisse der Spurensicherung am Tatort?«

Der ältere Müller saß zusammengesunken am Tisch und stützte den Kopf auf beide Fäuste. Er atmete schwer. Dann fing er mit brüchiger Stimme zu berichten an: »Harald Schuster wurde mit einer höheren Dosis Gamma-Hydroxy-Buttersäure betäubt. In entsprechender Dosierung angewandt, tritt innerhalb von zwanzig, dreißig Minuten ein komatöser Schlaf ein. Dann wurde er mit einer Drahtschlinge erdrosselt«, krächzte er leise.

»K.O.-Tropfen«, erläuterte Bertram.

»Soweit kenne ich mich aus«, sagte die Präsidentin kühl. »Glauben Sie mir, ich kann Ihren Unmut bis zu einem gewissen Grad verstehen. Bis zu einem gewissen Grad. Nur sollten Sie sich klarmachen, dass meine Sachzwänge ganz andere als die Ihrigen sind. Und das Verschwinden von Dr. Heininger sollte jetzt ebenfalls rasch geklärt werden. Fröhlich, lesen Sie rasch mal vor, wie man das mit ausdrücklichem Verweis auf den Fall Schuster in den einschlägigen Kreisen diskutiert.«

Der Angesprochene nestelte in seinen Unterlagen und fand rasch die gesuchte Kopie.

»Alles?«, fragte er seine Vorgesetzte.

»Nur das Wichtigste.«

Anfangs stockend begann Fröhlich vorzulesen:

»Mord in der Anlagebranche. Jahrelang nun schon müssen Anlageexperten und Investmentbankiers für all das herhalten, was in der Wirtschaft und der Politik schief läuft. Man weist ihnen die Schuld an der Krise zu, macht sie verantwortlich für steigende Arbeitslosigkeit, sinkendes Inlandprodukt und das Schrumpfen der Realwirtschaft. Sie sind die Bad Boys, die Parias, die wie Aussätzige behan-

delt werden. In einem solchen Klima gedeiht Gewalt, Übergriffe bis hin zum Mord inbegriffen.«

Kurt Fröhlich blickte zu seiner Chefin.

»Sehen Sie, dass sind die Sachzwang-Ebenen, auf denen ich mich bewegen muss«, sagte diese. »Ich schlage vor, dass wir an einem Strang ziehen, sonst geht das gegen die Wand, mit Folgen für uns alle.«

Als die Präsidentin und ihr Adlatus den Raum verlassen hatten, sprang Klaus Müller als Erster auf. »Diesen kleinen Denunzianten mach ich irgendwann mal fertig«, zischte er und trat hinter seinen Beinahe-Namensvetter. »Celaus, du warst großartig, wirklich.« Er klopfte dem alten Müller auf die Schulter.

Dieser drehte sich im Sitzen ein Stück nach hinten. »Leute, mir ist ganz blümerant. Heinz, es tut mir Leid, aber ich glaube, es ist besser, wenn ich nach Hause gehe.«

×××

»175 Milliarden Dollar erhielten die neun größten US-Banken vom Steuerzahler, wovon sie umgehend 33 Milliarden ihren Managern als Prämien spendierten.«

(»Die Zeit«)

Die Präsidentin schwamm nackt im Baggersee bei Gommern. Kalaus hatte ihre abgelegten Kleider aufgenommen und in einem Abwassergraben versteckt. Immer wenn sie an dem steilen Ufer aus dem Wasser steigen wollte, kamen Leute vorbei. »Bertram, das Handtuch. Geben Sie mir gefälligst das Handtuch.«

Bertram hielt die geöffneten Hände weit von sich, wie um zu zeigen, dass er kein Handtuch bei sich hatte. Er fühlte sich auch nicht verantwortlich für das fehlende Handtuch und schon gar nicht für die unvorteilhafte Lage, in der sich die Präsidentin befand. Er fühlte sich in wunderbarer Weise überhaupt nicht zuständig. Jetzt begannen Schiffe zu tuten. Immer und immer wieder. Schiffe? Hier auf diesem kleinen See? Aber er hörte doch ihre Signale.

»Heinz, Heinz, wach' doch endlich auf!« Hedwig Bertram zerrte verzweifelt an ihrem Mann, den Tränen nahe. »Wach endlich auf! Für dich.« Mit diesen Worten drückte sie ihm den Telefonhörer in die schläfrig-schlaffe Hand.

Hauptkommissar Bertram sah nicht auf die Uhr. Das Gefühl völliger Zerschlagenheit sagte ihm, dass es draußen noch finstere Nacht war und er höchstens zwei, drei Stunden geschlafen hatte. Wenn überhaupt. Und dabei noch einen absoluten Scheiß geträumt. Das wäre wieder ein gefundenes Fressen für die Polizeipsychologin, die ihn schon lange auf dem Kieker hatte.

»Kollege Bertram, angesichts Ihrer nun schon sehr langen Berufstätigkeit ist Burn-out-Prophylaxe dringend geboten.«

Burn-out, das gab es früher nicht. Das kannte seine Generation nur von den wilden Besäufnissen, bei denen zu später Stunde die Kippen ausgingen und niemand mehr in der Lage war, zum nächsten Zigarettenautomaten zu fahren oder dorthin zu wanken.

Und als er ihr geantwortet hatte, er wäre bald durch, würde die paar Jahre schon noch über die Runden bringen, hatte sie ihm angeboten, ihn auf den »problematischen Übergang zwischen Hochleistung und erzwungener Passivität« zu unterstützen.

Seit er auch das mit den Worten »Das wird nicht problematisch, sondern ein Freudenfest, das wird mir, wie seinerzeit dem ollen Kaiser Wilhelm der Erste Weltkrieg, wie eine Badekur vorkommen!« abgelehnt hatte, herrschte Funkstille.

»Ja?«, nuschelte er ins Telefon.

»Heinz, bist du's?«, heulte eine Frauenstimme, die er auf Anhieb nicht erkannte.

Bertram zögerte.

»Heinz, Claus ist soeben abgeholt worden. Feuerwehr und Notarzt. Er hat einen Herzinfarkt«, flüsterte die Frau, dann hörte er nur noch heftiges Weinen.

»Gabi, bist du's? Ist was mit Celaus?« Ihm schwante jetzt, dass es Gabriele, die Frau seines Freundes und Kollegen Claus Müller war. Herzinfarkt. Gestern war ihm so blümerant gewesen, wie er sagte.

Er streifte die Decke ab und hob die Beine aus dem Bett. »Gabi, warte zu Hause. Ich komm vorbei, dann fahren wir zusammen ins Krankenhaus.«

»Claus Müller hat einen Herzinfarkt« sagte er zu seiner Frau. »Ich hol' Gabi ab und fahr mit ihr ins Krankenhaus.«

×××

»Der Landtag streitet lieber über ein Schornsteinfegergesetz als über das Geldhaus.«
(Bernd Dörris und Martin Hesse über die Ermittlungen
gegen die Landesbank Baden-Württemberg)

»Jetzt sind wir nur noch zu dritt«, seufzte Ursula Seliger in die bereits lange anhaltende Stille hinein.

Bertram nickte. »Die Präsidentin hat mir zugesagt, dass uns in nächster Zeit von anderen Abteilungen zwei Leute abgestellt werden.«

Dem Hauptkommissar war die vergangene Nacht anzusehen. Nur kurz durfte er zu seinem Freund auf die Intensivstation. Gabi blieb ein paar Minuten länger, in denen sie weinend die Hand auf den mit Infusionen gespickten Arm ihres Mannes legte und ihm hin und wieder mit der anderen Hand über die kaltfeuchte Stirn strich.

»Schwerer Herzinfarkt«, hatte der diensthabende Arzt gesagt. »Man muss erst einmal ein paar Tage abwarten.«

Als Bertram nach Hause kam, war an Schlaf natürlich nicht mehr zu denken. Früh stand er auf und ging ins Büro, um den ersten Tag ohne Claus Müller vorzubereiten.

Als ob sie seine Befürchtungen erraten hätte, fragte Ursula Seliger: »Meinst du, der kommt noch mal wieder?«

Bertram sah seine junge Kollegin lange schweigend an. Am Ende zuckte er wortlos mit den Schultern.

Der restliche Tag war vollgestopft mit hektischer Routine. Kommissarin Seliger hatte nochmal Sieber verhört. Als er vernahm, dass es sich jetzt um Mord handelte, war der sonst so Wortgewaltige sichtlich kleinlaut geworden. Noch hatte man den genauen Todeszeitpunkt nicht ermittelt. Die Gerichtsmedizin war genauso unterbesetzt wie die Ermittlungsgruppe. Immerhin hielt ihm die Präsidentin, die auf die Nachricht von Müllers Herzinfarkt sichtlich erschrocken reagiert hatte, die Medienleute vom Hals. Sie gab eine Pressekonferenz, an der Bertram nicht teilnehmen musste. Und sie hatte Wort gehalten und die Gruppe noch am selben Morgen um einen Beamten verstärkt.

Der Hauptkommissar hatte den späten Vormittag damit verbracht, den von der Abteilung für Wirtschaftskriminalität abgestellten Kollegen Werner Brosse mit den wichtigsten Fakten vertraut zu machen.

Spontan bot sich dieser an, die ›Very good fellows‹ zu befragen, wobei er den Brokerkreis meinte, in dem der Ermordete und der Vermisste verkehrten. Brosse wusste auch bereits von der Runde, die sich vierzehntägig im »Three Lions« traf.

Bertram versuchte am späten Nachmittag zum wiederholten Male, Möbius, den alten Pathologen, zu erreichen, mit dem er nun schon über ein Vierteljahrhundert in Magdeburg zusammenarbeitete. Wie so oft, wenn es besonders dringlich war, stoppte ihn dieser mit dem gleichermaßen vertrauten wie verhassten Satz: »Nu' mal langsam mit die jungen Pferde.«

Immerhin bestätigte er die Verwendung von Gamma-Hydroxy-Buttersäure.

»Das ist ja fast eine Kopie der Morde von vor zwei Jahren. Schon aufgefallen?«, blökte er ins Telefon und lachte röchelnd.

»Möbius, du solltest jetzt endlich deine verdammte Raucherei lassen. Klingst ja wie die Dampflok von der Brockenbahn. Aber der Vergleich hinkt. Kein Faustan, keine Gitarrensaite. Der Mörder verwendete ganz normalen Blumendraht, um sein Opfer zu erdrosseln. Auf einer Gartenparzelle oder in einer Laube ist das nichts Unübliches. Mit einem Setzholz noch zugedreht.«

»Also gut, dann gibt es nur partielle Übereinstimmungen«, sagte Möbius beharrend. Manchmal konnte er einem wirklich auf die Nerven gehen.

Ursula Seliger überraschte kurz nach vier mit der Nachricht, dass Sieber verschwunden wäre. Seine Frau wusste nicht, wo er sich aufhielt. An der Hochschule hatte ihn keiner gesehen. Das erreichbare Spektrum an Freunden, Bekannten und Kollegen hatte Veronika Meinecke-Sieber mit wachsender Angst bereits kontaktiert.

»Also gut, wir lassen ihn auf die Vermisstenliste setzen«, ordnete Bertram an.

Eine halbe Stunde später konnte er spüren, wie ihn sein Körper im Stich ließ. Kein Wunder, die ganze Nacht nicht geschlafen, der bittere Schrecken mit Müller und dann noch dieser Tag, der nicht enden wollte und bislang keinen Fortgang der Ermittlungen brachte. Mit zitternden Fingern wählte er Bröckles Nummer.

×××

»Risiko ist eine andere Form der Unsicherheit. Es beschreibt die Gefahr, dass die tatsächliche Rendite von der erwarteten abweicht.«
(Andreas Oehler, Dozent für Finanzwirtschaft an der Universität Bamberg)

»Trink keinen Kaffee. Nimm lieber eine heiße Schokolade. Die beruhigt die Nerven.«

Bröckle hatte recht gehabt. Wohltuend durchströmte ihn die süße Wärme des Getränks. Erschöpft lehnte Heinz Bertram sich auf seinem Polsterstuhl zurück und ließ beide Arme baumeln.

»So einen Tag möchte ich nicht mehr oft erleben, Gotthilf. Und das mit Claus hat mir richtig zugesetzt.«

»Das glaube ich dir«, sagte der Alte in ruhigem Ton. »Kann man ihn besuchen?«

»Wir waren nur kurz drin. Außer der Frau werden sie die nächsten Tage wahrscheinlich niemanden zu ihm lassen. Das ist ein schwerer

Schlag für mich. Claus ist nicht nur ein guter Kollege, er ist auch ein guter Freund. Wir sind die Letzten der alten Garde.«

Er nahm einen Schluck von der dampfenden Schokolade und leckte sich die Lippen ab.

»Ich fürchte, er kommt nicht zurück. In dem Alter. Wenn er es gut übersteht, dann wird er vorzeitig pensioniert.«

»Abwarten. Heute werden nur noch die vorzeitig pensioniert, deren Weiterbeschäftigung Gefährdungstatbestände produzieren würde. Einfach so kaputtschreiben, das gibt es nicht mehr. Gearbeitet wird bis zum Umfallen.«

»Da hast du auch wieder recht«, murmelte der Hauptkommissar.

»Jonas, dieser alte Schwerenöter sagt immer: ›Von deiner Pension musch' du scho no was han‹. Verstanden?«

Bertram nickte gereizt. So sehr er den Alten schätzte, so ging er ihm doch gelegentlich mit seinen lebensprallen schwäbischen Alltagsweisheiten auf den Geist.

»Zahlen!«, rief er der davoneilenden Bedienung hinterher. Und zu Bröckle gewandt, sagte er: »Du, ich muss nach Hause. Mal ausschlafen.«

Der Alte nickte. Feinfühlig, wie er war, hatte er schon wahrgenommen, dass Heinz Bertram in einer äußerst bedenklichen Verfassung war. »Sag einfach, wenn ich etwas für dich tun kann.«

Bertram nickte gedankenverloren und steckte, ohne nachzuzählen, das Wechselgeld ein.

Einer spontanen Eingebung folgend, machte sich Gotthilf Bröckle zu Fuß auf den Nachhauseweg. Er schlenderte den Breiten Weg hinunter, der ihm, so lange er schon hier war, noch nie gefallen hatte. Die meisten Menschen, die ihm begegneten, machten auf ihn einen rastlosen, gehetzten Eindruck. Es fehlte der zivile Müßiggang. Aber dazu bedurfte es behäbiger, bürgerlicher Sattheit, und die war hier nur äußerst schwach entwickelt.

Eine Jugend-Clique kam ihm entgegen. Eigentlich harmlose Jungs. Aber dann kam es fast zu einer Rempelei, weil die Jugendlichen nicht auswichen, sondern geradewegs auf ihn zuhielten.

»Mensch, Opa, wie taumelst du denn durch die Stadt?«
»Hast wohl deinen Rollator vergessen.«

Er ignorierte sie. ›Wenn man alt wird, darf man sich mit den jungen Kriegern nicht um jeden Preis anlegen‹, dachte er, wenngleich verbittert. Früher hätte er zwei am Kragen gepackt und mit Händen, Schraubstöcken gleich, ihre Köpfe aneinandergepresst. Früher, ja früher. Er überquerte den Universitätsplatz und schwenkte vor der Zentrale der Stadtsparkasse in Richtung Nordpark. Diese zwischen mehreren Straßenzügen eingeklemmte, kleine grüne Insel war zu einem seiner bevorzugten Orte in Magdeburg geworden. Oft verharrte er an dem Gräberfeld, das man erst zwanzig Jahre nach Kriegsende für verstorbene Sowjetsoldaten angelegt hatte. Desiderius Jonas hatte ihm berichtet, dass die Mehrzahl der Gräber für Mannschaftsdienstgrade vor ein paar Jahren eingeebnet worden war. Man hatte kein Geld mehr zur Pflege. Jetzt ragten aus den frisch angelegten Rasenflächen nur noch die Grabsteine höherer Offiziere. So ist das in der klassenlosen Gesellschaft. Die eingemeißelten Inschriften dokumentierten, dass die meisten erst in der Nachkriegszeit gestorben waren, also nicht mehr die Opfer von Kampfhandlungen waren. Manchmal machte er sich Gedanken darüber, woran die Menschen fernab ihrer Heimat gestorben sein könnten. Stalinistischer Terror kam ihm in den Sinn. Oder doch nur Krankheiten und Unfälle im Kasernenalltag?

Er würde Bertram etwas zur Hand gehen müssen. Natürlich nicht offiziell. Und er würde mit dem Hauptkommissar auch nicht darüber reden. Der wollte sowas nicht, obwohl er ihm im Fall Denninger eine große Hilfe gewesen war. Und schließlich war er auch einige Jahre Polizist gewesen. Er setzte sich auf eine Parkbank und schaute einigen Rentnern hinterher, die ihre Hunde in der Gruppe ausführten. Im Kollektiv lässt sich der Kampf um das Zuscheißen der Grünflächen besser angehen. Außerdem ist es unterhaltsamer. Niemand benützt die an den Wegrändern aufgestellten Behälter, denen man die Hundetütchen entnehmen könnte. Symbolpolitik, im Kleinen wie im Großen. Bröckle erhob sich seufzend und ging nach Hause.

Als Erstes rief er seinen Neffen an. Hubert Niedermayer, den alle seit seiner lange zurückliegenden erfolgreichen Zeit als auffälligster Spieler des FC Niederngrün nur »Hupsi« riefen, war zu Hause. Natürlich erinnerte er sich an seinen bislang einzigen Besuch in Magdeburg. DBF-Fondsanteile?

»Erinnere mich bloß nicht daran. Hab' ich ja nur nebenher an einige meiner Versicherungskunden verkauft. Dummerweise auch an meine Schwester und meine Mutter. Das Geld ist jetzt wohl futsch.«

»Wie das der Siebers auch, die du blöderweise hier in Magdeburg angehauen hast, als wir zusammen in der Kneipe waren. Hat mir schon damals nicht gefallen.«

»Es konnte doch niemand wissen ...«

»Du brauchst dich nicht zu rechtfertigen. Hab' ich das richtig verstanden? Die Privatbank Rittberger eröffnet einen Immobilienfonds, der unter dem Namen ›Deutscher Beamten-Fonds‹ Seriosität suggeriert. Verwaltet wird der aber von jemand anderem, von der Firma dieses Herrn Dr. Heininger.«

»European Treasures Invest. Dr. Frank Heininger ist der Geschäftsführer.«

»Und wie kommt es, dass jemand wie du, der in einer ganz anderen Branche tätig ist, mit diesen Anteilen handelt?«

»Ich handle nicht damit, lieber Onkel. Ich vermittle nur und krieg' für jeden Vertragsabschluss, der durch meine Vermittlung zustande gekommen ist, eine Provision. Das Ganze machte einen äußerst seriösen Eindruck, sonst wäre ich gar nicht eingestiegen. Das kannst du mir glauben. Die Depots für diesen Immobilienfonds werden übrigens von guten Bekannten von mir bei der Volksbank Aalen verwaltet. Obwohl ich die Anlagen von Inge und Mutter storniert hab, müssen die noch über Jahre hinweg deutlich überhöhte Depotgebühren an die Volksbank Aalen abdrücken, selbst dann, wenn die Anlage in Immobilienanteilen zu einem Totalverlust führt.«

»Da wird sich aber meine Verwandtschaft freuen«, brubbelte der Alte. »Was sagt denn meine Schwester dazu?«

»Das kannst du dir ja denken. Mutter war ja immer recht temperamentvoll. Sie will mir den Verlust vom Erbe abziehen.«

»Da gibt's wohl Schlimmeres. Sag' mal, kennst du den Heininger persönlich?«

»Nicht besonders gut, eher flüchtig. In Magdeburg hatte ich keinen Kontakt mit ihm. Ich hab' den nur ein einziges Mal gesehen. Im ›Hotel Hohenlohe‹ in Schwäbisch Hall fand seinerzeit in illustrem Rahmen eine Informationsveranstaltung für einen Personenkreis statt, der Interesse angemeldet hatte, Fondsanteile in Umlauf zu bringen. Es waren zumeist Leute wie ich, Versicherungsvertreter, kleine Bankangestellte, die noch ein paar Euro nebenher machen wollten. Alles todschick. Wellness, feine Weine, ein prächtiges Buffet. Heininger hat dann bis spät in die Nacht die Puppen tanzen lassen.«

»Mit Speck fängt man bekanntlich Mäuse. Bankangestellte, dürfen die so was überhaupt nebenher machen?«

Niedermayer lachte. »Aber was denkst du denn. Natürlich darf das deren Arbeitgeber nicht offiziell wissen. Nur so werden eher zurückhaltende Kleinanleger, die ein Leben lang auf ihre Ersparnisse geachtet haben, an die Tränke geführt.«

»Eher wohl aufs Schafott oder zur Schlachtbank«, höhnte Bröckle. »Diese Kerle, die sich Investmentbanker nennen oder es auch sein mögen, und ihre ganzen Vasallen führen sich auf, als seien sie die Herren der Welt. In Wirklichkeit sind das alles nur armselige Hütchenspieler.«

Er räusperte sich, schwieg einen Moment und fuhr dann wesentlich leiser fort: »Beinahe hätte ich vergessen, dir zu sagen, dass dieser Heininger verschwunden ist.«

Niedermayer pfiff so laut ins Telefon, dass es Bröckle schmerzte. »Möglicherweise ist ihm die ganze Sache zu heiß geworden. Vielleicht hat er sich abgesetzt. Es soll ja über 60.000 Geschädigte geben. Das ist ja kein Pappenstiel. Aber der Nutznießer ist nicht so sehr die ETI. Nutznießer ist in erster Linie Rittberger.«

»Der sitzt wohl auf den Malediven. Die Anleger halten sich nun mal in erster Linie an den, mit dem sie das Geschäft abgeschlossen haben.«

»Wem sagst du das«, murmelte Niedermayer. »Mir rennen sie ja auch die Bude ein.«

»Dann pass bloß auf. Ein Kumpel von Heininger, der allerdings mit Windparkanteilen und Ähnlichem handelt, ist ermordet worden.«

»Onkel, glaub' mir, ich habe wirklich nicht ahnen können, dass das so eine Entwicklung nimmt. Am liebsten würde ich den ganzen Scheiß hinschmeißen.«

»Hupsi, wer unter die Segel gegangen ist, muss an Bord bleiben!«

×××

»Bankberater blamieren sich: Wer Geld anlegen will, kann sich laut Stiftung Warentest nach wie vor nicht auf seine Bankberater verlassen. In 147 Beratungsgesprächen schneidet kein Institut mit ›gut‹ ab.«

(»Murrhardter Zeitung«)

Freddi Konopke, der mit richtigem Vornamen Alfred hieß, aber seit seinem Militärdienst bei den NVA-Kampftauchern höchstens bei der Verlängerung seines Personalausweises so angesprochen wurde, umging die großräumige Absperrung des Concordia-Sees auf Wegen und Trampelpfaden. Hier konnte er unmöglich mit dem Auto fahren. Es wäre auch viel zu auffällig gewesen. Also hatte er den kleinen Einachshänger an die ›Schwalbe‹ montiert und mit dem altertümlichen Gespann den alten LPG-Verbindungsweg zwischen Frose und Nachterstedt benutzt. Hier standen an mehreren Stellen ebenfalls Absperrgitter. Aber wenn er die am Rand des Weges etwas zur Seite rückte, so seine Überlegung, könnte er die ›Schwalbe‹ mitsamt dem Hänger an der Sperre vorbeischieben. In Nachterstedt selbst war kein Durchkommen. Seitdem die Häuser abgerutscht waren und drei Menschen bislang nicht aus dem See geborgen werden konnten, hatten sich Trauer und Agonie wie Mehltau über den

Ort gelegt. Die gepflasterte Allee, die zur Unglücksstelle führte, war vollständig abgesperrt und wurde rund um die Uhr vom Mitarbeiter einer Sicherheitsfirma überwacht. Jetzt, da es schon deutlich kälter war, hockte der arme Kerl während der ganzen Schicht in seinem Auto. Schräg dahinter hatte man eine Chemie-Toilette aufgestellt. Einmal hatte er dem schon älteren Mann in einer Thermoskanne Tee gebracht und mit ihm ein Schwätzchen gehalten. Aber was der erzählen konnte, das wusste Freddi schon. Er war mit der Gegend vertraut und kannte Hinz und Kunz. Und alle hatten nach dem Unglück etwas zu erzählen gehabt.

Zuerst hatte er überlegt, ob er sein Gefährt am Ortsende von Nachterstedt auf dem Gelände einer verfallenen Wohnbaracke hinter einer übermannshohen Hecke abstellen sollte. Auf der anderen Straßenseite führte ein Weg zum Seeufer. Aber in der Montur die Straße zu überqueren, wäre doch etwas riskant gewesen. Ein dicker Mann watschelt im Taucheranzug über die Durchgangsstraße. Da bräuchte bloß einer mal vorbeizufahren.

Zwischen Frose und Nachterstedt musste er kurz nacheinander mehrere Sperrgitter überwinden, was aber mit der ›Schwalbe‹ und dem Hänger ganz gut klappte. Am Ortsschild begann die frisch gepflasterte Haldenstraße. Er kannte sich hier aus. Vorn hatte sein alter Kumpel Knobbe gehaust, bis er die Raten für die marode Bruchbude nicht mehr bezahlen konnte. Am mittlerweile tipptopp sanierten Haus hingen jetzt auffällige Schützenscheiben. Der neue Besitzer war 1998 und 2006 Nachterstedter Schützenkönig geworden. Daneben hatte er noch mehrere Scheiben für seine Siege im »Freistil« und mit der »Kurzwaffe« montiert.

Wenige Meter vor der Kindertagesstätte »Seelandfrösche« ragten, wie schon zu DDR-Zeiten, die hässlichen metallgrauen Rohrleitungen der Wärmeversorgung aus dem Boden. Hier hielt er an und stellte den Motor ab. Auf der Straße war kein Mensch zu sehen. Rechts führte ein matschiger Weg zum See hinunter, der ebenfalls mit einem Gitter abgesperrt war. Gleich mehrere Warnschilder waren daran befestigt: »Bergbaugelände«, »Unbefugten ist der Zutritt verboten«, »Lebensgefahr«. Er blickte um sich. Auch jetzt war niemand zu sehen. Hurtig wuchtete er den schweren Betonsockel der Absperrung zur Seite, schob das Gefährt samt Hänger am Gitter vorbei und brachte den Betonfuß wieder in seine alte Position. So rasch er konnte, stapfte er mit seinem Gespann aus dem Sichtfeld der Straße. Jetzt konnte er es etwas ruhiger angehen lassen.

Freddi Konopke liebte das Tauchen, das Risiko und das Geld. Von Letzterem hatte er allerdings in letzter Zeit zu wenig, genauer, so gut wie keines. Nur in einer solch vertrackten Lage konnte ein Mensch überhaupt auf die Idee kommen, im hermetisch abgesperrten Sektor des Concordia-Sees genau dort tauchen zu wollen, wo im Hochsommer 2009 die Häuser abgerutscht und mehrere Menschen auf tragische Weise ums Leben gekommen waren.

Freddi Konopke war Anfang Fünfzig. Dass er in seiner Jugend eine Sportskanone und vor allem ein sehr guter Schwimmer gewesen war, sah man ihm heute beim besten Willen nicht mehr an. Er war nicht schnell genug gewesen, um bei den Jugend-Spartakiaden für den Leistungssport ausgekämmt zu werden, aber aufgrund seiner Ausdauer und seiner als hervorragend getesteten Werte sehr wohl geeignet, einige Jahre in einer Kampftauchereinheit der NVA Dienst zu tun. Gleich nach der Wende machte er sich als Industrietaucher selbständig. Das ging lange gut. Manchmal verdiente er in vier Wochen so viel, dass er ein halbes Jahr davon leben konnte. Doch vor sechs Jahren hatte er bei Arbeiten im Abklinkbecken eines Kernkraftwerkes einen Tauchunfall. Nach der Reha bestand ein weiteres halbes Jahr Tauchverbot. In einem hart umkämpften Markt musste er sich dann ganz hinten anstellen, wo es für ihn auch aufgrund seines schon fortgeschrittenen Alters nichts mehr zu holen gab. Ratzfatz landete er in Hartz IV. Freddi Konopke, der außer dem, was es in der Datsche und im Garten zu richten gab, nicht viel zu tun hatte, unternahm hin und wieder ein kleines Tauchabenteuer. Nicht mehr wie früher in Ägypten, Vietnam, Thailand, Kuba oder auf den Barbados. Eher bei Gommern oder im Neustädter See in Magdeburg. Und hier am Concordia-See interessierte ihn, ob nach dem tragischen Erdrutsch an der Unglücksstelle nicht doch noch was zu finden sei. Seine Kollegen hatten ja trotz umfangreichem Technikeinsatz nach wenigen Tagen ohne Erfolg aufgegeben.

Er hatte abgewartet, bis es richtig kalt und regnerisch wurde. Nachdem die Sommerfrischler, Schaulustigen und Katastrophentouristen ausblieben, kam nur noch selten jemand in die Nähe des Sperrgebiets. Aber er wollte keine Scherereien, ging lieber auf Nummer sicher.

Freddi Konopke verspürte bei seinem Tun ein zwiespältiges Gefühl. Einerseits war er sich der Armseligkeit seines Unterfangens bewusst. Von der Strafbarkeit ganz zu schweigen. In der Trümmerlandschaft der in die Tiefe gerissenen Häuser nach Verwertbarem zu suchen, war eigentlich nicht sein Ding, außer, man hätte ihm hierfür den Auftrag gegeben. Aber derartige Aufträge erhielt er schon lange nicht mehr.

Und wie sagten seine Froser Angelfreunde hin und wieder: »Auf dem Trockenen ist nicht gut fischen.« Also musste er mal wieder ins Wasser.

In sicherer Entfernung zur Abbruchstelle begann er sich umzuziehen. Das Wetter war ideal. Wolkig, kühl und ab und zu ein kurzer Schauer. Selbst die ganz hart gesottenen Badegäste kamen nicht mehr. Und am gegenüberliegenden Ufer würden heute keine Radfahrer und Spaziergänger auftauchen. Auf die große Entfernung würden die ihn zwar nur mit einem Fernglas erkennen können. Aber so fühlte er sich sicherer. In spätestens einer Stunde war es dunkel. Er musste sich beeilen.

Ächzend schloss er den Taucheranzug. Er war viel zu fett geworden. Aber Gott sei Dank dehnte sich das Neopren so weit aus, dass er die Montur noch benutzen konnte. Den Kauf einer neuen konnte er sich abschminken, außer er barg heute den Schatz, der sich vielleicht in den zusammengerutschten Häusern verbarg. Da hatten ja wohlhabende Leute gewohnt, zumindest konnte man sie für hiesige Verhältnisse so bezeichnen.

Aus alter Gewohnheit benetzte er das Innere der Brille mit Wasser, obwohl das neue Material dies nicht mehr notwendig machte. Seine Leibesfülle erzeugte einen höheren Auftrieb, weshalb er mehr Blei benötigte als früher. Die alte Regel hieß, dass man mit voller Flasche so viel Blei mitnehmen sollte, dass man bei halb leerer Lunge noch mit dem Kopf aus dem Wasser ragte. Er stülpte die ausgeleierte NVA-Neopren-Kampftauchermaske über, schob die Brille über Augen und Nase, befestigte die uralte, aber immer noch taugliche Stirnlampe, setzte das Mundstück ein, regulierte die Sauerstoffzufuhr, watschelte vorsichtig das letzte Stück Böschung hinunter, das sich bereits unter Wasser befand, und tauchte endlich in den mittlerweile wieder recht klaren Stausee ein, der ja noch über einige Jahre ansteigen sollte. Doch nach dem Unglück war die Zukunft des Naherholungsgebietes und der Seenlandschaft ungewiss. Ob hier jemals wieder die Idylle eines Badesees herrschen würde, hing entscheidend von den Gutachten zur künftigen Sicherheit des ehemaligen Tagebaus ab.

Nachdem er von seinem Einstieg aus etwa zweihundert Meter geschwommen war, ging der einsame Taucher in der Nähe der Abbruchkante in die Tiefe. Dabei war er stets darauf bedacht, sich von dieser fernzuhalten. Von früheren Arbeiten an anderen gefluteten Tagebauen wusste er, dass die aus dem Abraum aufgeschütteten Ufer unter Wasser keinen Halt boten. Das angehäufte Bruchmaterial verhielt sich unter Wasser wie Treibsand. Manche behaupteten sogar, es würde fließen. Von den zwei Millionen Kubikmetern Erde und Geröll, die sich gelöst hatten, war das meiste in den See gedonnert. Ein kleinerer Teil lag am Fuß der Abbruchkante, außerhalb des Wassers, und galt unverändert als instabil. Der Mist konnte jederzeit erneut ins Rutschen geraten.

Mit gleichmäßigen Flossenschlägen tauchte Konopke weiter hinunter. Erst hier schaltete er Stirnlampe und Handstrahler an. Aus dieser Tiefe würde kein verräterischer Lichtschein nach oben dringen. Langsam näherte er sich der Abbruchstelle. Die Polizei- und Feuerwehrtaucher hatten im vergangenen Sommer sehr ungünstige Verhältnisse vorgefunden. Man hatte keinen einzigen Vermissten bergen können. Konopke hatte, wie erhofft, bessere Sicht. Die trübenden Schwebstoffe hatten sich im Lauf der Zeit abgesenkt. Teile der abgerutschten Häuser tauchten auf. Deutlich konnte er eine Dachrinne erkennen. Dann bemerkte er am Boden rote Tupfen. Beim Herantauchen wurde ihm rasch klar, dass es sich um einzelne Dachziegel handelte, die vom feinen Dreck freigespült worden waren. Was suchte er denn überhaupt hier? Kaum anzunehmen, dass er auf dem Grund eine prall gefüllte Geldkassette fand oder ein Tresor zur Hälfte aus dem Schlick ragte. Wahrscheinlicher war, einige Wertgegenstände zu finden. Werkzeug, vielleicht Kupferverkleidungen, die er günstig bergen konnte. Der Kupferpreis war zur Zeit ganz beachtlich. Und dann vielleicht ein Zufallsfund von Wert. Im starken Licht seiner Handlampe schimmerte etwas Bläuliches. Es sah aus wie ein Müllsack, von dem die uferferne Seite mit Sand und Schlick bedeckt war. Mit sachten Flossenschlägen schwamm Konopke näher heran. Es handelte sich um einen Gegenstand, der in schwach transparentes Verpackungsmaterial eingeschlagen und mit Draht umwickelt war. Daran waren flache runde Gewichte und ein weiteres Metallteil befestigt, dessen übliche Funktion auf Anhieb nicht zu bestimmen war.

Er konnte aufgrund der ungünstigen Lichtverhältnisse nicht erkennen, was es mit diesem Gebinde auf sich hatte. Er hätte das Ganze auch nicht weiter beachtet, wenn nicht diese merkwürdige Beschwerung angebracht gewesen wäre. Na, ja, es war ja seit vielen Jahren zur schlechten Gewohnheit mancher Anrainer geworden, Überflüssiges im See zu versenken. Es handelte sich in der Tat um blaue Plastikfolie, in die etwas eingewickelt war. Da er mit nur einer Hand die Hülle nicht aufreißen konnte, legte er seine Handlampe auf den Boden, die sofort ein paar Zentimeter in den weichen Untergrund einsank. Aufgewirbelte Ablagerungen trübten sofort das Licht. Mit beiden Händen zerrte er an der Verpackung, die urplötzlich einriss. Schwammiges Material drängte gegen die längliche Öffnung. Schlagartig wurde ihm klar, dass in dem länglichen Gebinde ein menschlicher Körper verborgen war.

×××

»Wir wissen aus der Forschung, dass immer wieder eingeübte Tätigkeiten die Herausbildung spezifischer Denkstrukturen fördern. Investmentbanker weisen schon deshalb von der Norm abweichen-

de Denkstrukturen auf, weil sie gewohnt sind, ausschließlich mit fremdem Geld umzugehen.«

(Gudrun Wagner, Sonderpädagogin)

»Heinz, hol' mich hier raus.« Flehend und mit einem unendlich traurigen Ausdruck im eingefallenen, blassen Gesicht sah Claus Müller zu seinem Chef hinauf, der sich über sein Bett beugte. Dabei krallte er die Fingernägel seiner linken Hand so fest in dessen Unterarm, dass es diesen schmerzte.

»Du musst mich hier rausholen. Das Krankenhaus bringt mich um.«

»Unsinn. Niemand bringt dich hier um. Die kümmern sich doch großartig um dich. Celaus, du musst erst wieder gesund werden. Und dann ab in die Kur, da wirst du viel Spaß haben und wieder völlig auf die Beine kommen.«

»Weißt du, wie viele Leute jedes Jahr an den Folgen ihres Krankenhausaufenthaltes sterben?«, flüsterte Claus Müller.

»Keine Ahnung.« Heinz Bertram schüttelte den Kopf.

»Vierzigtausend, ob du's glaubst oder nicht.«

»Ach, das sind doch Erbenzählereien dieser ewigen Miesmacher, die hinter jedem Rosenbusch die ganz großen Gefahren sehen. Lass dich doch davon nicht ins Bockshorn jagen. Dir geht es doch schon viel besser. Noch ein paar Tage, dann bist du draußen.«

Gerade als Claus Müller etwas erwidern wollte, klingelte Bertrams Mobiltelefon. Der jüngere Müller war am Apparat.

»Chef, wo steckst du? Du musst sofort hier antanzen.«

»Das geht jetzt nicht. Ich bin bei Celaus im Krankenhaus.«

»Sag' ihm mal schöne Grüße von uns allen. Aber du musst her. Gleich ist große Lage.«

»Was ist los?«

»Sie haben Heininger gefunden, tot, aller Wahrscheinlichkeit nach wurde er auch ermordet.«

Als Hauptkommissar Bertram eine halbe Stunde später im Präsidium eintraf, hatte die Besprechung bereits begonnen. Er sah auf

Anhieb, wie Fröhlich sich aufplusterte. Vermutlich wollte er eine Bemerkung über sein verspätetes Eintreffen machen, aber die Präsidentin hielt ihn mit einer dezenten Geste davon ab.

»Gut, dass Sie da sind, Dr. Möbius wollte gerade mit seinem Vortrag beginnen.«

Bertram war erstaunt darüber, wer da heute alles versammelt war. Neben seiner kleinen Rumpftruppe war auch Werner Brosse da, die Verstärkung. Machte sich ganz gut, der Mann. Dann saß Möbius am Tisch, der alte Gerichtsmediziner, was höchst ungewöhnlich war. Und schließlich bemerkte er noch einen Neuen, der mit verschränkten Armen in seinem Sessel fläzte, ein Jungchen, das er noch nie gesehen hatte.

Als ob sie seine Überraschung geahnt hätte, wies die Präsidentin auf den Unbekannten. »Ich darf Herrn Ludwig in dieser Runde begrüßen.« Der Angesprochene nickte an dieser Stelle artig. »Frank Ludwig hat an der Fachhochschule der Polizei in Aschersleben studiert und absolviert derzeit einen Master-Studiengang ›Kriminologie im Europäischen Vergleich‹, in dessen Rahmen er ein dreimonatiges Praktikum absolvieren muss. Ich denke, dass er bei Ihnen das Meiste lernen kann, zumal sich diese Fälle eben erst zu entrollen beginnen. Herr Ludwig, wollen Sie selbst noch ein paar Worte sagen?«

Frank Ludwig räusperte sich und richtete sich auf. »Vielen Dank, ich möchte diese Gelegenheit gerne nutzen. Sie waren ja so freundlich, mich bereits vorzustellen. Ich kann Ihnen mitteilen, dass ich die vorhandenen Fakten bereits systematisch gerastert habe. Dabei fächerte sich die Mehrdimensionalität der bislang gesicherten Fall-Facetten markant auf.«

›Na hoppla, das kann ja heiter werden‹, dachte Bertram und war in diesem Moment zu der festen Überzeugung gelangt, dass diese Abordnung eine perfide Straf-Aktion seiner Vorgesetzten war. In eine kurze Sprechpause des Dozierenden hinein fragte er: »Inwiefern?«

»Nun, der Fall reicht weit über die örtliche Ebene hinaus. Analysiert man die Geschäftsbeziehungen der beiden Ermordeten, so werden nationale, vielleicht sogar internationale Verschränkungen sichtbar.«

Mit den Worten »Wunderbar, ihre Analyse wird uns sicher weiter helfen!« unterbrach der Hauptkommissar den Vortragenden und blickte in die Runde. »Entschuldigt, dass ich später kam, aber einer muss sich ja wenigstens ab und zu um Celaus kümmern. Ist denn schon klar, dass es sich beim Tod von Dr. Frank Heininger um Mord handelt?«

Alle nickten. Ursula Seliger nahm eine Mappe auf. »Chef, hier sind die Unterlagen der Kollegen vom Revier in Aschersleben. Die Leiche wurde eingewickelt und mit Gewichten beschwert im Concordia-See versenkt, direkt an der Stelle, wo vor einigen Monaten die Häuser in die Tiefe gerissen worden sind. Nicht ungeschickt, denn der oder die Täter haben sicherlich mitgekriegt, dass die Suche längst eingestellt wurde und das Gelände bis weit in den See hinein Sperrgebiet ist.«

»Auf welche Weise wurde Heininger ermordet?«

Ehe Ursula Seliger antworten konnte, ergriff die Präsidentin das Wort. »Das kann uns, glaube ich, am besten Dr. Möbius erklären, den ich gebeten habe, aufgrund der besonderen Umstände und der Dringlichkeit der Ermittlungen heute Abend noch zu uns zu kommen.«

Der Angesprochene schnaubte wie ein Walross, fuhr sich durch das schlohweiße Haar und breitete fuchtelnd in einer Weise die Arme aus, die manchen der Anwesenden aus alten Filmen, in denen Lenin zu den Massen redete, bekannt vorkam. In dieser Pose hielt er einen Moment inne, um dann fortzufahren: »Nun, ich habe eigentlich nichts vorzutragen, was nicht auch morgen früh rechtzeitig genug gewesen wäre. Die Leiche lag ja schon einige Zeit im Wasser, da kann man nicht so mir nichts, dir nichts Wahrheiten verkünden.«

»Aber einige Tatbestände sind doch bereits ermittelt.« Für alle gut sichtbar legte sich die Stirn der Präsidentin in hässliche Falten.

»Ja gut, ich kann Ihnen sagen, was bereits hier drin steht.« Möbius schlug mit der flachen linken Hand eine Spur zu laut auf einen Schnellhefter, der vor ihm auf dem Tisch lag. »Um den Hals des Mannes war ein Draht gezurrt, der sich bei der schon fortgeschrittenen Zersetzung des Leichnams tief in die Weichteile der Halspartie eingeschnitten hat. Das stellt einen deutlichen Hinweis darauf dar, dass er gewürgt wurde. Nicht sicher ist, ob er daran gestorben oder später ertrunken ist.«

»Das sieht man doch daran, ob Wasser in der Lunge ist oder nicht!«, sagte Klaus Müller und strahlte über das ganze Gesicht.

Möbius blies beide Backen auf, ließ mit einem Geräusch, das an aus einem Kinderluftballon austretendes Gas erinnerte, die Luft über seine feuchten Lippen entweichen und knurrte gereizt: »Genau diesen Unsinn zeigen sie ständig im Fernsehen. Das ist aber nicht unser Bezugsrahmen. Junger Mann, Sie müssen noch viel lernen. Wenn eine Leiche, wie in diesem Fall, mindestens vierzehn Tage auf dem Grunde eines Sees liegt, füllt sich jeder Hohlraum nach und nach mit Wasser, also auch die Lunge eines Menschen, der nicht ertrunken ist, sondern erst nachträglich, etwa, wie in diesem Fall, mittels Beschwerung mit Gewichten für längere Zeit unter Wasser gebracht wurde.«

»Existieren Gemeinsamkeiten mit dem Fall Harald Schuster, der in der Laube gefunden wurde?«, fragte Bertram. »Der ist ja ebenfalls mit einem Draht erdrosselt wurden. Und zuvor hat man ihn mit oral zugeführter Gamma-Hydroxy-Buttersäure betäubt.«

»Bedingt«, schnarrte Möbius. »Richtig ist, dass beide einen Draht um den Hals hatten. Aber die Drahtschlingen gleichen sich nicht, es ist auch anderes Material. Und ob die zuletzt gefundene Leiche mit GHB betäubt wurde, kann ich jetzt noch nicht sagen.«

»Bis wann können Sie das feststellen, wenn Sie besonders flott arbeiten?«, fragte die Präsidentin.

Möbius gab ein Geräusch von sich, das Bertram an das Grunzen eines Gorillamännchens im Magdeburger Zoo erinnerte, dann sagte er: »Flott oder weniger flott, das war noch nie eine entscheidende Frage für die Gerichtsmedizin. Und in diesem Fall ist dieser Aspekt in besonderer Weise irrelevant. GHB wirkt in höheren Dosen einschläfernd, in sehr hohen Dosen narkotisch und bei Überdosierung kann es zur Atemdepression bis zum gänzlichen Atemstillstand kommen. Gefährlich ist die Kombination von Alkohol und GHB. Unser Problem ist, dass das Narkotikum innerhalb von zwölf bis achtzehn Stunden im Körper bis unter die Nachweisgrenze abgebaut wird. Im Blut ist es in der Regel nur acht bis zehn, im Urin zwölf und in günstigsten Fällen achtzehn Stunden nachweisbar.«

»Das heißt, Sie können bei der nun schon länger im Wasser liegenden Leiche eine mögliche vorherige Betäubung gar nicht mehr nachweisen?«, fragte die Präsidentin kühl.

Oskar Möbius räusperte sich, hob die Schultern und schwieg.

»Könnten Sie das vielleicht noch etwas präzisieren, Herr Dr. Möbius?«

»Nun, ich bin der Auffassung, dass alles gesagt ist. Wenn es neue Hinweise gibt, werde ich die so rasch als möglich der Ermittlungsgruppe vorlegen. Ich meine, wir können uns die Zeit für Spekulationen sparen.«

»Ist da noch etwas zu erwarten oder nicht?«, fragte die nun sichtlich verärgerte Präsidentin.

Möbius grunzte. Die anderen warteten gespannt, ob er überhaupt noch etwas sagen würde.

»Wissen Sie«, sagte er endlich, »ich bin es leid, mich mit meinen Mitarbeitern immer wieder im Kreis zu drehen. Wie oft habe ich Sie darauf hingewiesen, dass wir noch immer auf die Anschaffung eines Dünnschichtchromatogramm-Scanners warten? Zehnmal, zwanzigmal?« Möbius war laut geworden. »Seit Jahren weise ich Sie, das Innenministerium und den Finanzminister erfolglos auf diesen Missstand hin. Also geht es nicht schneller. In unserem Fall müssen wir prüfen, welchen Einfluss der Umstand hat, dass die Leiche längere Zeit im Wasser lag und damit nicht nur spezifischen Zersetzungsprozessen ausgesetzt, sondern auch gekühlt war. Wie viel Zeit verstrich zwischen einer möglichen Erdrosselung und dem Versenken der Leiche im See? Rein theoretisch könnten wir GHB in einer Haarprobe nachweisen. In unserem Fall wäre ein Substanznachweis höchstens im kopfnahen Segment möglich. Nachdem der Tod eingetreten ist, kommt es noch in geringem Umfang zum Wachstum der Körperhaare. Sie sehen, es bleiben viele Möglichkeiten.«

»Und wann kann man mit Ergebnissen rechnen?«, fragte Fröhlich, der sich lange nicht an dem Gespräch beteiligt hatte.

Möbius stand auf. »Wenn Sie mich nun gehen lassen, bin ich morgen früher am Arbeitsplatz.« Er blickte demonstrativ auf die Uhr. »Und dann können Sie auch noch früher mit Resultaten rechnen. Meinen Sie nicht?«

Ohne eine Antwort abzuwarten, nickte er Heinz Bertram stumm zu, nahm seinen Regenmantel und seinen abgewetzten Hut vom Kleiderhaken und watschelte in Richtung Ausgang. Dort machte er kehrt, blieb leicht gebeugt vor der Tischrunde stehen und hob mahnend den Zeigefinger. »Macht nur so weiter. Oberstaatsanwalt Vogt ging zum 1. Januar 2010. Das war nicht irgendjemand, sondern einer der renommiertesten internationalen Kinderporno-Jäger, eigentlich ein Glücksfall für Sachsen-Anhalt. Er hat die unhaltbaren Zustände in den Polizeidirektionen nicht länger ertragen. Hier im Land ist ja selbst zu wenig Personal da, um beschlagnahmte Computer und Mobiltelefone auszuwerten. Es wird nicht mehr lange dauern, dann bin ich alter Mann weg. Ich wette um jeden von Ihnen gewünschten Einsatz, dass meine Stelle dann mal eben zwei Jahre unbesetzt bleibt und andere meinen Job mal so nebenbei erledigen sollen. Und irgendein Murmelspieler aus dem Innenministerium wird das als gelungene Kompetenzbündelung verkaufen.«

In einer Geschwindigkeit, die man dem korpulenten Mittsechziger nicht zugetraut hätte, drehte er sich auf dem Absatz um. »Einen schönen Abend allerseits!«, sagte er noch, dann fiel die Tür krachend zu.

Die Präsidentin lächelte verbissen in die Runde. Dann sagte sie: »Eigentlich dachte ich bis eben, dass es meine Aufgabe sei, diese Runde aufzulösen. Aber die wesentlichen Punkte scheinen mir in der Tat abgehandelt zu sein. Frau Seliger, meine Herrn, einen guten Abend noch!«

Während die Präsidentin mit Fröhlich und Ludwig im Gefolge zügig den Besprechungsraum verließ, blieb die um Werner Brosse erweiterte Ermittlungsgruppe noch im Raum. Nachdem nun die nach Feierabend sonst üblichen Verrichtungen und Aktivitäten nicht mehr zu realisieren waren, schien es niemand mehr eilig zu haben.

»Geht noch jemand mit, ein Bier trinken?«, fragte Klaus Müller.

»Gern!«, sagte Brosse als Erster.

Bertram nickte zögernd und blickte Ursula Seliger an. »Aber nur, wenn du auch mitkommst.«

Sie lächelte ihn an. Dann sagte sie: »Es ist auch mal wieder an der Zeit. Wir waren das letzte Mal zusammen einen trinken, als dein Dienstjubiläum gefeiert wurde. Und da waren die ganzen Dickbacken dabei.«

Sie holten ihre Jacken und Mäntel und gingen gemeinsam die Treppe hinunter. Als sie im Foyer angekommen waren, klingelte Bertrams Handy. Er zog es aus der Tasche, sah aufs Display, blieb hinter den anderen zurück und ging dann ran. Schon nach einigen Sekunden weckte er die Neugierde seiner Mitarbeiter, indem er seinem Gesprächspartner mit »Verfluchte Scheiße!« antwortete.

Als das Telefonat beendet war, schloss er mit raschen Schritten zu den Anderen auf, die sich interessiert zu ihm umblickten.

»Da rief eben ein Kollege aus Wernigerode an. Der Geschäftsführer des Schierker Hotels ›Waldschlösschen‹ hat die örtliche Polizei darüber informiert, dass ein Gast, der bei ihnen unter dem Namen Dr. Karl Wehling eingecheckt hatte, seit zwei Tagen nicht mehr gesehen worden ist. Die Putzkräfte fanden das Bett jeden Morgen unberührt vor, das Gepäck stand an derselben Stelle wie jeweils am Vortag. Als die beiden Polizisten das Zimmer inspizierten, fanden Sie in dem einzigen Jackett, das im Kleiderschrank hing, den Personalausweis des Verschollenen. Nur war der Personalausweis nicht auf einen Karl Wehling ausgestellt, sondern auf den Namen Jens Sieber, den wir und auch einige andere hier in Magdeburg nun schon seit ein paar Tagen vermissen.«

xxx

»Wenn Landesbanken versuchen, am großen kapitalistischen Rad zu drehen, wird es teuer, Diese Regel hat nun auch die Bayern/LB verlustreich bestätigt. Unterm Strich kostet der ›Größenwahn‹ von dem immer erst im Nachhinein die Rede ist, rund 3,7 Milliarden

Euro. Ein Manager trat zurück, die Verantwortlichen in der Politik dürfen vorerst weitermachen.«

(»Der Freitag«)

Obwohl er sich von dem Gespräch nicht viel erhoffte, hatte Bertram zwei Stunden eingeplant, um die hochbetagte Sigmunde Schlosser selbst zu vernehmen. Vermutlich stand die alte Dame unter Schock. Und da gebot es sich, besonders rücksichtsvoll und feinfühlig aufzutreten. Klaus Müller konnte das nicht. Die Seliger hatte das drauf, war aber immer etwas unberechenbar, und den Neuen, den die Kollegen von der Wirtschaft abgestellt hatten, kannte er noch zu wenig. Den eloquenten Master-Studenten Frank Ludwig hatte er erst einmal Klaus Müller zugeordnet. Der würde ihn rasch die Grenzen aufzeigen. Das brauchte der, um später einmal erfolgreich zu arbeiten.

Einer Eingebung folgend hatte er unten an der Ecke noch einen kleinen Blumenstrauß gekauft, ehe er den Sechzehngeschosser in der Allende-Straße betrat. Zu seiner großen Überraschung öffnete ihm eine Person die Tür, die weder den Eindruck großer Niedergeschlagenheit noch den hoher Betagtheit machte. Eine freundliche, hübsch zurecht gemachte Frau lächelte ihn erwartungsvoll an. »Kommen Sie doch rein, ich habe Sie viel früher erwartet. Ich habe uns einen Kaffee aufgesetzt. Sie trinken doch Kaffee?«

Bertram nickte und setzte sich im Wohnzimmer in den zugewiesenen Sessel. Hier erinnerte vieles an alte Zeiten. Ein Teil der gut erhaltenen Möbel stammte noch aus DDR-Produktion. Manches des verstreut herumstehenden Tinnefs war von kleineren Ausflügen, Reisen und Urlauben aus dem gesamten Ostblock mitgebracht worden.

Sigmunde Schlosser schenkte dem Besucher Kaffee ein. Sie hatte ihr Meißener Porzellan verwendet, was Bertram unpassend und unpraktisch fand. Bei solchen Gelegenheiten fürchtete er immer, einmal einen dieser zierlichen Henkel abzubrechen.

»Der Leichenfund in Ihrem Gartenhaus hat Sie sicher sehr belastet.«

Bertram drängte es, die dienstlichen Belange dieses Gesprächs so rasch als möglich abzuarbeiten. Nachdem die Spurensicherung den Bungalow gründlich durchforstet hatte, versprach er sich von dieser Begegnung keine neuen Erkenntnisse. Routine eben, die abzuarbeiten und zu dokumentieren war.

»Ja«, seufzte die Alte. »Das ist eine ganz traurige Angelegenheit. Und dann dieser schreckliche Gestank. Ich dachte zuerst, es sei der Marder. Seit dem Krieg habe ich das nicht mehr gerochen. Damals, als noch im Januar 45 unsere einstmals so schöne Stadt für immer zerstört wurde. Ich musste ja immer durch das Zentrum, raus zum Lazarett, dorthin, wo heute diese Hochschule ist. Gleich im ersten Gebäude an der Straße war das Lazarett. Ich war als Schwesternhelferin dienstverpflichtet, hatte das gar nicht gelernt. Jeden Morgen mit dem Fahrrad durch die Trümmer. Wochenlang roch man die Leichen. Gott sei Dank war es bitterkalt, sonst wäre das noch schlimmer gewesen.«

Bertram verblüffte der sachliche Pragmatismus der alten Dame.

»Traurig, traurig«, murmelte sie und nippte an ihrer zierlichen Kaffeetasse. »Obwohl ich sagen muss, dass ich gern im Lazarett gearbeitet habe, auch wenn man es oft mit ganz schlimmen und tragischen Fällen zu tun hatte. Und später dann: kein Morphium mehr, und Verbände nur noch aus Papier. Eine schlimme Zeit, sage ich Ihnen. Aber viele konnte man aufmuntern. Ein Lachen oder ein freundliches Wort bewirkte viel. Und mit einem der jungen Männer, den ich schon im Frühjahr 44 im Lazarett kennen lernte, habe ich mich später sogar verlobt. Aber der arme Junge ist noch in den allerletzten Kriegstagen gefallen.«

Sie blickte auf. »Darüber habe ich seit damals mit niemandem mehr gesprochen. Es ist mir einfach so rausgerutscht. Herr Kommissar, dass Sie mir das nicht weiter tragen. Meinem Anton habe ich das niemals erzählt und die Kinder brauchen das auch nicht zu wissen.«

»Ich werde schweigen wie ein Grab!«, flüsterte Bertram verschwörerisch. »Bei mir sind Geheimnisse immer gut aufgehoben.«

»Na, das wird sich erst noch zeigen. Stellen Sie sich vor«, sagte sie, lauter werdend, »die Familie, der ich den Garten und den Bungalow zeigen wollte, hat mir heute telefonisch eröffnet, sie nehme vom Kauf des Anwesens Abstand. Stellen Sie sich das mal vor. Jetzt muss ich wieder von vorne anfangen.« Sie seufzte.

Empathie ist ihre Sache nicht, dachte der Hauptkommissar. Zumindest zeigte sich nichts davon. Er war verwundert darüber, mit welcher Sachlichkeit Sigmunde Schlosser ihre persönlichen Belange in den Vordergrund stellte.

»Sie haben den Streifenbeamten ja bereits die Umstände des Leichenfundes geschildert und dabei auch ausgeführt, Sie kennen den Toten nicht. Haben Sie ihn denn so genau in Augenschein genommen?«

»Aber natürlich!« Leichte Empörung lag in ihrer Stimme. »Was glauben Sie denn? Ich bin zwar schon recht alt, aber blind bin ich keineswegs und auch nicht von der empfindlichen Sorte. Ich habe zu DDR-Zeiten fast vierzig Jahre im Fleischkombinat als Ingenieurin gearbeitet. Da ist man nicht mehr so zart besaitet wie die Jungfer im Schweizer Mädchenpensionat.«

Bertram nickte. »Das glaube ich Ihnen ohne weiteres. Gibt es denn jemanden, der sich Zugang zu Ihrem Bungalow verschaffen kann? Jemand von der Gartensparte, Freunde vielleicht oder Familienangehörige?«

Sigmunde Schlosser schüttelte energisch das weißgraue Haupt. »Der Vorsitzende hat vor Jahren um die Aushändigung eines Zweitschlüssels gebeten. Für Notfälle, sagte er. Aber den hat mein Mann ihm nicht gegeben. ›Nachher schnüffelt der noch im Bungalow herum‹, hat er gesagt. Die Kinder haben früher oft im Garten gefeiert. Die haben aber immer den Schlüssel bei uns geholt und ihn später wieder abgeliefert. Das ist ja wirklich beunruhigend. Man denkt an nichts, und dann dringt da jemand ein und legt dort eine Leiche hin.«

»Kann es denn sein, dass Sie vergessen haben, das Gartenhaus abzuschließen?«

»Das ist aber sehr unlogisch, Herr Kommissar«, flötete Sigmunde Schlosser fröhlich. »Die jungen Leute, denen ich das Häuschen zeigen wollte, können sicherlich bestätigen, dass die Tür sehr schwer aufging. Ich bin schon lange nicht mehr draußen gewesen. Das muss man alles mal gründlich ölen. Aber«, sie seufzte, »mein Mann ist ja schon lange tot, und die Kinder kommen nur noch ganz selten.«

Bertram blickte auf seine Uhr. Hier war nichts mehr weiter zu ergründen. Er stand auf, bedankte sich für den Kaffee und wollte zur Tür hinaus, als ihm doch noch etwas einfiel. »Kennen Sie eine Familie Sieber?«

Die alte Frau zögerte einem Moment, dann schüttelte sie energisch den Kopf.

»Und einen Professor Sieber kennen Sie auch nicht?«

»Nein, noch nie was von ihm gehört.«

»Na gut«, sagte der Hauptkommissar und verabschiedete sich zügig.

Als er bereits im Treppenhaus war, rief ihm Sigmunde Schlosser nach: »Wenn Sie jemanden wissen, der einen Garten sucht, ich reinige das Haus nächste Woche ganz gründlich.«

Heinz Bertram betrat die nahezu menschenleere Straße. Einige Greise ruckelten mit ihren Rollatoren über das holprige Pflaster der Gehwege. Es dunkelte bereits. Er hörte, wie Sigmunde Schlosser oder auch jemand anderes hoch über ihm die Rollläden herunterließ. Am Ende der Straße leuchtete einsam das gelb-rote Licht einer Shell-Tankstelle. Unmerklich begann es zu nieseln. Das Telefon klingelte.

»Stell dir vor«, trompetete Möbius ohne Anrede, »die Runzelleiche aus dem Gartenhaus war vollgepumpt mit Drogen. Koks ist gut nachgewiesen, Alkohol satt und Gamma-Hydroxy-Buttersäure.«

»Was, alles?«, fragte der Polizist leicht genervt.

»Du bist einfach nicht mehr am Puls der Zeit. GHB verwenden die jungen Leute als Partydroge. Hoch dosiert versetzt es ins Koma, das weißt du aber noch von unser letzten Besprechung.«

»Hörst du wirklich bald auf?«

»Ich hätte schon längst aussteigen können, aber ich mach' auf jeden Fall bis 67. Zwei Jahre musst du mich schon noch aushalten.«

»Dann bin ich auch weg.«

»So? Dann können wir ja zusammen feiern.«

»Mal sehn, ob mir dann zum Feiern zumute ist. Meinst du, man hat das Opfer betäubt?«

»Was weiß ich. Die Dosierung haben wir noch nicht bestimmen können. Das dauert. Seit Jahren fordere ich die Anschaffung eines Dünnschichtchromatogramm-Scanners. Aber das werde ich bis zu meiner Pensionierung nicht mehr erleben. Also müsst ihr warten.«

»Aber nicht zu lange!«, knurrte Bertram. »Das ist wichtig.«

»Alles was wir tun, ist wichtig«, schnarrte Möbius und legte grußlos den Hörer auf.

Bertram wollte ihn noch fragen, ob er bereits Genaueres über die Umstände des Todes von Heininger sagen könne. Er verwarf aber den Gedanken, den Pathologen anzurufen. Wenn der noch nicht mal Präziseres über den Mord an Schuster sagen konnte, lag sicherlich noch nichts Verwertbares über den Leichenfund im Concordia-See vor.

×××

»Die Ökonomie ist unser Schicksal und die Basis der Ökonomie ist das Verbrechen.«

(Matthias Beltz, Kabarettist)

Dass man Jens Sieber so rasch fand, war reiner Zufall, letztendlich das glückliche Resultat eines dringenden Bedürfnisses. Eine Wandergruppe hatte sich in aller Herrgottsfrühe von Schierke aus auf den Weg gemacht, um über den Ahrensklint bis zum frühen Vormittag auf den Gipfel des Brocken zu gelangen. Den Abstieg wollten sie noch vor Mittag beginnen und dabei über den Goetheweg und einen aufgelassenen Haltepunkt der Brockenbahn an ihren Ausgangspunkt zurückkehren. Die Ilsequelle lag bereits hinter ihnen, als einer der Wanderer am Hang der Heinrichshöhe zum Austreten einige Meter von dem steinigen Pfad ausscherte. Während er über den Strahl seiner Ausscheidungen hinweg versonnen in die Tiefe blickte, sah er etwas vor einem Felsen liegen. Ein Blick durch sein kleines Fernglas überzeugte ihn davon, dass da einer ihrer Hilfe bedurfte.

»Alle zu mir«, rief er den anderen Wanderern nach, die bereits weiter aufgestiegen waren.

Sie fanden Jens Sieber unverletzt, aber die Nachttemperatur, die schon fast auf null Grad abfiel, hatte ihn stark ausgekühlt. Weder den Rettungskräften aus Schierke noch der Wernigeröder Polizei hatte er irgendetwas darüber erzählt, auf welche Weise er vom Weg abgekommen war und weshalb er fast zwei Tage in der Tiefe einer felsigen Schlucht ausgeharrt hatte.

Nach einem nur wenige Stunden dauernden Krankenhausaufenthalt wurde er von seiner Frau abgeholt, die ihn mit nach Magdeburg nahm. Schweigend ließ er all ihre Fragen, sanften Annäherungen und Vorwürfe über sich ergehen. Erst als sie ihn besorgt und zugleich hilflos fragte, ob sie einen befreundeten Psychologen anrufen solle, fing Jens Sieber wieder an zu sprechen.

»Lass den Quatsch!«, sagte er und stierte sofort wieder auf das vor ihnen liegende graue Band der Straße.

Da nicht klar war, in welchem körperlichen und seelischen Zustand sich der Hochschullehrer befand, wurde am frühen Nachmittag dieses für Sieber so ereignisreichen Tages auf eine Vorladung verzichtet. Aber das Verhör von ihm war überfällig, ja, dringlich. Klaus Müller hatte die Aufgabe übernommen, ihn zu Hause zu befragen. Die Frau hatte er ruhig, aber eindeutig darauf hingewiesen, dass er mit ihrem Mann ungestört unter vier Augen reden wollte. Der schwieg die erste Zeit und antworte nach und nach äußerst wortkarg.

»Die Umstände Ihres Verschwindens passen sehr gut zu der Hypothese, dass Sie etwas mit dem Verschwinden von Schuster und Heininger zu tun haben!«, schnaubte Müller. »Ist Ihnen denn nicht klar, dass es ausgesprochen merkwürdig erscheint, wenn Sie sich zeitnah zum Fund der ersten Leiche verkrümeln.«

»Ich habe mich nicht verkrümelt.«

Müller stand auf. »Ach ja. Sie bleiben während des laufenden Semesters unentschuldigt von Ihren Seminaren weg. Nicht einmal

Ihre eigene Frau wusste, wo Sie waren, dachte, Ihnen sei etwas zugestoßen.«

»Quatsch. Ich wollte einfach ein paar Tage Abstand gewinnen, die raue Natur genießen, unter extremen Bedingungen den Körper im Spannungsverhältnis mit den Naturgewalten spüren.«

»Reden Sie doch keinen Unsinn. Hätte die Wanderergruppe Sie nicht gefunden, wären Sie nach einer weiteren Nacht im Freien tot gewesen, an Entkräftung und Unterkühlung gestorben.«

Sieber blickte zu dem Polizisten hoch. »Tut mir Leid, junger Mann, dass ich Ihnen das so deutlich sagen muss, aber von diesen Dingen verstehen Sie nichts, aber auch gar nichts.«

»Es reicht jetzt!« Müller war lauter geworden und dabei auf den vor ihm Sitzenden zwei Schritte zugegangen. Dann hielt er inne und setzte sich wieder. Keinen Deut ruhiger fuhr er fort: »Angesichts der vorliegenden Indizienlage kann ich Sie ohne weiteres in U-Haft nehmen lassen, ist Ihnen das überhaupt klar?«, schnaubte er.

Sieber starrte ihn einige Sekunden lang an, dann begann er stockend zu reden; »Ich habe Ihnen bereits alles erzählt. Ihnen oder Ihren Kollegen. Es war ein Scherz. Ein dummer Scherz, der dazu geführt hat, dass Schuster und Maul, die beiden Geschäftsführer der Öko Consult GmbH, ihren Widersachern Gleiter und Krüger-Notz die Schmonzette von den ukrainischen Partnern aufgetischt haben. Ich war wütend und meine Frau wollte aus dieser unsäglichen Beteiligung aussteigen, was der Vertrag nicht zuließ. Aber mit ukrainischen Verbindungen habe ich niemals gedroht. Ich habe das niemals gesagt oder geschrieben!«

»Wie kommen die denn auf so was. Das ist doch absurd.«

»Ich habe Ihnen doch bereits über die Querelen berichtet, die bei der Übernahme des HDL Windparkfonds durch die Öko Consult aufgetreten sind. Da wurde doch vorher von beiden Seiten mit schmutzigen Tricks gearbeitet und alles in die Waagschale geworfen, um die jeweils andere Seite zu verunglimpfen. Heute bin ich fest davon überzeugt, dass Schuster eine harmlose Äußerung von mir dazu benutzt hat, die Verantwortlichen der Magdeburger Neue Energien zu einer falschen Reaktion zu verleiten, die deren Glaubwürdigkeit bei den unentschlossenen Anteilseignern des Windparks weiter beschädigen sollte.«

»Um was für eine«, Müller machte eine winzige Pause, um dann lauter und betonter fortzufahren, »harmlose Äußerung handelte es sich?«

»Ich habe einmal in einem Telefonat zu Schuster gesagt, man müsste Gleiter und Krüger-Notz mal ordentlich auf die Pelle rücken. Schließlich haben sie das Projekt und damit unser Geld versaubeutelt.«

»Und Sie sind der Meinung, dass Schuster daraus so eine Story bastelt? Dafür haben Sie keine Beweise. Aber um Schuster geht es nicht allein. Dass er tot ist, wissen Sie?«

Sieber nickte, lächelte ein wenig unsicher und sagte dann: »Meine Frau hat mir auf der Rückfahrt nach Magdeburg davon berichtet. Das ist schrecklich. Glauben Sie mir, ich habe nichts damit zu tun.«

»Kennen Sie die Gartensparte ›Oberbär‹?«

Sieber blies unentschlossen die Backen auf und ruckelte auf seinem Stuhl hin und her. »Kennen ist zu viel gesagt. Auf dem Weg zur Arbeit fahre ich hin und wieder dran vorbei, immer dann, wenn ich nicht mit dem Auto oder Fahrrad fahre, sondern die Straßenbahn benutze. Der Eingang, über dem ein Schild mit diesem komischen Namen angebracht ist, liegt in Sichtweite einer Haltestelle. Man blickt da automatisch drauf, wenn die Bahn zum Stehen kommt.«

»Und drinnen waren Sie noch nie? Als Gast bei einer Feier? Bei Bekannten?«

Sieber strich sich hektisch durch die wirren Haare. »Nein, das sind nicht die von mir bevorzugten Locations. Die Miefigkeit der Kleingartenkultur hält mich von derartigen Events fern.«

»Sagt Ihnen der Name Schlosser etwas? Kennen Sie eine Sigmunde Schlosser oder deren Familienangehörige?«

Der Professor schüttelt den Kopf. »Ich kenne eine Reihe von Personen mit dem Namen Schlosser, zwei Juristen darunter, aber hier in Magdeburg lebt keiner von ihnen. Und eine Sigmunde Schlosser kenne ich nicht. Wer soll das sein?«

»Nun, das tut im Moment nichts zur Sache. Wozu Sie fähig sind, hat ja Ihr Auftritt im Büro von Dr. Heininger gezeigt. Sie haben ihn nachweislich bedroht.«

»Ach was«, wiegelte Sieber ab. »Das war doch nur ein kleiner Scherz.«

»Merkwürdige Scherze machen Sie. Immerhin sind Sie wie ich Landesbeamter. Ein Professor im Lebenszeitbeamtenverhältnis, mit Vorbildfunktion.«

»Junger Mann, da legen Sie aber ein antiquiertes Verständnis vom Berufsbeamtentum an den Tag!«

»Die Bilder, die die Überwachungskamera aufgenommen hat, sind recht eindeutig. Sie und ihre Söhne sind dort in höchst merkwürdigen Verkleidungen eingedrungen. Zu welchem Zweck?«

»Das habe ich doch schon mehrmals erklärt. Es war eine Mischung aus Frust und dem Wunsch nach künstlerischer Aufarbeitung. Es war letztendlich ein Happening. Das Videomaterial sollten Sie mir später zur Verfügung stellen. Da kann man was draus machen.«

Klaus Müller lachte rülpsend. »Daraus wird wohl nichts. In der Nacht nach Ihrem seltsamen Auftritt ist er verschwunden. Und seit gestern wissen wir, dass Dr. Heininger tot ist, aller Wahrscheinlichkeit nach wurde er ermordet. Da stellt sich geradezu zwangsläufig die Frage nach Ihrem Alibi. Haben Sie davon noch nichts gehört?«

Jens Sieber starrte den Polizisten sprachlos mit weit geöffnetem Mund an. ›Höchst authentisch wirkt er‹, dachte Müller, ›nicht gespielt, nicht gekünstelt. Entweder hat er wirklich nichts damit zu tun oder er ist ein verdammt guter Schauspieler. Na ja, ein Künstler eben.‹

»Tot? Wieso tot?«

»Was wissen Sie über den Verbleib von Dr. Heininger?«

Jens Sieber wackelte mehrfach in hoher Frequenz mit dem Kopf. »Was soll ich wissen?«

»Nun, man kann leicht zu dem Schluss kommen, dass Sie ihn allein oder unter Mithilfe anderer entführt und dann getötet haben.«

»Aber Sie haben doch das letzte Mal selbst gesagt, dass die Kamera uns auch von hinten aufgenommen hat, als wir das Büro der

ETI wieder verließen. Und da war Dr. Heininger nicht dabei. Und wir trugen auch keinen Teppich, in den wir die Leiche eingewickelt haben.«

»Sie haben in Ihrer Kindheit zu viele Schwarz-Weiß-Filme angeschaut«, antwortete Müller zwo kühl und schlenderte mit auf dem Rücken verschränkten Armen an das nächstgelegene Fenster. »Es gibt zahlreiche Anhaltspunkte dafür, dass Sie ein starkes Motiv dafür hatten, sich an Heininger zu rächen. Sie haben viel Geld verloren. Bei Heininger und bei der Windparkgeschichte.«

»An dem Windparkfonds ist lediglich meine Frau beteiligt.«

»Na, dann eben Ihre Frau. Wie gesagt, wir könnten jetzt Kontakt mit der Staatsanwaltschaft aufnehmen, damit die ihre Festnahme beantragt. Aber wir warten erst einmal die Ergebnisse der weiteren Ermittlungen ab, die in Sachen Magdeburger Neue Energien und Öko Consult vorgenommen werden. Sie halten sich zu unserer Verfügung.«

Als Professor Dr. Jens Sieber am frühen Abend sein Büro an der Börde-Hochschule betrat, wurde ihm schnell bewusst, dass der Tag, der mit der Beendigung seines Schierker Abenteuers begonnen hatte und der Befragung durch den Polizisten unerbittlich weiter gegangen war, nicht besser enden würde. Im Rechner stieß er gleich auf mehrere, weitgehend gleich lautende Mails von Claudia Ost, der Sekretärin des Rektors, die dessen oftmals sprunghaftes Agieren mit Charme und einer Eselsgeduld kompensierte. Er solle sich so bald wie möglich bei seinem Vorgesetzten melden. ›Sobald wie möglich‹ war in den letzten beiden Mails rot markiert.

Als Sieber eine Viertelstunde auf dem Flur vor dem Rektorat gewartet hatte, wusste er aus Erfahrung, dass Cornelius Fiedler ihm keine positiven Eröffnungen machen würde.

Nach fünfundzwanzig Minuten öffnete Claudia Ost die Mitteltür einen Spalt und hauchte ihm mit einem strahlenden Lächeln zu: »Sie können jetzt zu ihm rein.«

»Setz dich«, begrüßte ihn Fiedler, nachdem Sieber, ohne beim Eintreten anzuklopfen, die zweite Tür zum Allerheiligsten dieser

Hochschule hinter sich geschlossen hatte. Er wies auf einen Stuhl vor dem Schreibtisch, hinten dem sich Fiedler tief in seinen Sessel gleiten ließ. Mit hinter dem Kopf verschränkten Händen blickte er aus dem Fenster.

»Du weißt, dass ich mich immer für meine Kollegen einsetze.« Er blickte nun zu Sieber hinüber, dem diese Gesprächseröffnung sofort klar machte, dass die Kacke am Dampfen war.

»Und ich habe mich auch beim Minister für dich eingesetzt«, fuhr Fiedler fort und wuchtete sich ein gutes Stück aus seiner Liegehaltung empor, ohne allerdings bereits eine vollständige Sitzhaltung einzunehmen. »Aber der Minister war nicht umzustimmen.«

»Wovon redest du?«, fragte Sieber mit einem flauen Gefühl.

Cornelius Fiedler kam noch ein weiteres Stück im Sessel empor, griff spielerisch nach einem altmodischen Diktiergerät und blickte Sieber tadelnd an. »Was glaubst du, wovon ich rede? Womit muss ich mich überflüssigerweise seit Tagen beschäftigen? Was beschädigt die Außendarstellung der Hochschule in unerträglicher Weise? Was? Deine Scheißgeschichte natürlich!« Er war lauter geworden. »Ich habe mich stets für dich eingesetzt, auch dein unentschuldigtes Fernbleiben unerwähnt gelassen. Aber der Minister besteht darauf, dass du bis auf weiteres vom Dienst suspendiert wirst.« Er senkte den Kopf.

Die Sekunden verrannen. Sieber hörte plötzlich das noch nie gehörte leise Ticken seiner Armbanduhr, das träge und präzise zugleich das Verstreichen der Zeit in gleichgroße Einheiten zerlegte. Er war darüber einen Moment lang verwundert, fragte sich, ob der Mensch in Krisensituationen verbesserte sinnliche Wahrnehmungen hatte. Ja, sicher, angehende oder bereits eingetretene Katastrophen verändern die Wahrnehmungsfähigkeit aller Kreatur, auch des Menschen. Er musste darüber einmal länger nachdenken. Vielleicht war es lohnend, darüber einen kleinen Aufsatz zu schreiben. Später einmal. Jetzt hatte er das Gefühl, in eine tiefe, enge Felsspalte zu rutschen, aus der er sich mit eigener Kraft nicht befreien konnte.

»Wie lange?«, fragte er leise.

Cornelius Fiedler führte die Fingerspitzen seiner beiden Hände zusammen. »Der Minister ist der Meinung, dass die Suspendierung erst wieder aufgehoben werden sollte, wenn die gegen dich eingeleitete Dienstaufsichtsbeschwerde abgeschlossen ist. Mit für dich positivem Ausgang, versteht sich. Und dazu habe ich dir bereits gesagt, dass wir erst einmal die Ergebnisse der polizeilichen und staatsanwaltschaftlichen Ermittlungen abwarten.«

»Das kann dauern.«

Der Rektor zuckte mit den Schultern, wobei sich hässliche Falten im Stoff seines geöffneten Jacketts bildeten. »Ehrlich gesagt, ich habe mit so was keine Erfahrungen, aber ich glaube auch, dass sich das wenigstens bis zum Beginn des nächsten Semesters hinziehen wird.«

»Ohne Bezüge?«

»Ohne Bezüge. Was sonst?«

×××

»Finanzminister Georg Fahrenschon (CSU) verschwieg dem Landtag, dass die von ihm eingesetzte Sonderprüferin Corinna Linner stark unter Druck gesetzt worden war, einen kritischen Untersuchungsbericht über den Erwerb der österreichischen Finanzgruppe Hypo Alpe Adria durch die BayernLB zu entschärfen.«

(»Süddeutsche Zeitung«)

»Malenki Podarok!«

Irritiert betrachte Gotthilf Bröckle den gefalteten Prospekt, den ihm Svetlana Kirilowa über den Kaffeehaustisch hinweg zuschob. Er hatte sie ins »Café Köhler« eingeladen, dafür, dass sie ihm zu Beginn des neuen Semesters einmal mehr guter Geist und Lotsin durch die verschlungenen Pfade des Seniorenstudiums an der Börde-Hochschule gewesen war. Er besaß nicht den Ehrgeiz, auf seine alten Tage gar noch einen Abschluss erwerben zu wollen. Aber alles, was er in seinem Leben jemals begonnen hatte, führte er mit großer Sorgfalt durch. Doch drohte er gelegentlich in dem Labyrinth der Hochschule und deren eigenwilligen, ihm ungewohnten Organisation des Studierens zu scheitern. Raumverlegungen, falsche Aushänge, unangekündigtes Fehlen von Dozenten und unzuverlässige Hinweise auf diverse Internetplattformen machten ihm noch weitaus mehr zu schaffen als den jungen Studenten.

Er öffnete den kreativ gefalteten Prospekt. Es handelte sich um ein Kulturprogramm des Schlosses Hohenerxleben, einem ihm bis dahin völlig unbekannten Ort.

»Malenki was?«, fragte Bröckle überrascht.

»Malenki Podarok«, sagte Svetlana Kirilowa lächelnd. »Ein kleines Geschenk. Malenki Podarok heißt: ›kleines Geschenk‹. Ich mache dir ein kleines Geschenk, indem ich mit dir nächsten Sonntag nach Schloss Hohenerxleben fahre.«

»Und was machen wir dort?«

»Wir trinken schön Kaffee, und vorher oder hinterher fahre ich dich dahin, worum du alter Quälgeist mich die letzten Tage schon mehrfach gebeten hast.«

»Nach Nachterstedt?«, fragte Bröckle. Er war über den plötzlichen Sinneswandel erstaunt.

»Ja, nach Nachterstedt. Und von dort können wir auf halbem Wege zurück nach Magdeburg einen Abstecher nach Hohenerxleben machen. Aber ich fahre dich nur dahin, wenn du abends mit mir zusammen die Theateraufführung im Schloss besuchst. Das soll ganz stimmungsvoll sein.«

»I wußt' doch, dass da no an Goißfuaß dran isch«, brubbelte der Alte.

Es hatte zweier einfühlsamer, geduldiger Telefonate bedurft, ehe Alfred Konopke damit einverstanden war, dass ihn Gotthilf Bröckle besuchte. Der ehemalige Berufstaucher lehnte es anfangs strikt ab, überhaupt noch etwas zu dieser vertrackten Geschichte zu sagen.

»Ich kenne Sie nicht. Wer weiß, ob nicht alles, was ich jetzt noch sage, schon morgen Wort für Wort in allen Zeitungen steht und möglicherweise ist dann auch noch allerhand hinzugedichtet worden.«

Bröckle, dem klar war, dass dem Ex-Taucher die Sache schon deshalb unangenehm war, weil man ihm in Internet-Taucherforen den Vorwurf der unseriösen Leichenfledderei machte, hatte den Mann schließlich damit gewinnen können, dass er ihn für seinen Mut lobte, trotz der zu erwartenden Schwierigkeiten sofort zur Polizei gegangen zu sein.

Als sie das Schloss Hohenerxleben erreichten, begann es das erste Mal in diesem Jahr zu schneien. Sie schlenderten im dichten Flockenwirbel in Richtung des Eingangs des wieder instand gesetzten Anwesens, das bis 1945 über Jahrhunderte hinweg im Besitz derer von Krosigks gewesen war. Eine Nachfahrin hatte in den neunziger Jahren gegen alle Widrigkeiten mit viel Elan die Sanierung des vom völligen Zerfall bedrohten Schlosses vorangetrieben und es neuen gastronomischen und kulturellen Nutzungen zugeführt.

»Komm, wir laufen ein paar Schritte!«, sagte die Russin und zerrte dabei am Arm des nur zögerlich folgenden Alten.

Sie umrundeten die sanierte Außenmauer, kamen an mehreren hässlichen Flachbauten vorbei, die wohl zu DDR-Zeiten erstellt worden waren, und näherten sich durch ein offen stehendes Holztor einer kleinen Kirche, die zum Anwesen gehörte. Etwas abgerückt davon stand im schneebedeckten Gras ein schwarzes Metallkreuz, dessen Inschrift davon zeugte, dass hier Mutter und Tochter begraben lagen. Gleich dahinter erhob sich ein zierliches Monument, dessen klagende, aber verschlüsselt bleibende Inschrift die Vermutung nahe legte, dass dem Tod der beiden Frauen ein Drama vorausgegangen war:

»*Wie zarte Rosenknospen*
vom Wurm gestochen
welken
so welken sie
früh aber
langsam dahin.«

Ein oben liegender, aus Stein gehauener, umgestürzter Korb, aus dem geschnittene Rosen herausquollen, symbolisierte Leere und Vergänglichkeit.

Es hatte aufgehört zu schneien. Durch eine unverschlossene Tür gelangten sie zu einem kleinen Gräberfeld. Mehrere Generationen des Adelsgeschlechts waren hier beerdigt worden. Unscheinbare Grabsteine verkündeten, dass eine ganze Reihe der männlichen Familienmitglieder soldatische Karrieren gemacht oder Forstlaufbahnen eingeschlagen hatten. Wer das Gut nicht übernahm, musste eben den Erfolg in der Ferne suchen.

Ein an die kleine Sankt-Petri-Kirche angeschmiegtes Kriegerdenkmal hatte man mit einfachen Mitteln restauriert. Die ausgewaschenen Buchstaben waren mit Goldbronze nachgezogen worden: »Im großen Kriege gaben ihr Leben fürs Vaterland ...«

Unter den Namen der Gefallenen aus dem Dorf waren auch zwei derer von Krosigk. Ganz jung war der eine gewesen, man hatte ihm, etwas abgesetzt von der Kirchenmauer, ein eigenes kleines Denkmal errichtet: »Krafft von Krosigk, Leutnant im Jägerbataillon, gefallen 1916. Sein Leib blieb im Trommelfeuer im Wald von La Callette vor Verdun.«

Bröckle verharrte einen Augenblick vor dem kleinen Obelisk. Sein Großvater war als Angehöriger eines württembergischen Regimentes ebenfalls vor Verdun gewesen. Er sei noch fröhlich als Ulan mit flatterndem Helmbusch aus der Ludwigsburger Königin-Olga-Kaserne ausgeritten und alsbald im Dreck des Grabenkrieges gelandet. Immerhin, er hatte überlebt. Die Gaslunge ließ ihn sein weiteres Leben lang heftig schnaufen. Bröckle konnte sich nicht daran erinnern, dass sein Großvater jemals was vom Krieg erzählt hatte.

Nach einem anschließenden halbstündigen Spaziergang, der sie vom Schloss hinab zur Bode und dann den Fluss entlang führte, chauffierte Svetlana Kirilowa ihn in ein ärmlich wirkendes Dorf namens Frose, in dem sie mit Hilfe der ruhigen und präzisen Anweisungen ihres Mitfahrers ohne weitere Verzögerung den Weg zu dem kleinen Anwesen Konopkes fand. Ein älteres kleines Einfamilienhaus stand, von der Straße zurückgesetzt, in einem großen Gartengrundstück, das teilweise völlig verwildert, an anderen Stellen aber sichtlich gepflegt wirkte.

Bröckle erkannte auf Anhieb, dass der Besitzer sich viel Mühe gegeben hatte, das Gebäude in Schuss zu halten. Aber irgendwann muss ihm wohl das Geld, das Interesse oder die Kraft ausgegangen sein, denn vieles wirkte unfertig.

»Gehst du mit rein?«, fragte er seine Begleiterin.

Sie schüttelte den Kopf. »Ich fahre auf die andere Seite des Concordia-Sees. Vielleicht kann man dort in einem nicht gesperrten Bereich etwas spazieren gehen. So schönes Wetter wie heute werden wir dieses Jahr nicht mehr oft haben. Wann soll ich dich wieder abholen?«

Bröckle bedachte schweigend den möglichen Verlauf des Gesprächs mit Alfred Konopke. Dann sagte er: »Ich nehme an, dass das nicht länger als eine Stunde gehen wird.«

Gotthilf Bröckle war überrascht über die gewissenhafte Ordnung und die Sauberkeit, die ihm in dem kleinen Wohnhaus entgegenschlug. Den Andeutungen Bertrams hatte er entnommen, dass Konopke in schwierigen Verhältnissen lebte und seit einigen Jahren geschieden war. Das hatte ihn vermuten lassen, dass sich der nach und nach aus den Fugen geratende Alltag in der Gestaltung des häuslichen Lebens widerspiegelte.

»Schön haben Sie's hier«, sagte er, nachdem Konopke ihn begrüßt und in die Wohnstube geführt hatte. Kaffee stand in einer Thermoskanne auf dem Tisch, der mit einem blütenweißen Tischtuch bedeckt war.

»Sie nehmen doch Kaffee?«, fragte der, ohne auf die Bemerkung seines Gastes einzugehen.

Bröckle nickte und setzte sich an den Tisch. Während Konopke Kaffee in die beiden Tassen schenkte, musterte der Alte ihn unauffällig. Hier saß er offensichtlich einem Mann gegenüber, der lange von seiner robusten Körperlichkeit gezehrt hatte und sich nun schwer damit tat, die unfallbedingten Einschränkungen zu akzeptieren.

»Sie waren bisher der Einzige, der mich nicht wegen der verbotenen Taucherei angequatscht hat. Das haben Sie wirklich gut hingekriegt. Ich hätte Sie sonst nicht empfangen.« Alfred Konopke stand seinem Gast in gebückter Haltung gegenüber und musterte ihn eindringlich.

Gotthilf Bröckle nahm einen Schluck Kaffee. Er hatte überhaupt keinen Plan, wie er dieses Gespräch angehen sollte. »Sie waren Berufstaucher?«, fragte er, um Zeit und möglicherweise einen besseren Zugang zu gewinnen.

»Tja«, presste Konopke hervor. »Das ist nun schon einige Jährchen her. Wenn du da nicht immer am Ball bleibst, bist du rasch weg vom Fenster. Nach der Wende drängten ja nicht nur viele ehemalige NVA-Angehörige auf den Markt. Die radikale Verkleinerung der osteuropäischen Streitkräfte und die schlechte Bezahlung ihrer Soldaten schwemmte viele ehemalige Kampftaucher der roten Flotte in den Beruf.«

»Benötigt man da keine Zulassung?«

»Im Prinzip nicht. Die Ausbildung in der Armee wird unter bestimmten Bedingungen als Voraussetzung für den zivilen Berufstaucher anerkannt. Für manche Spezialaufgaben muss man zusätzliche Qualifikationen erwerben, zum Beispiel für Unterwasserschweißen oder für Arbeiten, bei denen bestimmte Gefahrenklassen zu berücksichtigen waren.«

»Und warum mussten Sie aufhören?«

Konopke winkte ab. »Es war wie so oft und wie es eigentlich nicht sein darf. Wenn du jahrelang immer dasselbe machst, verlierst du leider das Gefühl für die Gefahren. Unterwasserschweißen ist im Prinzip ja nichts anderes als das normale Schweißen. Man schweißt mit dem Lichtbogen oder mit Gas, wobei man unter Wasser als Brenngas Wasserstoff einsetzt. Einmal habe ich bei der Vorabprüfung übersehen, dass eine Anschlussleitung durch vagabundierende Schweißströme beschädigt war. Und als dann mein Mitarbeiter die Spannung eingeschaltet hat, kriegte ich einen Schlag. Ein Handschuh war nicht mehr dicht. Sie müssen ja beim E-Schweißen unter Wasser vollkommen dichte Handschuhe tragen. Ich hatte Glück, sonst würde ich Ihnen das heute nicht erzählen können.« Konopke seufzte und sah aus dem Fenster.

Bröckle nippte an seinem Kaffee. »Ein bisschen kenn' ich mich mit dem Schweißen aus. In meinem ersten Leben war ich Schlosser.«

»Und wie ging's dann weiter?«

»Später wurde ich Polizist, dann hab' ich den Polizeidienst verlassen und ging zur ›Gasversorgung Süddeutschland‹. Und jetzt bin ich schon lange in Rente, Frührentner.«

»Mich wollen die ums Verrecken noch nicht berenten. Da musst du schon mit dem Kopf unterm Arm daherkommen.«

Der Alte zögerte einen Augenblick, dann entschloss er sich, direkt zur Sache zu kommen.

»Herr Konopke, ich wollte mit Ihnen über diesen Leichenfund sprechen.«

»Eigentlich wollte ich nicht darüber reden. Hab' doch der Polizei schon alles gesagt. Das ist mir scheißpeinlich. Hier in der Gegend kennen mich alle. Die meinen jetzt, ich hätte heimlich nach den Habseligkeiten der Verunglückten getaucht. Dabei wollte ich einfach nur mal wieder tauchen und vielleicht Kupferverkleidungen oder Dachrinnen aus Kupfer bergen. Das ist doch nichts Verwerfliches.«

»Aber nicht statthaft.«

»Ja, ich hab' jetzt auch noch 'ne Anzeige wegen unbefugtem Eindringen in das Sperrgebiet am Ilals.«

»Immerhin haben Sie sich selbst bei der Polizei gemeldet.«

»Na ja, wenn Sie eine Leiche finden, bleibt Ihnen keine Wahl. Mein' ich zumindest.«

»Sie hätten das ja auch verschweigen oder anonym einen Hinweis geben können.«

»So bin ich nicht gestrickt. Schließlich hab' ich im Rahmen meiner Berufsausübung auch schon Leichen bergen müssen. Manchmal hat mich sogar die Polizei angefordert, wenn die technischen Probleme die Polizeitaucher überfordert haben.«

»Ist Ihnen an der Art der Verschnürung der Leiche irgendetwas aufgefallen?«

Konopke starrte seinen Gast irritiert an und lachte sarkastisch.
»Mal abgesehen davon, dass da 'ne Leiche auf dem Grund lag, war da nichts Besonderes. Soweit ich das sehen konnte, war der Körper in blaue Plastefolie eingewickelt. Vielleicht waren das Müllsäcke oder einer der großen blauen Säcke, die man bei Fleischtransporten verwendet, um ganze Rinderhälften einzupacken, ich weiß nicht. Dann hingen da auch verschiedene Gewichte dran.«

»Was das für Gewichte waren, konnten Sie nicht erkennen?«

»Da waren auf jeden Fall mehrere Gewichte dabei, wie man sie vom Sport kennt, zum Beispiel aus der Mucki-Bude. Gewichtscheiben von Hanteln und dann noch ein anderes Teil, das ich nicht weiter untersucht habe, eine Art Halterung mit Bodenplatte und Gelenk.«

Bröckle war enttäuscht. Hier konnte er nichts erfahren, was ihm nicht auch Bertram gesagt hätte, wenn er ihn in einem günstigen Moment befragt hätte. Als er überlegte, wie er das Gespräch am besten beenden könnte, ohne unhöflich zu erscheinen, klingelte es. Svetlana Kirilowa stand vor der Tür.

»Wie weit seid ihr?«, fragte sie, als sie von Konopke in das Wohnzimmer geleitet wurde. »Wir sollten los, sonst verpassen wir den Beginn der Vorstellung. Und das wäre wirklich schade.«

Erst spät in der Nacht fuhren sie von Hohenerxleben wieder nach Magdeburg zurück. Feuchter Schnee fiel behäbig in großen Flocken.

»War doch schön, oder?«, fragte Svetlana Kirilowa.

Wegen der im Wageninneren herrschenden Dunkelheit konnte sie Bröckles zustimmendes Nicken nicht erkennen. In einer ausgesprochen anheimelnden Atmosphäre hatten sie im Schlossrestaurant »Gute Stube« wirklich vorzüglich gegessen. Sie saßen in einem Erker, von dem aus sie eine schöne Aussicht über die weite Landschaft hatten, über die sich langsam die bläulichgrauen Schattierungen der anbrechenden Dämmerung legten. Anschließend besuchten sie im Weißen Saal eine Aufführung von Shakespeares »Sommernachtstraum«. Die turbulente Liebeskomödie wurde überraschend gekonnt von den Kindern und Jugendlichen des ›Theatrum Piccolo‹

auf die Bühne gebracht. Und zu Bröckles großer Verwunderung reichten die Verantwortlichen nach der Aufführung sogar noch einen Imbiss an die Theaterbesucher.

»Du sagst gar nichts.«

»Du weißt doch, dass wir Schwaben sparsame Menschen sind. Wir sparen selbst mit der Anerkennung. Bei uns sagt man: ›Net g'schimpft isch g'nuag g'lobt.‹«

×××

»Die Niedrigzinspolitik der Notenbanken sollte eigentlich zum Wiederaufschwung beitragen. Doch das Geld wird lieber in alle möglichen und oft risikoreichen Kapitalklassen angelegt. Es hat auch mit der unbelehrbaren Hybris von Händlern zu tun. ›Wer nicht die Warmduscher-Strategie verfolgt, sondern es etwas mehr spicy möchte, nutzte die visionäre Version mit den kommenden Stars‹, beschreibt der Unicredit-Analyst Michael Rottmann die Strategie.«

(Hermannus Pfeiffer)

Ursula Seliger hatte am Wochenende einen heftigen Streit mit ihrem Freund. Er entstand dadurch, weil sich schon jetzt unverrückbar abzeichnete, dass ihre Dienste und Wochenendbereitschaften einen gemeinsamen Weihnachtsurlaub außerhalb Magdeburgs unmöglich machen würden. Carsten riss seine Jacke von der Garderobe und knallte die Wohnungstür mit den Worten zu: »Irgendwann wird dein Job uns auseinanderbringen. Du wirst noch an mich denken.«

Sie rief ihm noch hinterher: »Nicht mein Job bringt uns auseinander, sondern deine verdammte Blödheit.«

Aber das hatte er vermutlich schon nicht mehr gehört.

Regungslos und in Gedanken versunken verharrte sie vor dem gedeckten Frühstückstisch. Eben noch hatte sie Kaffee eingeschenkt. Das Ei stand unberührt im Becher. Ein halbes Brötchen lag, mit Butter bestrichen, auf seinem Teller.

Obwohl sie nur selten und in ihrer Wohnung eigentlich nie rauchte, nestelte sie aus ihrer Lederjacke das schon reichlich zerknautschte Päckchen F6 und zündete sich eine Zigarette an. Sie trat ans Fenster und sah noch, wie Carsten in Richtung Straßenbahnhaltestelle rannte, ohne sich noch einmal umzudrehen oder zu ihrem Fenster hochzusehen.

In ihrem Inneren krampfte sich etwas zusammen. Sämtliche Bemühungen um eine stabile und leidlich harmonische Partnerschaft waren in den letzten Jahren stets daran gescheitert, dass die Kerle es nicht ertragen konnten, ihre eigenen privaten Pläne an den unsteten Dienstverläufen einer ehrgeizigen Polizistin auszurichten.

Jetzt verschwand Carsten aus ihrem Blickfeld. Eine Bemerkung ihres längst pensionierten Aschersleber Ausbilders kam ihr plötzlich in den Sinn. »Mädchen«, hatte er mehr als einmal mit leuchtenden Augen zu ihr gesagt, »eines musst du dir immer merken. Die Mehrzahl aller Morde sind Beziehungstaten. Der Mörder ist meistens nicht der ominöse Unbekannte, sondern in der Mehrzahl der Fälle jemand, den das spätere Opfer schon zuvor gut kannte.«

Schuster und Heininger hatten, soweit das bisher festzustellen war, ein wildes Privatleben geführt. Vor allem Heininger. Vielleicht ergaben sich in diese Richtung weitere Anhaltspunkte. Über Schusters Privatleben war bislang noch nicht sonderlich viel in Erfahrung zu bringen gewesen. Die wilden Geschichten über Heininger hatte ihr Eulalia Duran schon bei der ersten Vernehmung ganz freimütig erzählt.

Als ihr Blick über den für zwei Personen gedeckten Frühstückstisch streifte, kam ihr plötzlich eine Idee. Die Duran wohnte ja ganz in ihrer Nähe, und ihre Handynummer hatte sie noch gespeichert.

Keine zwanzig Minuten später klingelte es an ihrer Tür. Einen winzigen Moment hoffte Ursula Seliger, dass Carsten vor der Tür stand. Aber Vernunft und Logik geboten ihr, diesen Gedanken rasch zu verwerfen. Als sie öffnete, stürmte Eulalia Duran in einer Weise in ihre Wohnung, als ginge sie hier schon lange ungezwungen ein und aus. Sie wirkte im Vergleich zu ihrer letzten Begegnung noch leicht derangiert.

»Kindchen, das war eine morgendliche Überraschung. Dass mich eine Polizistin mal zum Frühstück einlädt, hatte ich wirklich nicht auf dem Plan. Nur, dass ich das dem überstürzten Aufbruch deines Kerls verdanke, ist natürlich schade. Ich darf doch ›du‹ sagen, wenn wir uns so halbprivat bei dir treffen, oder?«

Ursula Seliger nickte. »Gerne, aber ich werde nicht ›Eule‹ zu dir sagen, ich find' das albern.«

Sie erhob sich und nahm das erkaltete Ei aus dem Becher. »Ich mache das Ei noch ein Minütchen warm. Nimm dir schon mal Kaffee. Ich habe dir eine frische Tasse hingestellt.«

»Was ist denn das für einer, dein Kerl?«, fragte Eulalia Duran, nachdem sie, eine Zeitlang nur über Banales redend, gefrühstückt hatten.

»Ach ja. Carsten ist eigentlich schon in Ordnung. Nur tut er sich, wie viele Männer, schwer damit, sein Leben an den beruflichen Belangen seiner Freundin auszurichten.«

»Liebst du ihn?«

»Eigentlich schon. Aber ich bin mir nicht sicher, ob das reicht.«

»Liebt er dich?«

»Ich vermute stark, dass er das tut.«

»Schätzchen, dann wird sich schon ein Weg finden. Es muss ja schließlich nicht bei allen so chaotisch laufen wie bei mir.«

»Hast du einen festen Freund?«

»Nö, im Moment will ich das auch gar nicht. Ich hab's zurzeit gerne mal hier, mal da. Und jetzt, wo das mit Heininger passiert ist und ich mich spätestens Ende des Jahres nach etwas Neuem umsehen muss, was mich auch ganz schnell von hier wegführen kann, brauche ich wirklich keine feste Beziehung.« Sie schüttelte sich theatralisch. »Nö, das könnte ich jetzt wirklich nicht brauchen!«

»Du, da fällt mir noch was ein. Du hast mir doch von den wilden Eskapaden deines Chefs erzählt. Gab es da mal was, an dem Schuster und er gemeinsam beteiligt waren? Irgendetwas, bei dem sie sich Feinde gemacht haben könnten?«

Eulalia Duran neigte den Kopf zur Seite und grinste spöttisch.
»Kindchen, ich hab mir doch gleich gedacht, dass deine nette Einladung zum Frühstück noch mit einem Pferdefuß versehen ist.«
»Nein, Eulalia, ich dachte wirklich nur ...«
»Lass gut sein«, unterbrach sie die Katalanin. »Es ist schon okay. Mein guter Franky ist ja tot. Und ich habe zumindest den Eindruck, dass du mich nicht verdächtigst. Oder täusche ich mich da?«
»Ach, hör doch auf! Wer in eine Tat verstrickt ist, erzählt doch nicht freimütig so viele intime Details.«
»Vielleicht gehört das zu meiner geschickten Strategie!« Sie lachte rau. »Aber eins musst du mir glauben. Ich lass die Kerle, auch wenn sie es mir gut besorgen, niemals so nahe an meine kleine Seele ran, dass da Mordgelüste aufkeimen könnten. Aber offensichtlich haben die Moneymaker dicht gehalten. Haben die Leute, mit denen sich Heininger und Schuster jeden zweiten Dienstag im ›Three Lions‹ trafen, denn nichts erzählt?«
»Nein. Jedenfalls nichts Besonderes und nicht übermäßig viel.«
»Das ist erstaunlich, zumal Sabine denen mehrfach eine Szene gemacht hat. Meines Wissens gab es sogar ein Ermittlungsverfahren.«
»Welche Sabine? Und was für ein Ermittlungsverfahren?«
»Vor ein paar Jahren sind Frank und Schuster angezeigt worden. Sie haben es ja relativ leicht gehabt, bei den Schulungen, Tagungen, Workshops und was es sonst noch so alles gab, Kursteilnehmerinnen oder weibliche Tagungsgäste nach Dienstschluss abschleppen zu können. Sie sahen ja recht gut aus, und unter den Moneymakern hatten sie sich als erfolgreiche Verkäufer einen Namen gemacht. Da ist manche kleine Angestellte oder Neueinsteigerin, die es in der Welt der Zertifikate, Fondanteile und Kursdifferenz-Kontrakte noch weit bringen möchte, schon mal zu einem kleinen ›Side-Step‹ mit einem Alpha-Männchen bereit. Die konnten wirklich gut auftreten. Doch es liegt in der Natur der Sache, dass das natürlich nicht immer so läuft. Und einmal sollen sie einer Kursteilnehmerin, die nicht willig war, K.O.-Tropfen verabreicht, sie auf ihr Zimmer geschleppt und dann in ihrem eigenen Bett vergewaltigt haben. Aber es gab keine Zeugen. Der Barkeeper und ein Kellner meinten, die Frau habe sich

angetrunken an Heininger gehängt. Und dann willig abschleppen lassen.«

»Aber das mit den K.O.-Tropfen ist doch ein eindeutiges Indiz. Zumal dann, wenn keine Anderen mehr in der Nähe gewesen sind.«

»Das war wohl so ein Zeug, was schon lange in niederer Dosierung als Partydroge verwendet wird. Liquid Ecstasy.«

»GHB«, murmelte Ursula Seliger.

»Was meinst du?«

»Wahrscheinlich Gamma-Hydroxy-Buttersäure. In niedrigen Dosen wirkt das angeblich euphorisierend. Die Konsumenten werden enthemmter und kontaktfreudiger. Aber bei hoher Dosierung fällt man ins Koma.«

»Jedenfalls, Franky und der andere kamen ungeschoren davon. Schuster hatte einen findigen Anwalt, der im Umfeld der Frau recherchiert hat und Zeugen fand, die bestätigt haben, dass sie dieses Zeug hin und wieder einwarf. Außerdem fand man auch noch heraus, dass sie ein paar Jahre vorher bei der Loveparade mit einer Überdosis in ein Berliner Krankenhaus eingeliefert worden ist.«

»Weiß man, wer die Frau war?«

»Ja, sicherlich. Da musst du mal einen der anderen Moneymaker fragen. Jost Schmidt zum Beispiel, den von der Nord/LB. Der war damals dabei. Und der weiß auch meistens viel mehr als er sagt.«

»Du hast den Namen damals nicht mitgekriegt?«

Eulalia Duran schüttelt ihr volles Haar. »Ich habe vierzehn Tage vor der Veranstaltung Heininger angemeldet und auf dessen Weisung auch gleich Schmidt und Schuster. Das ist mit denen so abgesprochen gewesen. Wurde ja hin und wieder so gemacht, wenn die Zeit drängte.«

»Wo fand denn damals die Veranstaltung statt?«

Die Katalanin drehte eine Weintraube vom Stiel ab und steckte sie sich in den Mund. »Warte mal, da muss ich nachdenken. Heininger war ja viel unterwegs. Ah ja, jetzt fällt's mir wieder ein. Ich bin mir ziemlich sicher, dass das Ganze im ›Pullman Hotel‹ in Dresden stattfand. Das Übliche, glaube ich, mit Kulturprogramm, Wellness, das ganze Spektrum eben.«

»Du sagtest vorhin etwas von einer Sabine.«
»Ja, richtig, das ist glaube ich, wichtig. Sabine Döbler-Stoll, die von der Fair Trade Bank, war damals auch dabei. Und die war wohl äußerst sauer auf die beiden.«

×××

»Die Party geht wieder los. Luxushändler in New York bereiten sich auf die Bonussaison der Banker vor – auch wenn nun anders eingekauft wird als früher.«

(Moritz Koch)

Am Morgen des übernächsten Tages machte sich Ursula Seliger vor dem Spiegel sorgfältig zurecht. Draußen war es noch dunkel. Sie war dennoch ausgezeichneter Stimmung, das würde heute ein strahlender Tag, nämlich ihr Tag, werden.

Am Vorabend hatte sie Jost M. Schmidt richtig rangenommen. Zuerst hatte der Typ gemauert, obwohl er selbst gar nicht beteiligt gewesen war. »Nicht mein Stil«, sagte er und es gab auch keine weiteren Anhaltspunkte für eine derartige Vermutung. Aber Schmidt war wohl einer, der schon aus Prinzip immer nur das Allernötigste sagte, nur das, was man ihm nachweisen oder worauf man ihn festnageln konnte. Mit seinen Informationen war es ein Leichtes, die weiteren Sachverhalte wenigstens in groben Zügen über die Dresdener Kollegen und die dortige Staatsanwaltschaft in Erfahrung zu bringen.

Sie zog dezent ihre Augenbrauen nach und legte noch etwas Rouge auf. Morgens war sie schon seit frühster Jugend immer etwas blass, was ihr bereits während ihrer Schulzeit den zweifelhaften Ruf eingebracht hatte, eine ganz wilde Henne zu sein.

Zu ihrer großen Überraschung war sie nicht die Erste am Arbeitsplatz. Klaus Müller saß vor dem geöffneten Bildschirm und las E-Mails.

»Na, Klausilein, hast du das auch endlich kapiert. Nur der frühe Vogel fängt den Wurm.«

»Du, der frühe Vogel kann mich mal, wirklich, der kann mich kreuzweise. Außerdem ist das Quatsch. Wenn du einen Garten hättest, würdest du wissen, dass die fetten Schnecken erst abends rauskommen. Der späte Vogel fängt die fette Schnecke. So schaut's aus!«

»Dein später Vogel ist wohl eine chinesische Laufente!«, lachte Ursula Seliger.

Sie wollte gerade die von ihr ermittelten Neuigkeiten loswerden, als Bertram die Tür öffnete. »Was ist denn heute los?«, fragte er. »Ihr seid selbst für die Vorstadien seniler Bettflucht noch zu jung.«

»Gut, dass du kommst«, sagte Ursula Seliger mit hörbarem Stolz. »Chef, ich glaube, wir sind ein entscheidendes Stück weitergekommen.«

Der Staatsanwalt hatte nicht gezögert, die Vorladung zur Einvernehmung auszustellen. »Hier liegt schon ein eindeutiger Anfangsverdacht vor. Es war ja auch Zeit, dass etwas Bewegung in die Sache kommt. Sobald Ihr Bericht vorliegt, lassen wir prüfen, ob wir bei Gericht U-Haft beantragen.«

Obwohl Bertram kein Freund von spektakulären Maßnahmen war, hatte er sie noch während der vormittäglichen Geschäftszeit von einem Streifenfahrzeug abholen lassen, was sie zutiefst erboste.

»Eines sage ich Ihnen. Wenn mir oder meinem Institut aufgrund dieses tölpelhaften Auftritts geschäftliche Nachteile entstehen, sind Sie dran. Wir haben zur Zeit ohnehin genug damit zu tun, den Schaden, der durch den Sinkflug des früheren HDL Windpark Fonds entstanden ist, so gering wie möglich zu halten.«

»Der heißt ja jetzt anders. Da blickt kein Mensch mehr durch.«

»Nachdem Schuster und Maul die Geschäftsführung an sich gerissen haben, wurde der Fonds in ›Windenergiefonds Haldensleben GmbH& Co. KG‹ umbenannt. Dadurch ist aber für die Anteilseigner nichts besser geworden. Und nach dem Tod von Schuster wird das Produkt noch weiter abschmieren.«

»Nun, deshalb haben wir Sie vorgeladen. Es besteht der dringende Verdacht, dass Sie was mit den Morden an den Herren Dr. Heininger und Schuster zu tun haben könnten.«

»Wegen den Fonds-Krisen? Dass ich nicht lache! Da müssten ja derzeit Dutzende, wenn nicht Hunderte aus der Community gemeuchelt werden.«

Ursula Seliger, die bislang die Eröffnung des Verhörs schweigend verfolgt hatte, räusperte sich: »Frau Döbler-Stoll, wir haben Anhaltspunkte dafür, dass Sie anders gelagerte Motive hatten, sich an Dr. Frank Heininger und Harald Schuster zu rächen.«

Sabine Döbler-Stoll sah die Kommissarin sichtlich belustigt an. »Welche Motive soll ich denn gehabt haben? Mit Schuster, wie übrigens auch mit seinem Kollegen Dr. Maul, war ich im Clinch wegen der Übernahme der Geschäftsführung des Windparks. Das ist bekannt. Unser Institut hält im kleinen Umfang Anteile, damit wir in den Gesellschafterversammlungen Position beziehen können. Aber wir sehen uns vor allem in der Pflicht, da über unsere Bank etwa ein Viertel der Anteile gehandelt worden ist. Und die Kunden, die über die Fair Trade Bank Anteile an alternativen Energieunternehmen erwerben, tun dies unter anderem auch deshalb, weil sie auf unseren guten Ruf setzen. Schusters und Mauls Öko Consult GmbH hat einen größeren Anteil der Windparkbeteiligungen gehalten, die nun nicht die angekündigte Rendite bringen. Gleiter und Krüger-Notz die Geschäftsführung aus den Händen zu reißen war ein äußerst durchsichtiges Unternehmen, das allein den Zweck hatte, sich über die Geschäftsführungsvergütung schadlos zu stellen. Aber derartige Probleme sind in der Branche nicht ungewöhnlich. Wenn da bereits die Hemmschwelle fallen würde, hätten Sie dramatische Mordserien aufzuklären.«

Ursula Seliger sah konzentriert auf ihren kleinen Notizblock, den sie bei Verhören immer vor sich liegen hatte. Er hatte eher die Funktion eines Talismans, denn sie hatte selten einmal eine Notiz vorbereitet, und noch seltener schrieb sie während eines Verhörs zusätzlich zur Bandaufnahme etwas auf. Dann sah sie zu Bertram hinüber und sagte: »Frau Döbler-Stoll, wir glauben auch nicht, dass Ihre Motive aus den geschäftlichen Verwicklungen resultieren. Wir haben den begründeten Verdacht, dass sie Schuster und Dr. Heininger getötet haben, weil die beiden im Jahr 2006 Ihre Schwester Nancy Scherer während einer mehrtägigen Veranstaltung im Dresdener ›Pullman Hotel‹ zuerst betäubt und dann sexuell missbraucht haben. Ihre jüngere Schwester hieß damals noch Nancy Döbler.«

»Ja, sie hat 2009 geheiratet«, sagte die Beschuldigte und blickte wie abwesend auf die vor ihr liegende Wand, die zur Verbesserung der Akustik mit einem dunkelgrauen Stoff bespannt war.

»Sie haben maßgeblich darauf hingewirkt, dass ihre Schwester überhaupt Anzeige erstattet hat. Wieso das denn?«

»Meine Schwester war immer ein leichtsinniges Ding. Ob die beiden sie wirklich vergewaltigt haben oder ob sie unerwünschten Sex einfach so hingenommen hat, war ihr am anderen Morgen nicht mehr ganz klar. Klar war nur, dass sie selbst außer Alkohol keine weiteren Drogen zu sich genommen hat. Allerdings meinte sie, sie habe mit den beiden einige Cocktails getrunken. Und außerdem wollte sie als Quereinsteigerin in der Branche landen. Sie fand das Ganze nicht sonderlich dramatisch, zumal sie solche sexuellen Arrangements bereits kannte.«

»Sie meinen eine ›menage à trois‹?«, warf Bertram ein.

»Wenn Sie damit einen ›Dreier‹ meinen, ja, ich hatte kein Französisch.«

»Ich auch nicht«, sagte Bertram.

»Sie gingen aber schon davon aus, dass einer der beiden Ihrer Schwester die K.O.-Tropfen zugeführt hat?«, fragte Ursula Seliger.

»Na, wer denn sonst? Wenn sie das Zeug nicht selbst genommen hat. Und welchen Grund sollten der Kellner und der Barmann gehabt haben? Im Übrigen wundert es mich, dass Sie zuerst mich und nicht meine Schwester verdächtigen.«

Bertram stand auf und schlenderte durch den Raum. »Sie können uns glauben, wir machen unsere Arbeit so gründlich wie Sie auch. Selbstverständlich haben wir Ihre Schwester durch die Berliner Kollegen überprüfen lassen. Sie wohnt doch in Berlin?«

Sabine Döbler-Stoll nickte.

»Aber Sie wissen auch, dass Ihre Schwester mit ihrem Mann bereits seit mehreren Monaten in den USA weilt. Nach dem, was die Berliner Kollegen herausgekriegt haben, bleiben sie insgesamt ein halbes Jahr, und es gibt überhaupt keinen Anhaltspunkt dafür, dass sie in den Zeiträumen, in denen die Morde aller Wahrscheinlichkeit nach begangen wurden, im Land gewesen ist. Aber wir werden das weiter prüfen.«

»Und gegen mich haben Sie auch nicht mehr in der Hand als Ihre verrückten Spekulationen!« Sie lächelte sarkastisch.

»Immerhin haben Sie selbst bestätigt, dass Sie Ihre Schwester damals dazu gedrängt haben. überhaupt Anzeige zu erstatten. Und dann haben Sie offensichtlich den beiden des Öfteren eine Szene gemacht. Mich wundert ja, dass Sie überhaupt in deren Umfeld verkehrt haben.« Bertram hatte sich wieder gesetzt und nahm einen Schluck Wasser.

»Wenn Sie in der Branche tätig sind, müssen Sie zwangsläufig ein paar Kontakte halten. Das verstehen Sie vermutlich nicht. Aber kommen wir doch mal zur Beweislage. Mein Eindruck ist, dass Sie aus mir eine Täterin konstruieren wollen, ohne etwas Konkretes in der Hand zu haben. Stehen Sie so unter Druck?«

»Wo waren Sie am Abend, als Dr. Frank Heininger das letzte Mal gesehen wurde? Immerhin waren Sie zum fraglichen Zeitpunkt nicht beim Stammtisch. Sie sind doch an diesem Abend schon sehr früh aufgebrochen.«

»Zumindest das haben Sie gut recherchiert«, sagte die Beschuldigte und lachte fröhlich.

»Sie können gewartet haben und ihm gefolgt sein, nachdem er das Lokal verlassen hat. Das ist weniger auffällig als in Hektik nach ihm aufzubrechen.«

»Sie sind ja wirklich ein Dünnbrettbohrer. Entschuldigen Sie, dass ich das so sage. Wir haben noch nicht über den zweiten Mord gesprochen. Aber für den Abend, an dem Frank ermordet wurde, der übrigens ein Riesenarschloch war, habe ich ein eindeutiges und dazu noch sehr angenehmes Alibi.«

»Und das wäre?«

»Ich war den restlichen Abend und die ganze Nacht mit Frau Professor Dr. Vera Wachenfeld zusammen. Die dürften Sie kennen.«

Bertram schüttelte den Kopf.

»Ich habe schon von ihr gelesen«, sagte Ursula Seliger leise.

»Eine Bildungslücke, Herr Kommissar, die Sie schnell schließen sollten. Vera Wachenfeld ist eine der profiliertesten Wissenschaftlerinnen, die sich mit Gender Mainstreaming befassen.«

»Hauptkommissar«, knurrte Bertram.

»Ach so, sogar Hauptkommissar.« Sabine Döbler-Stoll kam jetzt richtig in Fahrt. »Führungskraft also. Dann ist es umso wichtiger, dass Sie sich künftig mehr mit Gender-Fragen beschäftigen.«

»Und Frau Wachenfeld hat bei Ihnen übernachtet?«

»So ist das.«

»Und sie kann das bezeugen?«

»Mit Sicherheit. Aber fragen Sie sie doch selbst. Sie erreichen sie an der Börde-Hochschule.«

»Und Sie haben ein Verhältnis?«

»Wenn dieser altmodische Begriff für Liebesbeziehung steht, dann haben wir ein Verhältnis. Kann ich jetzt gehen? Oder haben Sie noch weitere dumme Fragen?«

Heinz Bertram hatte sich schon lange nicht mehr in einem Verhör so beschissen gefühlt. Von einer Lesbe vorgeführt zu werden, entsprach ganz und gar nicht seinen Vorstellungen und Wünschen. Er blickte auf seine Armbanduhr.

»Sie können gehen. Aber wir werden das alles noch sehr genau überprüfen.«

»Tun Sie das. Das ist sogar Ihre Pflicht.«

×××

»Die Mittelschicht hatte nicht das Glück, zum Ziel staatlicher Rettungseinsätze zu werden. Millionen Amerikaner verloren ihren Arbeitsplatz, ihr Haus, ihre Ersparnisse. Rekordboni in solchen Zeiten wirken obszön.«

(Moritz Koch)

»Jetzt fangen wir praktisch wieder von vorne an.« Ursula Seliger, die noch am Morgen davon überzeugt gewesen war, dass mit ihren Ermittlungen der Durchbruch bei diesen verworrenen Fällen geschafft sei, blickte sichtlich mitgenommen in die Runde, die am Spätnachmittag noch einmal zusammengekommen war. Ihr am Morgen so sorgfältig aufgetragenes Make-up war an manchen Stellen leicht verwischt.

»Tja, erst wenn das Wasser zurückgeht, merkt man, wer keine Badehose anhat«, sagte der Praktikant Frank Ludwig, wobei keinem der Anwesenden klar war, was er eigentlich genau damit zum Ausdruck bringen wollte. Aber niemand fragte danach.

Brosse, der sich in den letzten Wochen durch seine zurückhaltende Art und seine gewissenhafte Auswertungsarbeit als Gewinn für die Rumpfermittlungsgruppe entpuppt hatte, lächelte sie aufmunternd an. Dann sagte er: »Du musst dir keinen Vorwurf machen. Deine Vermutungen waren plausibel und mit guter Recherche unterlegt. Außerdem können wir eine der angedachten Möglichkeiten nun weitgehend ausschließen.«

»Ich habe den Sachstand nach oben weitergeleitet und dabei Wert darauf gelegt, dass Kontakt mit dem BKA aufgenommen wird, damit über die amerikanischen Ermittlungsbehörden Informationen über den Verbleib von Nancy Scherer eingeholt werden. Das ist aber unverändert ein schwieriges Unterfangen und das kann, wie ihr wisst, dauern.« Bertram öffnete den oberen Knopf seines Hemdes und massierte sich gedankenverloren den Kehlkopf. Mit der anderen Hand fingerte er aus den Unterlagen mehrere Fotos, die die verschnürte Leiche vom Concordia-See zeigten. Diese und zwei weitere Fotos, auf denen die Gewichte zu sehen waren, die zur Beschwerung der Leiche verwendet wurden, schob er in die Tischmitte.

»Das da«, er tippte stakkatoartig mit dem Zeigefinger auf die Abbildung eines Gewichtes, »das sind Scheiben von Gewichthanteln, die früher in DDR-Trainingszentren verwendet wurden. Aber bei dem da«, er hielt nun ein anderes Foto in die Höhe, das ein weiteres Metallstück zeigte, das an der umwickelten Leiche befestigt gewesen war, »weiß kein Mensch, was es sein soll, auch die Kollegen von der KTU nicht.«

Die anderen ließen das Foto reihum gehen. Niemand konnte es zuordnen.

»Ein technische Vorrichtung vielleicht«, nuschelte Frank Ludwig.

»Nu«, sächselte Klaus Müller, »een Kochtopp isses nich.«

»Sollen wir noch was in Sachen Sieber und Meinecke-Sieber unternehmen?«, fragte Brosse.

Bertram schüttelte den Kopf, ohne die kreisenden Massagebewegungen an seinem Kehlkopf zu unterbrechen.

»Ist eigentlich jemand diesem anonymen Hinweis nachgegangen? Ihr wisst schon, dieser Anruf, in dem dieser andere schräge Hochschulvogel beschuldigt wurde, etwas mit dem Verschwinden von Frank Heininger zu tun zu haben?« Klaus Müller blickt abwechselnd zu Bertram und zur Seliger.

»Gönning-Pfister. Verdammt noch mal. Hat sich da noch niemand drum gekümmert?«, fragte Heinz Bertram in gereiztem Ton und sah dabei Ursula Seliger an.

»Entschuldige, ich hatte mit den anderen Terminen wirklich genug zu tun.«

»Haben denn deine schillernden Gespräche mit Eulalia Duran noch irgendwelche weiteren Anhaltspunkte ergeben?«

»Nein, nein, nicht direkt.« Sie schluckte. »Immerhin ist deutlich geworden, dass diese Finanz-Jongleure neben ihren abenteuerlichen Geschäften auch für andere Abenteuer aufgeschlossen waren. Mehr noch, sie haben dabei offensichtlich auch Grenzen überschritten, die nicht mehr nur Grenzen des Geschmacks oder der Moral waren. Und dabei haben sie sich nicht nur Freunde gemacht, wie wir gesehen haben.«

Mit der Hand, die in den letzten Minuten seinen Kehlkopf umkreist hatte, formte Bertram eine beschwichtigende Geste. »Ruhig, Leute. Wir haben bisher gute Arbeit geleistet, aber unsere Ermittlungsgruppe ist trotz der Verstärkung, die wir durch dich erhalten haben«, er blickte dabei Brosse aufmunternd an, »einfach personell völlig unterbesetzt. Und wir alle kommen immer mehr ans unsere Grenzen. Jetzt ist es wichtig, dass wir uns wegen Fehlschlägen nicht auch noch in die Haare kriegen. Wer kann nochmal zusammenfassend etwas über diese anonym eingegangene Beschuldigung sagen?«

×××

»*Das Geld ist die Spinne, die das gesellschaftliche Netz webt.*«
(Georg Simmel, Soziologe und Autor der »Philosophie des Geldes«)

Leise fluchend umrundete Gotthilf Bröckle das mit einer übermannshohen Hecke eingezäunte Areal. Er musste gut 300 Meter zurücklegen, bis er zum Eingang der Gartensparte »Oberbär« vorgestoßen war. Das eiserne Tor war unverschlossen. Offensichtlich führte der eine oder andere Gartenfreund trotz der fortgeschrittenen Jahreszeit noch diese oder jene Verrichtung auf seiner Parzelle durch. Für ihn wäre das nichts: Feste Vorschriften, wie und was auf den schmalen Streifen angebaut werden durfte. Nutzungszeiten, Gemeinschaftsaufgaben, Satzung und Regelwerk. Und wenn dann noch das Pech dazu kam, einem Gartenverein anzugehören, der von einem pedantischen Vorstand geführt wurde, musste mit allerhand Überraschungen gerechnet werden. Der Schwabe hatte das Recht, seine ›Stückle‹ und ›Wiesle‹ so zu bewirtschaften, wie er wollte, wenn er nicht, was gelegentlich vorkam, gegen Bauvorschriften verstieß. Wenn das Gras zu lange hoch stand, führte das zwar auch zu einem Maß sozialer Ächtung durch die traditionsbewussten und ordnungsbeflissenen Anrainer. Aber wer ein dickes Fell hatte, verkraftete das leicht. Und Eingriffsmöglichkeiten bestanden keine. Das war hier anders.

Bröckle zählte die Querwege, welche die Hauptachse der Anlage kreuzten. Er hatte sich von Bertram genau die Lage von Sigmunde Schlossers Gartenparzelle erklären lassen, wobei der ihn ungewöhnlich mürrisch angegrient hatte: »Willst dich wohl wieder in unsere Angelegenheiten einmischen?« Und nach einem kurzen Zögern hatte er hinzugefügt: »Mach' es wenigstens diskret.«

Anhand der Beschreibung fand er zum Gartengrundstück, dessen niedrige Eingangstür zugesperrt war. Einfach drüber steigen und mal das Gartenhäuschen inspizieren? Er zögerte, zumal die Laube mit Sicherheit verschlossen war.

»Sagen Sie mal, was gibt's denn hier zu schnüffeln?«

Ein Mann war unbemerkt von hinten an ihn herangetreten und verharrte in einer Position, die Entschlossenheit und Handlungsbereitschaft signalisieren sollte, das eine Bein vor das andere gesetzt, den massigen Oberkörper nach vorne geschoben. »Auch für euch Schreiberlinge gilt: das hier ist privates Vereinsgelände. Sie halten sich auch hier auf den Wegen unbefugt auf. Über den Leichenfund ist zudem schon ausführlich genug berichtet worden. Vom Inneren des Vereinsgeländes keine Bilder mehr, ist das klar?«

»Entschuldigen Sie, dass ich so hereingeplatzt bin«, sagte der Alte beschwichtigend. »Ich bin kein Journalist und habe auch nicht die Absicht, hier Fotos zu machen?«

»Was wollen Sie dann?«

Fieberhaft überlegte Bröckle, was er auf diese Frage antworten sollte. Schließlich hatte er keinen Ermittlungsauftrag und hier wirklich nichts zu suchen. Dann fiel ihm sein Neffe ein. »Entschuldigen Sie, dass ich mich noch nicht vorgestellt habe. Mein Name ist Gotthilf Bröckle. Ich war früher bei der Polizei. Und das Opfer, das hier gefunden wurde, war ein Bekannter eines meiner Neffen.« Hier schwindelte er, denn Hupsi Niedermayer hatte Schuster gar nicht und Dr. Frank Heininger, das andere Mordopfer, nur sehr flüchtig gekannt.

»Na gut«, sagte der Mann schon sichtlich weniger aufgeregt. »Ich bin der Vorsitzende dieser schönen Gartensparte. Sie verstehen, dass diese Publicity uns nicht gefällt, zumal die alte Dame, der dieses Grundstück gehört, wirklich nichts damit zu tun hat.«

»Sie haben keinen Schlüssel?«

»Nein, die alte Frau Schlosser war immer etwas eigenwillig. Sie hat uns nie einen Zweitschlüssel überlassen. Andere Gartenfreunde sind froh, wenn bei einem Notfall von Vereinsseite aus reagiert werden kann. Zu einem anderen Zweck werden keine Schlüssel bei uns hinterlegt.«

»Nun gut«, sagte Bröckle, grüßte, in dem er zwei Finger von der rechten Schläfe wegbewegte und fügte hinzu: »Dann geh ich mal wieder. Und ich wünsche Ihnen, dass möglichst schnell wieder Ruhe in ihr kleines Idyll einkehren möge.«

Das hatte keine neuen Erkenntnisse gebracht. Während er auf die Straßenbahn wartete, überlegte Bröckle, ob es sinnvoll und statthaft wäre, die alte Frau zu Hause aufzusuchen. Aber er hatte von ihr keine Adresse. Rasch ging er zur Parzelle des Gartennachbarn zurück. Vielleicht konnte der ihm sagen, wo Sigmunde Schlosser wohnte. Doch zu seiner Enttäuschung fand er jetzt den gepflegten Bungalow abgeschlossen vor, der Mann war spurlos verschwunden. Offensichtlich musste es an anderer Stelle noch einen Ausgang geben, denn dort, wo er selbst das Gelände des Kleingartenvereins betreten hatte, gab es keine Parkmöglichkeiten. Ärgerlich stapfte Bröckle wieder in Richtung Straßenbahnhaltestelle. Er musste Bertram anrufen. Und dazu musste er erst einmal ein Münztelefon finden. Wo fand man sowas heutzutage noch? Am Bahnhof vielleicht?

»Du machst aber keinen Blödsinn«, hatte ihn Bertram noch ermahnt, als er ihm nach kurzem Zögern Adresse und Telefonnummer von Sigmunde Schlosser genannt hatte. »Ich geb' sie dir nur, weil du sie auch dem Magdeburger Telefonbuch entnehmen könntest.«

Bröckle fuhr mit dem Aufzug bis zum vorletzten Stockwerk des Sechzehngeschossers. Er wunderte sich, dass Sigmunde Schlosser trotz ihres hohen Alters immer noch hier lebte. Wenn der Aufzug mal nicht funktionierte, würde sie wohl kaum durchs Treppenhaus zu ihrer Wohnung gelangen. Das würde selbst er nur noch mit Ach und Krach schaffen. Nun gut, vielleicht durfte man sich über das zunehmende Alter und die damit verbundenen Beschwerlichkeiten einfach nicht zu viele Gedanken machen.

Er fand die Wohnung sofort. Die alte Dame hatte ihm die Lage anschaulich beschrieben. Nach dem Klingeln dauerte es eine ganze Weile, bis ihm geöffnet wurde.

»Entschuldigen Sie«, sagte Sigmunde Schlosser und sah ihn freundlich an. »Meine alten Ohren sind nicht mehr so gut. Wir sitzen auf dem Balkon. Meine Enkelin ist überraschend zu Besuch gekommen.«

»Störe ich?«, fragte Bröckle beflissen.

»Nein, nein, kommen Sie nur. Wir haben ja miteinander telefoniert.«

Bröckle, der sich darüber gewundert hatte, dass hier trotz des unwirtlichen Wetters auf dem Balkon gesessen wurde, folgte Sigmunde Schlosser in eine Art Wintergarten. Der ursprüngliche Standardbalkon, wie er zu allen Wohnungen gehörte, war hier aufwendig verglast worden. Auf einem runden Metalltisch lagen zahlreiche Fotografien ausgebreitet. Die meisten waren ältere Schwarzweißaufnahmen.

Eine Frau mittleren Alters, Bröckle schätzte sie auf Ende dreißig, nickte ihm freundlich zu.

»Meine Enkelin ist ganz überraschend aufgetaucht. Sie hat noch ein paar Tage Urlaub, und ihr Mann ist für seine Firma auf Montage im Ausland.«

Die Angesprochene stand auf und ging mit ausgestreckter Hand auf ihn zu. Bröckle war verblüfft über den athletischen Körperbau der Frau, die zudem überdurchschnittlich groß war. Wenigstens einsachtzig, wenn nicht mehr.

»Franziska Bodenmüller, ich habe die Gelegenheit genutzt, meine Oma mal wieder zu besuchen.«

»Angenehm«, murmelte Bröckle, ergriff die angebotene Hand und stellte sich vor.

»Ist ja schrecklich, was meiner Oma widerfahren ist!«, sagte Franziska Bodenmüller und setzte sich wieder. »Nehmen Sie doch Platz.«

Gotthilf Bröckle lächelte ein wenig verlegen. »Ich kann gern ein anderes Mal wiederkommen. Sie haben bestimmt nicht oft Gelegenheit, ihre Großmutter zu besuchen.«

»Machen Sie doch keine Umstände«, sagte die jüngere Frau energisch. »Sie konnten doch nicht wissen, dass ich hier überraschend hereinschneie.« Sie stand wieder auf. »Ich hole Ihnen eine Tasse. Sie trinken doch einen Kaffee? Oder?«

Bröckle nickte. So recht wusste er nicht, was er hier eigentlich sollte. Sigmunde Schlosser würde ihm nicht weiterhelfen können, soviel war sicher. Sein Blick fiel auf die alten Fotos, die zwischen den Kaffeetassen der beiden Frauen auf dem Tisch ausgebreitet waren.

Er räusperte sich und fragte unbeholfen: »Sie tauschen wohl gerade Erinnerungen aus?«

Franziska Bodenmüller nickte lachend. »Ich kann ja leider nur noch selten hierherkommen. Und wenn ich bei meiner Oma vorbeischaue, reicht die Zeit meist nicht mehr, alte Freundinnen zu besuchen, sofern sie überhaupt noch hier wohnen. Wir Nachwende-Ostjugendlichen waren aufgrund der neuen Verhältnisse dazu verdammt, in die weite Welt zu ziehen. Und wenn ich schon mal hier bin, muss Oma die alten Bilder hervorholen.«

Sigmunde Schlosser kam wieder auf den verglasten Balkon, stellte ihm eine Tasse hin und schenkte Kaffee ein. Bröckle dankte und sah nun bei genauerer Betrachtung, dass viele der Bilder Frauen und Mädchen in Ruderbooten zeigten. Manchmal waren es Aufnahmen von Wettkämpfen, bei denen die einzelnen Personen unkenntlich klein waren. Hin und wieder waren es Fotos von Siegerehrungen. Die einzelnen Sportlerinnen waren nur auf den Fotos gut erkennbar, die vor oder nach dem Wettkampf von den Crews einzelner Boote gemacht worden waren. Meist waren es Besatzungen von Zweiern oder Vierern.

»Meine Enkelin war zu DDR-Zeiten und auch noch kurz danach eine sehr erfolgreiche Ruderin«, sagte Sigmunde Schlosser voller Stolz.

Bröckle, der vom Rudern schon deshalb nicht viel verstand, weil dieser Sport in der Gegend, aus der er stammte, nicht ausgeübt wurde, betrachtete interessiert die einzelnen Fotos.

»Sind Sie das?«, fragte er und zeigte mit dem Finger auf eine von zwei weiblichen Teenagern, die während einer Siegerehrung fotografiert worden waren. Im Hintergrund aufgezogene Flaggen, zwischen denen eine DDR-Fahne aufragte, bewogen ihn gleich zur nächste Frage: »Haben Sie da einen internationalen Wettbewerb gewonnen?«

Franziska Bodenmüller nickte und sagte mit einem Hauch Wehmut in der Stimme: »Ja, wir sind 1987 Junioren-Europameisterinnen geworden.« Sie schluckte, ehe sie fortfuhr: »Mit meiner Partnerin sind wir national und international allen davon gerudert. Weil wir ähnliche Vornamen hatten, nannten uns alle nur Franki und Franzi«.

»Und Sie haben nicht weitergemacht?«, fragte Bröckle, nachdem er erkannt hatte, dass wohl alle Fotos Juniorensportlerinnen zeigten.

»Tja, so war das nun mal. Für die Olympischen Spiele 1988 waren wir zu jung, wurden knapp von einem anderen DDR-Zweier geschlagen, der dann zu den Spielen fuhr und Gold gewann. Und für Barcelona 1992 hat es nicht mehr gereicht. Ich hatte mehrere Verletzungen, und hier in Magdeburg wurden die Trainingsbedingungen immer schlechter, man hatte fast alle Trainer entlassen. Vor allem aber musste man sich um seine Existenz kümmern. Nach der Wende war schnell klar, dass man unter kapitalistischen Sportbedingungen mit Frauenrudern nicht das große Geld verdienen konnte. War wirklich schade, aber so war es nun mal. Hätte die DDR wenigstens noch ein paar Jährchen weiter bestanden, sie säßen höchstwahrscheinlich einer Olympiasiegerin oder einer Weltmeisterin gegenüber.« Sie seufzte.

»Das sieht ja witzig aus!« Bröckle hatte unter den Bildern eines entdeckt, das die beiden oft fotografierten Ruderinnen zusammen mit einer dritten in einer Art Rudersimulation zeigte. In einer Sporthalle standen zwei flache Holzkonstruktionen auf dem Boden, an denen Ruder befestigt waren. Dazwischen saßen die drei jungen Sportlerinnen auf Rudersitzen, die denen von Wettkampfbooten entsprachen. Details konnte er nicht erkennen, dazu war das Foto zu klein.

»Witzig war das wirklich nicht!«, sagte Franziska Bodenmüller und lachte schallend. »Das war die Hölle. Das ist ein Ruderkasten, in dem Sie im wahrsten Sinne des Wortes auf dem Trockenen sitzen. Dabei trainieren Sie Ausdauer, Synchronisation und Temposteigerung. Das machte man manchmal zwei Stunden am Stück. Und im Winter häufig zweimal am Tag.«

»Da bin ich ja richtig froh, nur Freizeitsportler gewesen zu sein.«

»Was haben Sie gemacht?«, fragte Franziska Bodenmüller.

»Na das, was bei der Dorfjugend früher so üblich war, Turnen und Fußball. Heute noch etwas Altherren-Tischtennis.«
»Na ja, wichtig ist, dass man überhaupt was macht.«
Bröckle nickte gedankenverloren und stand auf. »Ich lasse Sie jetzt allein. Schließlich sehen Sie sich ja auch nur ganz selten. Da will ich nicht länger stören.«

×××

»Wer kein Geld hat, fürchtet, überall zurückgesetzt zu werden, glaubt, jede Demütigung ertragen zu müssen.«
(Adolph Freiherr Knigge: »Über den Umgang mit Menschen«)

Gotthilf Bröckle war schon lange nicht mehr im »Layla« gewesen. Früher stieß er dienstags gelegentlich zu einem Stammtisch, zu dem auch sein Kumpel Desiderius Jonas und Aron Winter gehörten, dessen Wohnung er noch einige Wochen kostenlos nutzen durfte. Aber Winter weilte noch immer in den USA und Jonas hielt sich aufgrund verschiedener Forschungsaktivitäten den ganzen Herbst über nur selten in Magdeburg auf. Und die anderen Stammtischbrüder, die vereinzelt oder auch nur gelegentlich auftauchenden Stammtischschwestern kannte er nicht gut genug, um einfach so in die Runde zu platzen. Aber heute Abend würde Jonas mal wieder dabei sein, und bei dieser Feststellung war ihm gleich noch etwas eingefallen, was er diesen unbedingt fragen musste.
Als Bröckle das Lokal betrat, saß am Stammtisch bislang nur einer von Jonas' Freunden, ein Musiker, der sich in seiner Freizeit als Klinikclown engagierte, in einem segensreichen Projekt, das schwer kranken Kindern wenigstens für kurze Zeit etwas Abwechslung und Freude vermittelte. Er dämmerte meditierend über einem Glas Rotwein. Als er Bröckle erkannte, schreckte er auf, reichte ihm freundlich die Hand, zog entschuldigend die Schultern hoch und sagte: »Die Jungs sind leider etwas unpünktlich. Und heute Abend ist auch noch Fußball, da kommen manche erst nach der Übertragung.«

Bröckle nickte, bestellte bei der rasch hereaneilenden jungen Bedienung ein Weizenbier und schaute sich um. In der düsteren Kneipe, in der seit der Eröffnung kurz nach der Wende nichts Wesentliches mehr verändert worden war und die deshalb besonders an Wochenenden als »uriges Wirtshaus« einen großen Zuspruch hatte, saßen nur wenige Gäste. Ein hagerer Mann in einem seltsam wirkenden, altmodischen Anzug hockte vornüber gebeugt allein an einem Tisch, einen halben Liter Bier vor sich. Hin und wieder machte er sich Notizen in einen Schreibblock. Vielleicht ein Schriftsteller?

Am Tisch gegenüber saßen einige Kartenspieler, die gelegentlich schimpfend und ansonsten schweigend und trinkend ihrem Spiel nachgingen.

Der Wirt, ein knapp fünfzigjähriger Mann mit dunkelblonden Locken und runder Brille, kam, nachdem er den Wünschen einiger am Tresen sitzender Gäste nachgekommen war, an ihren Tisch. Er wischte sich die Hände an einem mäßig sauberen Tuch ab, grüßte zuerst den Musiker, dann ihn und setzte sich anschließend seinem seltenen Gast gegenüber auf einen freien Stuhl.

»Na, Gotthilf, was treibt dich denn nach so langer Zeit mal wieder zu uns?«, fragte er interessiert. »Bist schon lange nicht mehr da gewesen.«

»Weiß net so recht«, brummte Bröckle, der den Wirt nur flüchtig kannte.

Als er sich überlegte, wie er das Gespräch am besten weiterführen konnte, ging die Tür auf und Desiderius Jonas betrat das Lokal. Gleichzeitig mit ihm tauchten drei weitere Gäste auf. Unter den Neuankömmlingen erkannte der Alte zu seiner nicht geringen Überraschung Karl Kraus, einen Landsmann aus dem Schwäbischen Wald, der in Munzlingen, einem Nachbarort seiner Heimatgemeinde Niederngrün, einen Getränkegroßhandel betrieb.

Mit den überschwänglich und in breitem Dialekt vorgetragenen Worten »Gell, da schtaun'sch, Gottl'!« stürmte dieser an den Tisch, klopfte Bröckle auf die Schulter und ergriff seine Hand. »Als i g'hört han, dass du do bisch, hanne d'Hannelore ins Hotel verfrachtet ond bin no glei mit herganga.«

Kraus, ein markanter braun gebrannter Glatzkopf, der eine auffällige modische Brille trug, fragte gar nicht erst und setzte sich an den Stammtisch, an dem nun drei weitere Personen Platz nahmen, die zeitgleich mit Kraus und Jonas das Lokal betraten hatten. Die Ziegler-Zwillinge waren dabei und auch der Waldorfpädagoge Christian Fuchs, der, obwohl schon nahe der Fünfzig, sein immer noch dichtes Haar mehr als schulterlang trug. Die Eitelkeit gebot es ihm freilich seit geraumer Zeit, die langsam ergrauenden Haare dezent nachzufärben.

Es stellte sich heraus, dass Karl Kraus mit seiner Frau Hannelore einen Abschnitt des Elbe-Radwanderweges absolvierte und sich bei der Gelegenheit bei Desiderius Jonas eingefunden hatte, den er bereits seit der Schulzeit kannte. Nachdem die Frau von der langen Fahrt in der nassen Kälte ziemlich unterkühlt und erschöpft und deshalb im Hotel geblieben war, begleitete der Getränkehändler seinen ehemaligen Schulkameraden noch mit in die Kneipe.

Die Neuankömmlinge gaben ihre Bestellungen auf, die Gespräche gingen hin und her. Nach einer Weile ergriff Jonas das Wort: »Der Karl hat vor ein paar Tagen eine irre Geschichte erlebt, die soll er euch mal erzählen.«

»Aber nur, wenn du versuchst, Hochdeutsch zu sprechen!«, sagte Fuchs mit leiser Ironie.

»I probiers!«, prustete Kraus und lachte schallend. »Stellt euch vor, vor einigen Tagen entschloss ich mich, zusammen mit meiner Frau ein gemeinsames Wannenbad zu nehmen. Das kommt in unserem Alter ja nicht mehr so oft vor.«

»Also, bei mir schon«, sagte Fuchs und blickte in die Runde.

»Bei mir auch«, murmelte Theo Ziegler halblaut.

»Ihr seid ja auch zehn Jahre jünger. Jedenfalls«, setzte Kraus seine Erzählung fort, »wir hatten die Wanne soeben gefüllt und darin mit einigen Beinverschlingungen Platz genommen. Was glaubt ihr, was dann passierte?«

Alle sahen ihn wortlos an, einige zuckten mit den Schultern.

»Schöner und ausdauernder Alterssex?«, fragte Christoph Fuchs so leise, dass man es an den anderen Tischen nicht hören konnte.

»Das Telefon klingelte.« Kraus lachte laut auf. Carsten Ziegler grinste seinen Bruder Theo an, die anderen schwiegen teils belustigt, teils irritiert. Man hatte Spektakuläreres erhofft und erwartet. Bröckle kratzte sich im Nacken und überlegte, welch merkwürdigen Eindruck sein Landsmann hier wohl hinterlassen würde. Jonas, der den Fortgang der Geschichte offensichtlich schon kannte, schmunzelte.

»Hannelore sagte: ›Komm, wir gehen nicht ran.‹ Also, wir planschten weiter. Zwei Minuten später klingelte wieder das Telefon. Das Klingeln hielt lange an, aber wir blieben in der Wanne. Und als wir uns entspannt zurücklegten, klingelte es an der Haustür.«

»Das war ja ein richtiger Coitus interruptus«, sagte Fuchs.

»Haja«, lachte Kraus. »Aber wir ließen uns auch davon nicht stören und planschten weiter im Schaumbad. Als ich dann als Erster aus der Wanne stieg, klingelte es erneut. Dieses Mal zog ich mir den Bademantel drüber und ging zur Haustür. Draußen stand ein Unbekannter in Joggingklamotten. ›Bei Ihnen brennt es!‹, sagte er. ›Ich war vorhin schon mal da, es hat aber niemand aufgemacht.‹ Ich lachte. ›Was soll es denn bei uns brennen? Bei uns brennt es nicht.‹

›Doch bei ihnen brennt es, hören Sie nicht den Rauchmelder?‹ – ›Aber wir haben überhaupt keine Rauchmelder.‹ – ›Doch, hier draußen hört man einen Rauchmelder.‹«

Ich folgte dem Unbekannten ins Freie. Er führte mich an ein angekipptes Kellerfenster, durch das man deutlich ein andauerndes Alarmsignal hörte.

›Warten Sie einen Moment‹, sagte ich und ging in den Keller. Ich muss an dieser Stelle erklären, dass das Wasser, welches unsere Stadtwerke liefern, sehr hart ist und einen ungünstigen ph-Wert aufweist. Wir haben deshalb eine Aufbereitungsanlage installieren lassen. Nun stellte sich heraus, dass ein Salz, durch welches das zulaufende Wasser geleitet wird, aufgebraucht war, wodurch dieses Signal ausgelöst wurde. Ich ging wieder hoch, erklärte dem Fremden die Umstände und dankte ihm für seine Aufmerksamkeit. Er grüßte, war nun sichtlich verlegen und joggte von dannen. Ich hatte die Haustür noch nicht geschlossen, als das Telefon erneut klingelte.

Mein Bruder war am Apparat. ›Bei euch brennt's.‹ Ihm hatte ich die Angelegenheit noch nicht mal zur Hälfte erklärt, als es erneut an der Haustür klingelte. Meine Nachbarin stand vor der Tür. ›Gott sei Dank, Sie leben. Wo ist Ihre Frau? Schnell raus, bei euch brennt's, man riecht es schon hier draußen.‹

Ich ging mit ihr vor die Tür und erklärte ihr den Auslöser des Geräusches.

›Doch, es brennt‹, sagte sie, ›man riecht es schon.‹

Nun muss ich hinzufügen, dass zum einen Inversions-Wetterlage herrschte und zum anderen immer mehr Nachbarn zu meinem großen Bedauern damit begonnen haben, in Kachelöfen und Zusatzheizungen mit Holz zu heizen. Sie kennen sich aber nicht aus, haben meist keine ausreichenden Lagerkapazitäten und verbrennen das Holz oft feucht, so auch an diesem Tag, weshalb ein kräftiger Holzbrandgeruch in der Luft lag. Ich erklärte meiner Nachbarin auch diesen Sachverhalt, dankte ihr und ging wieder nach oben.

An der Haustür klingelte es erneut.

›Die können mich jetzt am Arsch lecken!‹, sagte ich noch zu meiner Frau, als unten nach einem zweiten und dritten Klingeln ein gewaltiges Getöse losbrach. Ich rannte runter und war gerade rechtzeitig im Erdgeschoss, um sehen zu können, wie die scharfe Klinge einer großen Axt durch meine massive Haustür drang. Ich verharrte sprachlos am Treppenfuß. Mit wenigen Schlägen wurde die mächtige Tür zertrümmert und herein stürmten, Monstern gleich, behelmte Feuerwehrleute mit schwerem Atemschutz, vorneweg, wie man an der Helm-Markierung sofort erkennen konnte, der Kommandant.«

Die weitere Erzählung ging erst einmal in einem brüllenden Gelächter unter, das Karl Kraus anstimmte und in das nach und nach alle anderen einfielen.

»Ich trat ihm mit erhobenen Armen entgegen«, fuhr Kraus mit lauter Stimme fort, nachdem er sich seine Lachtränen einigermaßen getrocknet hatte, »und brüllte dem Kommandanten, der übrigens ein guter Bekannter von mir ist, ins Ohr, dass es hier nicht brennen würde und dass auch sonst alles in Ordnung sei. Nach und nach setzten die Feuerwehrleute ihre Masken und dann auch die

Helme ab. Nach kurzer Inspektion der Lärmquelle im Keller zogen sie wieder ab. Auf der Straße stauten sich der Kommandantenwagen, ein Wagen mit Drehleiter, mehrere Löschfahrzeuge, Polizei und am Ende zwei Rettungswagen. Zwischenzeitlich war auch noch ein Arzt eingetroffen, Dr. Lerchinger, der in der Nachbarschaft wohnt. Er bot an, Nothilfe zu leisten, sofern dafür Bedarf besteht. Ich dankte und erklärte ihm, dass dies nicht nötig sei.«

»Bei euch geht es ja richtig lustig zu!«, sagte Theo Ziegler in seiner für ihn typischen trockenen Art.

Kraus wischte sich erneut die Tränen ab und setzte dann plötzlich eine ernste Miene auf. »Ganz so lustig war die Sache dann doch nicht, und sie ist auch nicht zu Ende.«

»Wieso denn?«, fragte Jonas, dem Kraus diese nun angedeuteten Details zuvor noch nicht erzählt hatte.

»Es ist noch völlig unklar, wer den Einsatz zu bezahlen hat. Normalerweise hat dies der Verursacher zu tun. Aber ich hab' mir nichts vorzuwerfen. Der Jogger hat sehr umsichtig gehandelt, ging, als auf sein erstes Klingeln niemand von uns öffnete, sogar zur Nachbarin. Die hat meinen Bruder angerufen, dann sofort die 112 gewählt. Wenn ich großes Glück habe, wird der Einsatz aus der Stadtkasse beglichen, was, so sagt zumindest der Kämmerer, eine Form besonderer Kulanz sei, die man mir eventuell aufgrund der ungewöhnlichen Umstände entgegenbrächte. Aber völlig vom Tisch ist das noch nicht.«

»Für so einen Spaß kann man schon ein paar Euro auf den Tisch legen«, frotzelte Gotthilf Bröckle.

»Mit ein Paar Euro ist das nicht getan. Da kommen schnell mal 3.000 Mäuse zusammen, wenn alle Kosten mit eingerechnet werden. Und wer meine Haustür bezahlt, ist noch völlig unklar.«

»So viel? Da ist es doch besser, man löst erst gar keinen Brand aus«, sagte Bröckle und lachte meckernd.

Die Stimmung am Stammtisch kochte hoch, neue Runden wurden bestellt. Ostler und Westler waren im trauten Trinken vereint.

Irgendwann sah Gotthilf Bröckle auf die Uhr. »S'isch scho spät, i sott ganga. Ich muss den Nachtbus noch kriegen.«

»Bleib doch noch, Gottl'«, sagte Kraus wohlgelaunt. »Ich bestell' mir nachher ein Taxi, das bringt dich dann auch zu deiner Unterkunft. Soviel bist du mir wert.«

Es war schon nach halb drei, als Kraus die Bedienung bat, ein Taxi zu bestellen. »Das wird morgen eine schwere Etappe!«, stieß er mit rauer Stimme hervor.

Bröckle zog Desiderius Jonas am linken Ärmel. »Ich muss dich noch rasch was fragen, komm, wir gehen rüber zur Theke.«

»Was macht' denn ihr schwäbische Lumpaseggl da drüben? Ihr hänt wohl Geheimnisse vor mir.« Kraus blickte in die Runde. »Das gibt' fei' net, hän die Geheimnisse vor ihre Trinkkamerada!«

Bröckle machte eine beschwichtigende Handbewegung. »Du, Sider«, sagte er und wandte sich dabei Desiderius Jonas zu, den er im vertraulichen Gespräch schon seit vielen Jahren mit dieser sonst nicht gebräuchlichen Abkürzung seines Namens ansprach, »du hast mir doch mal was von dieser Jugendhilfe-Einrichtung erzählt, in der so viele frühere Leistungssportler beschäftigt sind, darunter mehrere hochklassige Ruderer.«

»Ja, das sind die Leute von der ›Brücke‹. Ich hab dir wahrscheinlich mal erzählt, dass ich mich bei denen zu Beginn meiner Tätigkeit, wie bei vielen anderen Einrichtungen, vorgestellt hab' und überrascht war, dass mir da lauter muskulöse Zweimeter-Männer gegenüber saßen. Es stellte sich heraus, dass darunter mehrere Weltmeister und Olympiasieger waren, die nach der Wende nicht mehr als ›verdiente Meister des Sports‹ ihr Leben im Sozialismus fristen konnten, sondern viel Eigeninitiative zeigten und einen eigenen Träger der Jugendhilfe aus dem Boden stampften, bei dem Erlebnispädagogik und Wassersport immer noch einen hohen Stellenwert besitzen. Was willst du von denen?«

»Ich sollte einiges über Trainingsmethoden in Erfahrung bringen.«

»Beim Rudern? Willst du auf deine alten Tage noch mit einer neuen Sportart beginnen?«

»Nein, i sott oifach was wissa.«

»Ah ja, Nachtigall, ick hör dir trapsen. Du sollest lieber studieren statt zu kriminalisieren.«

Der Alte lachte verschämt. »Oinaweg, i sott' was wissa.«

»Also, wenn es um Trainingslehre geht, da hätte ich noch eine bessere Quelle, eine Koryphäe der Trainingsforschung. Gundel Gauder, sie ist mehrfache Olympiasiegerin und arbeitet am Institut für Sportwissenschaften der Universität Magdeburg. In den achtziger Jahren war sie bereits in der Forschung zur Leistungsförderung beim Rudern tätig.«

»Und wie erreiche ich die?«

»Ganz einfach. Gegenüber der Straßenbahnhaltestelle, an der du üblicherweise in die Linie 6 steigst, zweigt die Brandenburger Straße ab.«

»Da, wo früher die Hauptfeuerwache war?«

»Genau da. Du findest in einem der ersten Gebäude auf der rechten Seite Räume des Instituts für Sportwissenschaften. Und dort ist auch das Büro von Gundel Gauder.«

Hinter ihnen wurde es laut. Die anderen begannen sich zu verabschieden.

»Gottl'!«, rief Karl Kraus, nachdem er mit sichtlicher Mühe aufgestanden war und erst einmal im Stehen laut gerülpst hatte. »Komm mit, unsere Kutsche ist eingetroffen. Deinen Deckel hab' ich schon bezahlt.«

xxx

»Großbanken wie Goldman Sachs und die Deutsche Bank haben ihren Kunden in den USA in großem Stil riskante Hypothekenpapiere verkauft und gleichzeitig auf deren Werteverfall gewettet.«

(»New York Times«)

Er fand das Gebäude, in dem wesentliche Teile des Instituts für Sportwissenschaften untergebracht waren, auf Anhieb. Allerdings absolvierte er in dem Labyrinth der kahlen Flure eine ganze Reihe treppauf und treppab führender Irrwege, ehe er bis zu dem Büro der Sportwissenschaftlerin Dr. Gundel Gauder vorgedrungen war.

Die Frau war wohl knapp sechzig, verfügte aber immer noch über eine sportliche, geradezu athletische Konstitution, die sich auf angenehme Weise mit einer warmherzigen Ausstrahlung verband. Kurzgeschnittene graue Haare umrahmten ein freundliches und zugleich energisches Gesicht.

Sie begrüßte Gotthilf Bröckle mit einem festen Händedruck und forderte ihn auf, an einem winzigen Tisch Platz zu nehmen.

»Ich kann Ihnen leider nur Wasser anbieten. Heute Morgen habe ich feststellen müssen, dass die Kaffeemaschine kaputt gegangen ist. Bei der Gelegenheit wurde mir mal wieder bewusst, wie lange der Beitritt der DDR zu BRD nun schon zurückliegt. Diese Kaffeemaschine habe ich mir in Braunschweig von meinem ersten eingetauschten Geld gekauft.«

»Da haben Sie ja was Sinnvolles mit Ihrem Begrüßungsgeld gemacht!« Bröckle lachte verschmitzt.

»Nein, von Ostgeld, das ich in DM eingetauscht habe. Sie sitzen Jemandem gegenüber, die es damals als entwürdigend empfunden hätte, Almosen der Bundesrepublik anzunehmen. Ich habe kein Begrüßungsgeld abgeholt. Es überrascht Sie vielleicht, wenn ich das sage, aber für mich war der Untergang der DDR nichts, das es zu bejubeln galt.«

Bröckle fühlte sich sichtlich unwohl. Saß er da mit einer alten Stasi-Tante am Tisch?

»Sie waren mit den Verhältnissen zufrieden?« Er hüstelte unsicher.

»Ja, ich war zufrieden, so kann man das sagen. Natürlich ist mir bewusst, dass ich als erfolgreiche Sportlerin einen besonderen Status besaß, und vor der Wende war ich ja bereits hier in Magdeburg in der Forschung zur Leistungsverbesserung im Wassersport tätig. Aber da wurde mir nichts geschenkt, ist mir nichts in den Schoß gefallen. Alles, was ich erreicht habe, im Sport wie auch später in der Wissenschaft, war das Resultat harter Arbeit.«

»Warum beschäftigten Sie sich mit den Wassersportarten? Soviel ich weiß, waren sie doch Leichtathletin. Sie waren Olympiasiegerin.«

Gundel Gauder schmunzelte. »Dreifache Olympiasiegerin, die Staffel dürfen Sie nicht vergessen. Aber meine Erfolge lagen in den siebziger Jahren. Ich habe anschließend ganz regulär mein sportwissenschaftliches Studium abgeschlossen und danach gleich promoviert. Mit meinem Forschungsschwerpunkt bekam ich dann ein Angebot der Außenstelle Magdeburg der DHfK Leipzig. Diese wurde nach der Wende trotz starker Proteste durch Beschluss der sächsischen Staatsregierung abgewickelt. Das war dann auch das Ende der Magdeburger Außenstelle. Ich gehörte zu den wenigen Glücklichen, die 1993 von dem neu gegründeten Institut für Sportwissenschaften der hiesigen Universität übernommen wurden. Einige andere gelangten an die Sportwissenschaftliche Fakultät der Universität Leipzig.«

»Haben die Sportler, die Sie vor der Wende betreut und untersucht haben, auch hin und wieder mit Ruderkästen trainiert?«

Gundel Gauder lachte fröhlich. »Damit haben Sie gleich eindrucksvoll unter Beweis gestellt, dass Sie selbst mit dem Leistungsrudern nie viel am Hut hatten! Spitzensportler verbringen wahrscheinlich mehr Zeit im Ruderkasten als im Boot auf dem Wasser. Wenn von der früheren Überlegenheit der DDR in bestimmten Sportarten die Rede ist, folgt heute meist reflexartig der Verweis auf Doping oder andere Formen unzulässiger Leistungssteigerung. Für die DDR-Erfolge im Rudern standen vor allem das Auswahlsystem und harte Arbeit. Wenn heutzutage deutsche Ruderer für Weltmeisterschaften oder Olympische Spiele nominiert werden, dann haben die im Seniorenbereich in der Regel nicht mehr trainiert als jugendliche Leistungsruderer in der DDR. Hier in Magdeburg sind die um halb fünf aufgestanden. Von halb sechs bis sieben saßen die im Ruderkasten. Nach dem Frühstück ging's in die Schule. Und nach dem Mittagessen wurde weiter trainiert. Warten Sie, ich zeig' Ihnen was.«

Gundel Gauder ging an ihren Computer und rief ein Bild auf, das drei lachende Kinder auf einer Rudersimulationsanlage zeigte. »So sieht das aus. Das hier ist ein Ruderkasten, wie er heute in jedem Ruderverein verwendet wird.«

Bröckle schaute sich das Bild genau an. »Wurden früher andere Typen verwendet?«

»Ja, es gab verschiedene, zum Teil ganz einfache, da wurden noch nicht mal Ruder eingelegt. Die Sportler saßen in einem Holzkasten, an dem zwei metallene Halterungen mit integrierten Holzgriffen befestigt waren. Sie haben nur die kurzen Griffe bedient. Das Heimtückische daran war, dass man den Widerstand an den Halterungen verstellen konnte. Man benötigte dann mehr Kraft, um die Griffe zu bewegen. Schauen Sie, so sahen die geheimnisvollen Techniken aus, mit denen die DDR-Ruderer zum Erfolg gepusht wurden.«

Sie hatte ein älteres Foto auf den Bildschirm geholt, das einen jungen Mann in einem Kasten zeigte, der Bröckle sofort an eine Holzbox erinnerte, die man in Süddeutschland zum Transport von Schafen verwendete.

Bröckle wies auf die Halterungen. »Wie nennt man diese flexiblen Teile, an denen die Griffe beziehungsweise die Ruder geführt werden?«, fragte er.

»Das sind Dollen. Diese Vorrichtungen haben Sie an den Ruderbooten, und die an den Ruderkästen nennt man genauso, obwohl diese hier anders aufgebaut sind.«

»Können Sie mir das Foto ausdrucken?«

»Aber selbstverständlich, das sind keine Staatsgeheimnisse.«

×××

»Wenn sich die nächste ökonomische Blase der gefürchteten Nadel nähert, wird es spannend sein, wie die Regierungen reagieren werden. In jedem Fall wird es dann wieder einmal zu spät sein.«

(Heiner Flassbeck, Weltökonom)

Als Gotthilf Bröckle wieder die Straße betrat, hatte zu seiner Überraschung ein erster Schneeregen eingesetzt. Um das ausgedruckte Foto, das den Ruderkasten »Made in GDR« zeigte, zu schützen, faltete er es zusammen und steckte es in die Brusttasche seines Mantels. Er schlug den Kragen hoch und blieb unentschlossen vor einer der Ausfahrten der früheren Feuerwache Mitte stehen. Er überlegte dabei, ob er sich mit Bertram verabreden oder diesen sofort in seiner Dienststelle aufsuchen sollte. Gegen einen Besuch im Präsidium sprach, dass er sich in letzter Zeit gelegentlich des Eindrucks nicht erwehren konnte, dass vor allem die jüngeren Polizisten es nicht sonderlich schätzten, wenn er ihren Chef ohne Voranmeldung während der Dienstzeiten besuchte. Aber diese Sache duldete eigentlich keinen Aufschub. Kurz entschlossen machte er sich auf den Weg zur nahe gelegenen Straßenbahnhaltestelle.

Das Verhalten von Bertrams Mitarbeitern bestärkte den zuvor gewonnenen Eindruck. Ein ganz junger Typ, der ihm bislang noch nicht aufgefallen war, wollte ihm den Zugang zu Bertram verwehren. Erst als er sich hilfesuchend mit dem Hinweis an Ursula Seliger gewandt hatte, dass er dem Hauptkommissar etwas Dringliches mitzuteilen habe, was keinen weiteren Aufschub dulde, wurde er durchgelassen.

Bertram nickte ihm nur flüchtig zu. Auch er schien heute nicht besonders gut gelaunt zu sein.

»Wer ist denn dieser junge Schnösel da draußen?«

»Wer?«

»Der neue Kollege, er wollte mich nicht mal zu dir durchlassen.«

»Ach, das ist Frank Ludwig, ein Praktikant und eine große Stütze in unserem Kampf gegen das Verbrechen.« Er lachte sarkastisch.

»Kann es sein, dass ihr alle irgendwie mies drauf seid?«

Der Hauptkommissar blickte von den Papieren auf, die er zuvor mehrmals durchgeblättert hatte, ohne einen neuen Anhaltspunkt zu gewinnen.

»Sachen fragst du!«, fauchte er in einem Anflug von heftigem Zorn. »Für einen kurzen Moment dachten wir, wir hätten den Täter, respektive die Täterin. Aber das war ein Schuss in den Ofen. Wir fangen im Prinzip wieder von vorne an.« Er hielt einem Moment inne, um etwas besänftigter fortzufahren: »Entschuldige, aber wir kommen da im Moment nicht weiter, und ich habe jetzt auch wirklich keine Zeit. Selbst für dich nicht.«

»Ich will dir wirklich nicht auf den Wecker gehen, aber ich hab' wahrscheinlich einen Hinweis für dich, der hilfreich sein kann.«

»Du schon wieder.«

»Du hast mir doch letztens ein Foto gezeigt, auf dem eine Metallvorrichtung abgebildet war, die zur Beschwerung der Leiche verwendet wurde, die der einsame Taucher auf dem Grund des Concordia-Sees entdeckt hat.«

»Ja, bei dem einen Teil wissen wir bis heute nicht, woher es stammt und noch nicht einmal, was es überhaupt sein soll. Eine Halterung, aber wovon?«

Bertram hatte den Ausdruck des Fotos der Kriminaltechnik in einem aufgetürmten Papierstapel gefunden und hielt ihn Bröckle hin.

Der griff in die Brusttasche seines Mantels, den er immer noch nicht ausgezogen hatte und entfaltete ein Blatt Papier. »Schau dir das mal an. Vielleicht musst du ein Vergrößerungsglas verwenden.«

Der Hauptkommissar holte eine altmodische Leselupe aus einer seiner Schreibtischschubladen und musterte den Ausdruck. Dann nickte er anerkennend. »Das könnte es tatsächlich sein. Was ist das für ein Gerät? Und wo hast du das Foto her?«

Bis zum Abend hatten Brosse, der jüngere Müller und der Praktikant Frank Ludwig alle Vereine, das »Haus der Athleten« und sonstige Einrichtungen abgeklappert, die etwas mit Rudern zu tun hatten. Ein Teil alter, aus der DDR stammender Geräte fand noch Verwendung, darunter auch Ruderkästen des Typs, der von Interesse war. Einige waren an frühere Leistungssportler weggegeben worden, um diese beim Abtrainieren zu unterstützen. Anderes war im Sperrmüll gelandet oder der Verbleib unklar. Die wenigen Personen, von denen bekannt war, dass ihnen alte Geräte überlassen worden waren, wurden bis auf eine rasch und zum Leidwesen der Ermittler ohne brauchbares Ergebnis überprüft. Der Mann, den man kurzfristig nicht erreichen konnte, war vor einigen Jahren aus beruflichen Gründen nach Finnland ausgewandert, wo er als Nachwuchstrainer des finnischen Ruderverbandes tätig war. Wieder hatte Bertram das BKA ersucht, ausländische Kollegen um Nachforschungen zu bitten.

×××

»*In der Psychopathologie des Kapitalismus spielt neben dem Geiz und der Gier neuerdings der Größenwahn eine zentrale Rolle. Früher war der Größenwahn nur das klassische Symptom von Syphilis im dritten Stadium, heute ist er ein universelles Deutungsmuster des Ökonomischen.*«

(Rüdiger Jungbluth)

Die Häuser am Concordia-See gingen ihm nicht aus dem Sinn, natürlich war nicht daran zu denken, sie illegal zu betreten. Wo anfangen? Was konnte von Interesse sein?

Bröckle nahm einen frühen Zug. Erneut kam er zu der Stelle, an der die Bevölkerung des Dorfes Kerzen und Blumen aufgestellt hatte, um an die Menschen zu erinnern, die am frühen Morgen des 18. Juli 2009 gestorben waren, als zwei Millionen Kubikmeter Geröll und Erde mitsamt ihren Häusern in den aufgestauten Tagebausee gedonnert waren. Und noch immer stand die endgültige Klärung der Ursache für diese Katastrophe aus. Viel zu voreilig hatte die Bergbaugesellschaft bis Anfang des darauf folgenden Jahres eine Antwort versprochen.

Jetzt konnte er die Allee, die zum Wasser führte, besser überblicken, denn die Bäume hatten mittlerweile ihre Blätter verloren. Niemand begegnete ihm auf seinem Weg zur Absperrung.

Der Wachmann saß im Wagen und hatte einen dampfenden Kaffee auf der Ablage stehen, die zwischen den Vordersitzen montiert war. Ein trostloser Job.

Er grüßte ihn, erkannte ihn wohl wieder.

Nach einer belanglosen Plauderei sagte Bröckle: »Ich habe vor einigen Wochen in der Zeitung gelesen, dass die früheren Bewohner der Häuser, die im Sperrgebiet stehen, noch ein letztes Mal die Gebäude betreten durften, um noch ein paar persönliche Dinge herausholen zu können. Wie hat man dafür gesorgt, dass sich da nicht die Falschen Zutritt verschafft haben?«

»Ganz einfach. Wir kriegten 'ne Liste, da stand drauf, wer rein durfte.«

»Haben Sie die noch?«

Der Wachmann nickte bedächtig und wandte sich umständlich nach hinten. Auf der Rückbank seines Wagens stapelten sich die unterschiedlichsten Dinge. Das brachte wohl die lange Zeit des monotonen Dienstes mit sich, in der der Wagen zu einer Mischung aus provisorischer Unterkunft und Arbeitsplatz geworden war. Umständlich schob er verschiedene Dinge von der einen auf die andere Seite. Dann hatte er gefunden, was er suchte. Als er sich wieder Bröckle zuwandte, hielt er einen schon leicht angeknitterten Umschlag in der Hand, dem er eine Liste entnahm.

»Die hier aufgeführten Personen wurden damals durchgelassen, als die Sondergenehmigung vorlag, die die Eigentümer berechtigte, letztmals Wertsachen aus ihren Häusern zu holen.«

»Kann ich da mal einen Blick drauf werfen?«

»Eigentlich nicht. Sie wissen schon, Datenschutz.«

»Aber Sie wissen doch, dass ich den Magdeburger Hauptkommissar Bertram bei seinen Ermittlungen in dem Mordfall unterstütze. Lassen Sie mich die Liste nur mal rasch überfliegen.«

Der Wachmann zögerte.

»Na gut«, sagte er nach einer Weile. »Aber ich will keinen Ärger.«

Bröckle sichtete die wenigen Eintragungen und gab enttäuscht die Auflistung zurück. Sie war identisch mit der, die ihm Bertram für einen kurzen Augenblick in dessen Büro gezeigt hatte. Wahrscheinlich war das Exemplar, das der Polizei vorlag, eine Kopie dieser Aufstellung. Keiner der Namen sagte ihm etwas, keiner stand in offensichtlicher Verbindung mit Personen, deren Namen ihm im Zusammenhang mit den beiden Morden schon einmal begegnet waren. Er sah auf die Uhr. In wenigen Minuten würde der Zug Richtung Magdeburg ankommen. Zeit, zurück zum Bahnhof zu gehen. Er hatte sich schon von dem Wachmann verabschiedet, der sich wieder in sein Auto gesetzt hatte, als ihm doch noch etwas einfiel.

»Sagen Sie mal, gab es auch Häuser, die damals nicht mehr von Eigentümern oder Angehörigen aufgesucht wurden?«

Der Angestellte der Sicherheitsfirma überlegte kurz. »Ich glaube, zum zweiten Haus rechts ging damals niemand. Das gehört meines Wissens einer alten Frau, die es einfach nicht übers Herz brachte, ihr Anwesen nochmal zu betreten.«

»Kennen Sie ihren Namen?«

»Nein, tut mir Leid.«

»Wer könnte mir das sagen?«

»Weiß nicht, vielleicht jemand von der Verwaltung.«

Bröckle bedankte sich nochmal, überlegte kurz und stapfte dann in Richtung Dorfmitte. Er fand die Verwaltungsstelle auf Anhieb. Doch um eine Auskunft zu erhalten, bedurfte es eines Telefonats mit Bertram, der der Zuständigen für das Meldewesen nach längerem Zögern mitteilte, dass Bröckle in seinem Auftrag Erkundigungen einholte. Die Verwaltungsfachkraft zuckte daraufhin mit den Schultern. »Komische Sitten sind das. Jetzt lagert sogar schon die Polizei Teile ihrer Ermittlungsaufgaben aus.«

Als die Endfünfzigerin schließlich mit dem Finger auf einen Plan des gesperrten Gebietes klopfte, in dem die Namen der Hausbesitzer und der Bewohner in oder neben die Grundrisse der darin gelegenen Häuser geschrieben waren, löste der Name einer Person, die offensichtlich für ihre hochbetagte Tante eine Generalvollmacht hatte, bei ihm großes Erstaunen und ein Kribbeln aus. Er hatte nicht auf der Liste der Zugangsberechtigten gestanden, die ihm der Wachmann gezeigt hatte.

xxx

»*Ein schwacher Dollar dient als billiges Spielgeld an der Börse.*«
(Catherine Hoffmann)

Bertram hatte am darauf folgenden Vormittag selbst die Aufgabe übernommen, nochmals Sieber und Gönning-Pfister, die beiden

Hauptgeschädigten der Fondspleite, aufzusuchen und zu befragen. Er verspürte keine allzu große Hoffnung, hier noch etwas Neues zu erfahren oder gar Informationen zu erhalten, die den Verdacht gegen einen von beiden erhärteten. Er hatte es sich allerdings seit langem zur Gewohnheit gemacht, immer dann, wenn bei einer Ermittlung Stillstand eingetreten war, alle Fakten, die involvierte Personen betrafen, nochmal durchzugehen.

»Das ist wie Goldwaschen«, hatte er einmal zu Claus Müller gesagt. »Erst wenn der Schlamm mehrmals in immer feineren Sieben durchgespült worden ist, wird eine feine güldene Spur sichtbar, und das auch nur in den seltenen Erfolgsfällen.«

Dabei fiel ihm mit einem sofort aufkeimenden schlechten Gewissen ein, dass er seinen aus vielen gemeinsamen Dienstjahren zum Freund gewordenen Kollegen schon längere Zeit nicht mehr besucht hatte. Spätestens heute Abend musste er ihm unbedingt mal wieder anrufen.

Jens Sieber machte einen schlechten Eindruck. Er war aschfahl und wirkte stark verlangsamt. Ein Satz aus »Tobias Mindernickel«, einem der weniger bekannten Werke Thomas Manns, fiel Bertram ein: »Sein Gesicht sieht aus, als hätte ihm das Leben verächtlich lachend mit voller Faust hineingeschlagen.« Mit voller Faust? So würde man das heute auch nicht mehr schreiben. Ob er Psychopharmaka nahm? Hatte ja auch einiges mitgemacht in der letzten Zeit.

Auf die geduldig gestellten Fragen des Polizisten antwortete er äußerst knapp. Seine Antworten bewegten sich allesamt im Spektrum des bereits mehrfach von ihm Vorgetragenen. Manche Aussagen wirkten wie antrainiert oder mechanisch wiederholt.

Veronika Meinecke-Sieber, die während der Befragung ihres Mannes in ihrem kleinen Arbeitszimmer herumgewerkelt hatte, wirkte deutlich robuster und eröffnete, ohne ihm auch nur einen Platz anzubieten, sofort das Gespräch. »Schauen Sie sich das mal an. Das geht immer weiter. Jetzt sind sogar meine vermögenswirksamen Leistungen aus den letzten Jahren futsch.«

Sie reichte Bertram ein Schreiben, dessen Inhalt er auf Anhieb nicht vollständig nachvollziehen konnte. Es ging offensichtlich um einen

Wertpapiersparvertrag, ein »ImmoSuperSparen mit zusätzlicher Förderung« einer Deutschen Beamtenvorsorge Immobilienholding AG. Auch hierbei wurde offensichtlich mit dem Beamtenglück Schindluder getrieben. Im Brief einer ihm bislang unbekannten VR Bank Aalen AG wurde der Frau des Professors in dürren Worten mitgeteilt,

»... dass beim derzeitigen Aktienkurs von € 0,05 je Aktie nach Verkauf der Aktien abzüglich noch offener Gebühren aus heutiger Sicht kein Guthaben zur Auszahlung an die Kundin mehr verbleibt.«

Um die Wichtigkeit dieser Mitteilung noch zu unterstreichen, war dieser lapidar gehaltene Brief gleich von zwei leitenden Angestellten dieser Bank unterzeichnet worden. Er reichte der Frau das Schreiben zurück und schüttelte den Kopf. Ihn erstaunte einmal mehr die Leichtgläubigkeit und Naivität, die selbst gebildete Leute gerade bei dubiosen Finanzgeschäften an den Tag legten. Aber wie hieß es schon in einem alten arabischen Sprichwort, das ihm sein Großvater vor langer Zeit mit auf den Weg gegeben hatte und das von der Gier der Menschen handelte: »Zweie werden nicht satt – wer Wissen und wer Reichtum sucht.«

»Sagen Sie mal, wenn man sowas liest wie ›ImmoSuperSparen‹, da lässt man doch die Finger davon. Aus diesem infantilen Geschwalle bläst Ihnen doch mehr heiße Luft entgegen als beim Frisör unter der Trockenhaube.«

»Tja. Hinterher ist man immer klüger. Ich habe jetzt zwei Möglichkeiten. Entweder ich schließe mich der üblichen Sammelklage an, oder ich hake das mit Würde und möglichst großer Gelassenheit ab. Und ich habe mich nach all den Aufregungen für das Letztere entschieden.« Bei diesen Worten nahm sie mit spitzen Fingern den Brief der Aalener Bank und ließ ihn mit einer demonstrativen Geste in den Papierkorb segeln.

»Wie viel verlieren Sie hierbei?«

»Ungefähr dreitausend. Aber gemessen an dem, was bei der Pleite des Deutschen Beamten-Fonds der ETI draufgeht, sind das die berühmten Peanuts.« Sie lachte schrill und geradezu aufreizend.

Mit dem enttäuschenden Gefühl, hier nichts mehr erfahren zu können, was auch nur ansatzweise Bedeutung für die Lösung dieses Falles hatte, verabschiedete er sich zügig, nicht ohne der Frau beim Hinausgehen noch leise zuzuraunen: »Passen Sie auf Ihren Mann auf.«

Den Weg zu Gönning-Pfister absolvierte er mit einem kleinen Umweg über das Allee-Center. In einem Asia-Imbiss schlang er eine seiner Standard-Mittagsmahlzeiten hinunter: Nudeln mit Sojasprossen, Gemüse und Huhn.

Zu seiner Überraschung war der Professor zu Hause nicht allein. Eine junge Frau stellte sich als Nele Westkamp vor und riss sofort das Gespräch an sich, nachdem der Polizist auf die anonyme Beschuldigung zu sprechen kam, die vor geraumer Zeit telefonisch beim Revier Mitte eingegangen war.

Sie schlug mit ausladenden Bewegungen in einer Art kleiner Inszenierung ihre Beine übereinander, was den ohnehin schon sehr kurzen Rock noch weiter nach oben rutschen ließ und blickte den Hauptkommissar von der Seite an. Dabei formten ihre Lippen ein schmollendes Kussmäulchen. »Ich muss Ihnen etwas gestehen, Herr Kommissar. Dankwart und ich hatten einen heftigen Streit. Es flogen sozusagen die Fetzen. Also wirklich.« Sie hob den Kopf, lehnte sich zurück und stemmte beide Fäuste in ihre Taille. »Und dann habe ich aus lauter Wut bei der Polizei angerufen, nachdem dieser Investmentbanker vermisst wurde. Ich habe das Danki bereits gestanden. Und er hat mir schon verziehen.«

Dabei strahlte sie zuerst Gönning-Pfister und dann ihn in einer Weise an, die er bestenfalls als ganz schlechtes Schmierentheater einzuordnen bereit war. Ärger kroch in ihm hoch. Als Polizist musste man sich immer mehr zum Narren aller möglicher Leute machen lassen. Und das nun schon seit vierzig Jahren und seit der Wende mit wachsender Intensität. Er hatte da echt keinen Bock mehr drauf. Auch so ein blöder Westspruch: »Keinen Bock haben«. Nun auch hier schon lange im Gebrauch. Er kannte mal den Leiter eines Erziehungsheims, der schickte Jugendliche, die äußerten, auf irgendetwas keinen Bock zu haben, vor die Tür und ließ sie erst wieder eintreten, wenn sie aus dem Viehbestand der Einrichtung den Schafbock gefangen hatten. »So, nun hast du 'nen Bock.« Eine prima Idee.

»Sie behaupten also nun, Sie hätten damals den anonymen Anruf beim Revier Mitte getätigt, wobei die Aussage, dass Herr Gönning-Pfister etwas mit dem Verschwinden von Dr. Heininger zu tun gehabt hätte, unzutreffend ist.«

»Ganz genau so ist es.« Sie grinste ihn herausfordernd an.

Für einen Moment überlegte Bertram, ob er das ganz hässliche Programm abspulen sollte. Aber dazu hatte er jetzt nicht die Zeit. Dann wenigstens einen Schuss vor den Bug.

»Liebe Frau Westkamp«, begann er, als wolle er nun eine Rede halten, »wir werden das überprüfen. Sie werden aber auf jeden Fall mit einer Anzeige rechnen müssen.«

»Aber da kommen doch nur eine Verleumdungs- oder eine Unterlassungsklage durch den fälschlich Bezichtigten in Frage.«

»Richtig.« Ganz so dumm, wie sie tat, war Nele Westkamp nicht, fand der Hauptkommissar.

»Aber der Bezichtigte hat meine Entschuldigung längst angenommen.« Sie lächelte zu Gönning-Pfister hinüber, der teilnahmslos mit gefalteten Händen in der Ecke saß. Es war nicht zu erkennen, ob er dem Gespräch folgte oder eigenen Gedanken nachhing.

»Frau Westkamp«, sagte Bertram kühl, »das hat letztendlich der Staatsanwalt zu entscheiden. Vielleicht handelt es sich um ein Offizialdelikt, bei dem die Strafverfolgungsbehörden auch dann weiter zu ermitteln haben, wenn der Geschädigte oder der fälschlich Beschuldigte kein Interesse an der Strafverfolgung hat. Und da Sie uns mit Ihrem groben Unfug bei der Ermittlungsarbeit behindert haben, werde ich auf jeden Fall dafür plädieren, so zu verfahren.«

×××

»Das Geld ist das höchste Gut, also ist sein Besitzer gut, das Geld enthebt mich überdem der Mühe, unehrlich zu sein; ich bin geistlos,

aber das Geld ist der wirkliche Geist aller Dinge, wie sollte sein Besitzer geistlos sein?«

(Karl Marx)

Verärgert durchwühlte Gotthilf Bröckle die Taschen der Kleidungsstücke, die er in den letzten Tagen angehabt hatte. Irgendwo musste der Fetzen Papier sein, auf den er eilig die Telefonnummer von Sigmunde Schlosser gekritzelt hatte. Er war nicht aufzufinden. Genervt wählte er die Nummer der Auskunft, bei der er entgegen aller Erfahrungen aus jüngster Zeit sofort durchkam.

Sigmunde Schlosser grüßte ihn freundlich. »Es war richtig nett mit Ihnen«, flötete sie ins Telefon. »Sie hätten gerne noch etwas länger bleiben können. Auch meine Enkelin war sehr von Ihnen angetan.«

»Ja, doch, auch ich fand es gemütlich bei Ihnen.« Mit Schmeicheleien konnte er bis heute nicht angemessen umgehen. Also kam er gleich auf die Sache zu sprechen, die ihn zu diesem Anruf bewogen hatte. »Frau Schlosser, als ich kam, haben Sie sich die alten Fotos angeschaut, auf denen Ihre Enkelin mit verschiedenen anderen Sportlerinnen zu sehen war. Mit einer war sie besonders häufig abgebildet, mit der hat sie die Zweier-Europameisterschaft der Juniorinnen gewonnen.«

»Ja, das war ihre Freundin Franki.«

»Wissen Sie, wie diese Franki mit vollem Namen heißt?«

»Oh je, oh je«, jammerte Sigmunde Schlosser nach kurzem Zögern. »Mein alter Kopf lässt mich immer mehr im Stich. Ich wusste den Namen, er stand ja auch oft zusammen mit dem meiner Enkelin in der Zeitung. Sie kam schon als Kind mit in meine Laube, da haben die beiden Mädchen stundenlang miteinander gespielt. Das können Kinder heute gar nicht mehr, mit dem, was sie in einem Garten finden, stundenlang spielen. Wir sagten alle nur Franki zu ihr. Sie wissen ja, man nannte meine Enkelin und sie immer nur Franzi und Franki. Oh je. Ich weiß nur noch, dass das andere Mädchen, das Sie auf dem Bild in diesem komischen Trockentrainer gesehen haben, ihre Schwester war.«

»In dem Ruderkasten?«

»Ja, ich glaube, so nennt man das wohl. Auf dem Foto waren ja drei Mädchen abgebildet. Die Schwester hieß Pamela, hat sich später umgebracht, das arme Kind.«

»Und warum, wissen Sie nicht?«

»Pamela war, wie ihre Schwester auch, bei einer Bank beschäftigt. Irgendwo im Westen, bei Hannover. Sie hatte mit diesen neuen Sachen zu tun, die wir ja in der DDR nicht kannten. Bei einer Tagung, ich meine, es sei an der Ostsee gewesen, muss es einen Vorfall gegeben haben, den sie nicht verkraftet hat. Genaueres kann Ihnen vielleicht Franziska sagen.«

Bröckle erreichte Franziska Bodenmüller nach mehreren vergeblichen Anrufen erst am Abend. Als sie ihm die vollständigen Namen der beiden Schwestern nannte, pfiff er so laut und schrill ins Telefon, dass seine Gesprächspartnerin einige Sekunden lang irritiert den Hörer mit ausgestrecktem Arm vom Ohr weghielt.

»Ihre Großmutter hat angedeutet, dass sich die jüngere Schwester umgebracht hat«, murmelte Bröckle. Zugleich rasten ihm tausend Gedanken durch den Kopf. Diese unerwartete Mitteilung konnte zahlreiche Konsequenzen nach sich ziehen, auch solche, die für die Aufklärung der Morde an den beiden Hütchenspielern von ganz entscheidender Bedeutung waren.

»Pamela wurde vergewaltigt«, sagte Franziska Bodenmüller mit brüchiger Stimme. Sie war das erste Mal bei einem Workshop dabei, der für Investmentbanker in einem Luxushotel in Boltenhagen ausgerichtet wurde.«

»Wo ist das?«

»Sie kennen Boltenhagen nicht? Das ist ein wunderschöner Ort an der Ostsee. Jetzt um diese Jahreszeit ist es dort besonders reizvoll.«

»Im November?«

»Wenn Sie mit angemessener Kleidung zwei Stunden über den Strand und die Klippen marschieren, erholen Sie sich mehr, als wenn Sie dort im Sommer in der Sonne braten. Die Tagung damals war auch im November.«

»Sie wissen das noch?«

»Das kann man sich leicht merken. 11.11. Nächste Woche ist das. Und ihre ältere Schwester wird wieder hinfahren, wie jedes Jahr, und an den Klippen trauern. Ich vermute, sie wird sogar wieder im selben Hotel absteigen. Im besten Haus am Platz, wie mein Großvater früher immer zu sagen pflegte.«

×××

»*Zumwinkel gehört wenigstens mal zwei Jahre eingeknastelt, damit der spürt, wie sich ein geschlossener Immobilienfonds von innen anfühlt.*«

(Urban Priol)

Im November war das Seehotel »Großherzog von Mecklenburg« nur schwach belegt. Auch bei den mehrtägigen Arrangements waren noch Angebote frei. Gotthilf Bröckle überraschte seine Frau mit der telefonischen Mitteilung, er lade sie zu einem Kurzurlaub an die Ostsee ein, zu einer »Kurzreise zum Verwöhnen für Körper, Geist und Seele«. Er hatte für Eva das Arangement »Ayurveda-Träume« reserviert und zusätzlich für sie das Anwendungspaket »Exklusive Schönheitstage« gebucht, was seine Frau zu der Frage verleitet hatte, ob ihr Verfall denn wirklich schon so weit fortgeschritten sei. Aber sie kam mit.

Er holte sie in Magdeburg vom Bahnhof ab. Auf der Fahrt nach Norden machten sie Halt in Wismar und bummelten durch die Gassen nahe der Kirche und einmal um den kleinen Hafen.

An einem Fischkutter, der zu einer Räucherei umgerüstet worden war, aßen sie wunderbar frische Fischbrötchen.

Nach dem Einchecken im Boltenhagener Hotel machten sie einen Spaziergang am Strand. Auf dem hölzernen Anlegesteg, von wo aus die Touristen im Sommer die Ausflugsschiffe bestiegen, wehten kräftige Böen. Fasziniert beobachtete Eva das Spiel der Möwen mit dem Wind. Auch zahlreiche andere Wasservögel trieben unter ihnen auf den Gischtkronen der aufgepeitschten Ostsee.

Um halb fünf schlug Bröckle seiner Frau vor, den Wellness-Bereich aufzusuchen, der im obersten Stockwerk des großzügig gebauten Hotels lag. Hier herrschte reger Betrieb. Viele Hotelgäste waren aus der Kälte hierher geflüchtet und warteten entspannt auf das Abendessen. Eva und ihn erwartete heute ein Viergang-Vitalmenü. Da war sicherlich wieder so manches dabei, was er früher nur an seine Karnickel verfüttert hatte. Sein Vater hatte vor allem Deutsche Riesen gezüchtet. »Da ist wenigstens was dran, wenn sie schon keine Preise bei den Leistungsschauen holen«, hatte der Alte immer gesagt, wenn er mal wieder ohne Pokal oder Urkunde von den Kleintierzüchterwettbewerben der näheren Umgebung zurückgekehrt war. Das machten heute nur noch ein paar Enthusiasten.

Durch ein nach oben spitz zulaufendes, wenigstens sechs Meter breites Panoramafenster hatte man einen überwältigenden Blick auf das Meer, über dem nun langsam die Dunkelheit heraufzog. Vereinzelt sah man nun das Blinken der Positionsleuchten kleiner Schiffe. In der blaugrauen Dämmerung konnte er im Westen die Klippen erkennen, zu denen ihn vermutlich schon morgen sein Weg führen würde.

Hier musste es wohl damals passiert sein. Pamela war mit zwei männlichen Teilnehmern des Workshops, der über neue Optionen im Investmentsektor informieren sollte, spät abends noch mit in den Wellness-Bereich gegangen. Über einen Nebeneingang, der wohl für das Reinigungs- und Betreuungspersonal vorgesehen war, konnten sie lediglich das Bad und den angrenzenden Ruheraum betreten. Die Behandlungsräume und die Sauna waren verschlossen. Das Becken lag im schwachen Licht der Notbeleuchtung, die während des regulären Betriebes aktivierten Düsen und der Whirlpool waren abgeschaltet gewesen.

Morgens, noch vor sechs Uhr, fand eine polnische Reinigungskraft die junge Frau, die wohl nackt und betäubt von einer Liege des Ruheraums auf den beheizten Steinfußboden geglitten war. Die Frau hatte sich Sorgen gemacht und die reglos Liegende an den Schultern gerüttelt, wodurch sie nach einer Weile erwacht sei. Sie sprang auf, raffte weinend ihre Kleider zusammen und rannte aus dem Badebereich. Dabei habe sie abwechselnd Schreie ausgestoßen und Satzfetzen gerufen, die die verstörte Putzkraft nicht verstand, die ihr aber deutlich machten, dass sich die junge Frau in einem äußerst erregten und verwirrten Zustand befunden haben muss.

Am Morgen des 11. November regnete es. Eva und Gotthilf Bröckle frühstückten ausgiebig. Nach über einer Stunde kam die Frau, auf die er gewartet hatte. Sie setzte sich abseits in einer Nische an einen kleinen Tisch, von dem aus sie durch ein breites Fenster auf die Hecke blicken konnte, die das Hotel vom Damm abschirmte. So wie er hier saß, würde sie ihn kaum erkennen. Er hatte sich vorgenommen, der Frau so unauffällig wie möglich folgen.

Um elf Uhr würde Eva eine Rückenbehandlung erhalten. Eben hatte sie ihm mit einer Mischung aus leichter Ironie und gespannter Erwartung aus dem Prospekt vorgelesen: »... bestehend aus Reinigung, Peeling, Bedampfung, Entfernung von Hautunreinheiten, Packung sowie Rücken- und Nackenmassage. Und am Nachmittag noch Schönheitsbehandlung für Gesicht, Hals und Dekolleté. Auf Wunsch Färben der Wimpern und der Augenbrauen.«

»Dann ist es wohl besser, wenn man dir nachher die Zimmernummer auf die Hand schreibt.«

»Wieso das denn?«

»Weil ich dich vermutlich kaum wiedererkennen werde.«

»Oh, du alter Seckel.«

Bröckle wartete im Foyer. Er hatte sich an der Rezeption die »Ostseezeitung« gekauft, in der er die ausführliche Berichterstattung über das momentane sportliche Elend von Hansa Rostock studierte. ›Rostock sollte man auch mal besuchen‹, beschloss er. Langsam begann er zu schwitzen, denn er behielt Pullover und Windjacke an, um rasch aufbrechen zu können.

Es dauerte noch beinahe eine Stunde, bis sie kam. Fast hätte er sie in ihrer wetterfesten Vermummung gar nicht erkannt. Er wartete einen Augenblick, dann warf er den Schal um und zog die Wollmütze tief ins Gesicht. Schon im Gehen zog er die Handschuhe an. Vor dem Hotel nestelte er die geschützten Hände durch die Schlaufen der Nordic-Walking-Stöcke, deren kostenlose Ausleihe Bestandteil des Arrangements war. Normalerweise machte er sich über seine Altersgenossen lustig, die in unterschiedlich großen Rudeln mit diesen Gehhilfen durch die Gegend marschierten. »Durch das Klicken der Stöcke auf dem Asphalt gewöhnt ihr euch schon mal an das Geklapper, dass entsteht, wenn später einmal eure morschen Knochen aufeinanderschlagen!«, hatte er im letzten Sommer einer Gruppe von Freunden nachgerufen. Die waren ›not amused‹ gewesen.

Aber heute hatte er die Stöcke mitgenommen. Man konnte nie wissen, wozu sie taugten. Schließlich kannte er das Gelände bis auf das kurze Stück, das sie gestern am Strand entlang gegangen waren, überhaupt nicht.

Es bereitete ihm keine Mühe, der Frau in großem Abstand zu folgen. Anders als in den buckeligen Waldstücken seiner Heimat konnte man hier sehr weit sehen. Immer wieder begegneten ihm andere Spaziergänger. Als die letzten reetgedeckten Häuser von Boltenhagen hinter ihm zurückblieben, mündete die Straße in einen asphaltierten Weg, der tief eingeschnitten und von Weiden und anderen windzerzausten Bäumen gesäumt, zwischen den morastigen Wiesen und abgeernteten Feldern hindurchführte. Am Ende dieses geschützten Weges schlug ihm der Wind in stürmischen Böen entgegen. Er zog den Schal noch fester zu und stapfte mit eingezogenem Kopf weiter durch die Kälte.

Als er wieder aufblickte, war die Frau nicht mehr vor ihm. Er unterdrückte einen Fluch. Sie musste auf einem der Trampelpfade oder direkt durch das Gestrüpp in Richtung der Klippen abgebogen sein. Er musste es riskieren. Etwas anderes blieb ihm jetzt ohnehin nicht übrig. Seine Vermutung war richtig gewesen. Etwas abseits von dem Trampelpfad, dem er selbst gefolgt war, stand die Frau an einem Vorsprung. Er überstieg einen niedergedrückten Maschendrahtzaun und ignorierte dabei ein daran befestigtes Schild, das, mit einem Totenkopf versehen, vor der Gefahr des Abbruchs überhängender Kanten an diesem Abschnitt der Steilküste warnte. Das sah in der Tat gefährlich aus. Links und rechts war von dem felsigen Vorsprung aus gut zu sehen, wie der sandige Untergrund nach und nach in die Tiefe bröselte und nur noch ein Geflecht aus Grasbüscheln und niederen Stauden über den Rand hing. An manchen Stellen wirkte das mit etwas Phantasie wie eine riesengroße, wirre Haartolle, die keck und ungebändigt über einer imaginären Stirn schwebte.

Bröckle erkannte ein namenloses Holzkreuz, vor das die Frau wohl eben eine einzelne weiße Rose gelegt hatte. Es musste die Frau gewesen sein, denn die Blüte war noch ganz frisch.

Bröckle räusperte sich laut, damit sie sein Kommen bemerkte.

»Sie sind Frau Stecher?« Er sprach sie leise, eher fragend an.

Die Frau, die einen langen weinroten Anorak trug, drehte sich ohne Hast um. Ihr Gesicht war unter dem breiten Fellrand ihrer Kapuze halb verdeckt. Dennoch musste sie ihn angesehen haben, denn zu seiner Überraschung sagte sie: »Sie waren vor einigen Wochen bei mir im Büro und haben Ihr frei gewordenes Geld in einem Kapitalbrief angelegt.«

»Das wissen Sie noch?«

»Es kommt nicht oft vor, dass ich für dieses spezielle Aufgabengebiet einspringen muss. Und einen Mann mit Ihrem urigen Dialekt hatte ich bislang noch nicht als Kunden.«

Bröckle hatte seine Walking-Stöcke an einen Strauch gelehnt und trat einen Schritt näher an die Abbruchkante heran. »Ist Ihre Schwester hier in die Tiefe gesprungen?«

Einige Sekunden lang musterte sie ihn wortlos. Dann sagte sie: »Als ich Sie gestern Abend beim Einchecken gesehen habe, hatte ich sofort die Vermutung, dass das kein Zufall sein kann. Oder genauer gesagt, mir ist zuerst wieder Ihre Stimme aufgefallen. Sie schnüffeln mir nach. Warum?«

»Ist es hier passiert? An dieser Stelle?«

Franka Stecher schob ihre wärmende Kapuze zurück und blickte ihn voller Ingrimm an. »Was wollen Sie von mir?«

»Frau Stecher, mich interessiert die Wahrheit.«

»Welche Wahrheit denn?« Sie lachte ein kehliges Lachen, das den Alten erschreckte. »Die einzige Wahrheit, die an dieser Stelle Bedeutung hat, besagt, dass meine Schwester tot ist.«

»Und dafür sind Heininger und Schuster verantwortlich?« Bröckle wusste auf einmal nicht mehr weiter. Der Wind peitschte durch die kargen Reste der Vegetation. Ihn fröstelte. Verlegen räusperte er sich und sagte dann leise: »Frau Stecher, ich bin fest davon überzeugt, dass Sie für die Ermordung von Dr. Frank Heininger und Harald Schuster verantwortlich sind. Sie haben nach Jahren den Tod Ihrer kleinen Schwester gerächt, die hier in die Tiefe sprang oder in die Tiefe stürzte.«

»Sind Sie von der Polizei?«

»Ich war früher mal bei der Polizei. Ich bin längst in Rente.«

»Dann unterlassen Sie Ihre absurden Behauptungen. Gehen Sie jetzt, ich will hier noch ein paar Minuten in Ruhe verbringen. Heute ist der Todestag meiner Schwester.«

Bröckle trat ein paar Schritte zurück und blickte auf das Meer hinaus. In Strandnähe schaukelten zahlreiche Wasservögel zwischen den Kronen der schäumenden Wellen.

Er hatte das Gefühl, als hätte die Kälte zugenommen.

»Sie haben eine ebenso absurde wie schwerwiegende Anschuldigung gegen mich erhoben.« Unbemerkt war sie an ihn herangetreten.

»Frau Stecher, Sie kannten seit Ihrer Kindheit die Laube von Frau Schlosser. Sie wussten, wahrscheinlich von ihr selbst oder ihrer Enkelin, dass die alte Frau ihren Garten nicht mehr bewirtschaftet. Sie haben Schuster dorthin gelockt, ihn mit demselben Stoff betäubt, den er und Heininger Ihrer Schwester verabreicht haben und ihn dann erdrosselt. Wenn da nicht diese Verkaufsbesichtigung gewesen wäre, hätte man die Leiche von Harald Schuster möglicherweise erst im nächsten Frühjahr gefunden.«

»Für diese albernen Behauptungen haben weder Sie noch die Magdeburger Polizei irgendwelche Beweise. Wer sind Sie denn überhaupt? Verdingen Sie sich auf Ihre alten Tage noch als Privatdetektiv, weil die Rente nicht reicht?«

»In einem haben Sie tatsächlich recht. Meine Rente ist knapp.«
»Wollen Sie Geld? Wollen Sie mich erpressen?«

Franka Stecher nahm eine drohende Haltung ein. Bröckle musste sich erst an den Gedanken gewöhnen, dass diese ehemalige Leistungssportlerin ihn nicht nur um Haupteslänge überragte, sondern vermutlich viel kräftiger war als er selbst.

»Sie waren sehr vorsichtig. Aber nicht vorsichtig genug. Man hat in der Hütte Ihre DNA gefunden, einzelne Haare von Ihnen.«

Hier log er.

»Wenn da wirklich Haare von mir gefunden wurden, dann stammten die von früher.« Plötzlich lachte sie. »Jetzt weiß ich auch, weshalb der Polizist, der mich nach dem Fund der Leiche von Heininger befragt hat, bei mir noch unbedingt aufs Klo wollte. Hat er da, wie man es aus schlechten Filmen kennt, Schamhaare aus meiner Kloschüssel gepickt?«

»Vermutlich wird er das gemacht haben.« Bröckle war dankbar für diese Vorlage. Und weil er merkte, dass Franka Stecher diese Möglichkeit ernsthaft in Betracht zog, fügte er, mutiger geworden, gleich hinzu: »Die Haare hafteten an der Kleidung des Opfers. Zudem hat man heute die Möglichkeit, deren Alter genau zu bestimmen.« Hier log er ein zweites Mal, zumindest hatte er keine Ahnung, ob dies überhaupt möglich war.

Sie bogen jetzt wieder auf den asphaltierten Erschließungsweg ein. Bröckle war froh, dass sie von der Steilküste weg waren, denn noch vor wenigen Minuten konnte er sich gut vorstellen, wie diese noch immer kraftstrotzende Frau ihn ergriff und in die Tiefe schleuderte. Wie auf dem Hinweg schützte sie nun der auf hohen Böschungen über beiden Seiten des Weges stehende Baumbestand vor dem heftigen Wind. Bröckle schwieg. Er war sich nun ziemlich sicher, dass die Frau ihm Weiteres offenbaren würde.

Sie liefen eine Zeitlang schweigend nebeneinander.

»Der Fehler war, dass ich meine kleine Schwester nicht gebremst habe«, sagte sie, ohne den Blick vom Weg abzuwenden. »Sie war jung, ehrgeizig und hatte sich in den Kopf gesetzt, die Rolle der kleinen Bankangestellten mit der einer erfolgreichen Investmentbankerin zu vertauschen. Schnell verkehrte sie in den einschlägigen Kreisen, von denen ich bis dahin noch nicht einmal wusste, dass es sie überhaupt gibt.«

»Aber Sie gehören doch auch dazu.«

Nun blickte die Frau zu ihm herüber. »Ich habe mich mit dem Kram überhaupt erst befasst, als das mit Pamela passiert ist. Sie war eine lebensfrohe, manchmal leichtsinnige, junge Frau, die schon mal mit einer gewissen Berechnung Männern den Kopf verdreht hat. Aber von Schuster und Heininger wollte sie nie was. Dazu hatte sie bereits zu viel von deren Schweinkram mitgekriegt.«

»Und dann wurde sie hier im ›Großherzog von Mecklenburg‹ von den beiden vergewaltigt?«

Franka Stecher hatte die Hände in ihre Anoraktaschen gesteckt. Mit nach vorn gebeugtem Oberkörper nickte sie heftig. »Es war wie immer bei solchen Veranstaltungen. Das exklusive Ambiente und die Winner-Stimmung, die da aufgebaut wird, machen leichtsinnig. Sie hat noch lange mit den beiden Männern getrunken, als die anderen schon längst in den Betten waren. Einer von denen hatte dann die Idee, noch ein Bad zu nehmen. Sie drangen durch einen unverschlossenen Nebeneingang in das nur von der Notbeleuchtung schwach erhellte Hallenbad. Im letzten Drink oder in einer Flasche, die einer der Männer mitgeführt hat, waren K.O.-Tropfen. Der Bar-Keeper hat ausgesagt, dass sie noch zwei Piccolos samt Gläsern mitgenommen hatten. Und dann ist es passiert. Die Männer haben sich noch nicht einmal die Mühe gemacht, sie anschließend in ihr Zimmer zu bringen. Sie haben sie im angrenzenden Ruheraum einfach liegen lassen.«

»Aber das wurde nie bewiesen.«

»Wieso auch. Das Mädchen ist irgendwann im Morgengrauen aufgewacht. Eine Putzfrau, die früh am Morgen zur Arbeit kam, berichtete von einer jungen Frau, die sie am Boden fand und die, nachdem sie sie geweckt hatte, weinend und wirres Zeug redend im Aufzug verschwand.«

»Und dann hat sie sich von der Klippe gestürzt?«

»Es wurde nie geklärt, ob es ein Suizid oder ein Unfall war. Ein Sturz von der Abbruchkante auf den Strand ist zwar gefährlich, aber er muss nicht tödlich verlaufen. Pamela prallte mit dem Hinterkopf und dem Nacken auf einen großen Findling, der am Fuß der vom Meer untergespülten Steilwand lag. Aber Unfall oder Selbstmord, für mich spielte das keine Rolle. Die beiden waren schuld am Tod meiner Schwester.«

»Und Sie wollten sie bestrafen.«

Suchend blickte sie um sich. Dann stürzte sie urplötzlich auf ihn zu und zerrte am Reißverschluss seines Anoraks.

»Lassen Sie das! Was wollen Sie?«, fragte er irritiert und voller Angst.

»Nehmen Sie unser Gespräch auf?« Sie klopfte ihm mit zwei, drei derben Schlägen den Rücken ab.

Er lächelte unsicher, öffnete den Anorak und nahm für einen kurzen Augenblick Schal und Mütze ab. »Sie können mich gerne durchsuchen. Ich habe mir kein Mikro auf die Brust geklebt.«

Sie musterte ihn skeptisch und sagte dann: »Das, was ich Ihnen jetzt erzähle, wird ohne Bedeutung bleiben, denn in Wahrheit haben Sie überhaupt nichts gegen mich in der Hand. Nachdem die Ermittlungen gegen Heininger und Schuster im Sand verlaufen sind, wurde mir klar, dass ich was tun muss. Aber es hat einige Zeit gedauert, bis ich mich zu diesem Schritt durchringen konnte. Ich bin keine Killerin.«

Sie schaute ihm das erste Mal ins Gesicht und sprach dann weiter: »Man ist hin und her gerissen. Man kommt ins Grübeln, man wankt, man zaudert. Aber das ungebrochen arrogante und unverschämte Verhalten, dass die beiden an den Tag legten, hat den Entschluss langsam reifen lassen. Dazu kam, dass mich Heininger mehrmals auf impertinente Weise angemacht hat.«

»Frank Heininger haben Sie in der Nähe des Hauses Ihrer Tante in Nachterstedt ermordet. Und dann ließen Sie die Leiche im Concordia-See verschwinden. Warum so umständlich? Sie konnten dort ja jederzeit von jemandem gesehen werden.«

»Die Idee kam mir, als ich durch die Generalvollmacht für meine Tante die Gelegenheit erhielt, das Haus noch ein letztes Mal zu betreten, um noch einige Wertsachen zu bergen. Letztendlich bin ich gar nicht hingegangen, denn wenige Tage vor dem festgelegten Termin rief sie mich an und teilte mir mit, sie wolle nichts mehr aus dem Haus. Jedes Erinnerungsstück würde den Schmerz über den Verlust nur noch vergrößern. Meine Tante ist schon recht hinfällig. Sie hat die Tatsche, dass sie ihr geliebtes Haus niemals mehr betreten kann, bis heute noch nicht verarbeitet. Ich kenne dort seit meiner Kindheit jeden Grashalm und jeden Schleichweg. Das war kein Risiko. Im Gegenteil, Heininger war ein Typ, der wäre für einen ungewöhnlichen Fick zu allem bereit gewesen. Und als ich ihm gesagt habe, man könnte in diesem geräumten Siedlungsgebiet in einem vollständig eingerichteten Haus, das aller Wahrscheinlichkeit von niemandem mehr betreten wird, mal ein Nümmerchen schieben, ist dem nur noch der Geifer aus den Mundwinkeln gelaufen. Und dass sich das Ganze auf einem Gelände abspielen sollte, das jederzeit in die Tiefe brechen konnte, war für ihn ein zusätzlicher Kick. Der hat auf nichts geachtet. Zumal der ja schon vorher ein paar Mal erfolglos versucht hat, mich anzubaggern.«

»Und die beiden hatten keinen Verdacht, dass die Schwester von Pamela nicht irgendetwas gegen sie im Schilde führte?«

Sie hatten den geschützten Weg hinter sich gelassen und näherten sich nun wieder dem Ortscingang von Boltenhagen. Auf der rechten Seite schloss ein Mann seine kleine Imbissbude, die auf handgeschriebenen Werbetafeln mit frisch geräuchertem Seefisch lockte. Heute würde kaum mehr jemand kommen. Leichter Nieselregen hatte wieder eingesetzt. Ihr Weg führte sie hinunter zum Strand. Nahe am Wasser konnte man sogar ganz passabel gehen.

Zwei Schwäne schwammen inmitten eines Pulks kleinerer Wasservögel.

Franka Stecher blieb stehen. »Die hatten nicht die geringste Ahnung, dass ich die Schwester von Pamela bin. Pamela war in ganz jungen Jahren schon einmal verheiratet gewesen. Sie hieß mit Nachnamen Beer und nicht Stecher. Außerdem hatten wir kaum Ähnlichkeiten. Ich bin ja erst von Leipzig nach Magdeburg, nachdem das mit Pamela passiert ist.«

»Um an die Verantwortlichen ranzukommen?«

»Die eitlen Pfauen hatten doch jede einigermaßen gut aussehende Frau, die in der Szene auftauchte, sofort auf ihrer Abschussliste. Schon als ich das zweite oder dritte Mal im ›Three Lions‹ gewesen bin, war der Wettbewerb zwischen Schuster und Heininger eröffnet. Es ging um eine schlichte Zockerei, darum, wer mich als Erster auf die Matte legt. Das war ein Kinderspiel.« Sie lachte aus vollem Hals. Es klang beinahe fröhlich.

»Und wie haben Sie das in Nachterstedt angestellt? Schließlich ist das Gelände doch bewacht.«

Sie lachte erneut. »Ich sagte doch bereits, dass ich da jeden Grashalm kenne. Vorn sitzt ein Wachmann im Auto, der kommt doch gar nicht dorthin, wo das Haus meiner Tante steht. Wir sind seitlich über Trampelpfade eingedrungen, die ich schon als Kind durchstreift habe. Das Auto habe ich auf dem Parkplatz eines Gebäudes abgestellt, das am Ortseingang seit Langem leer steht und langsam verfällt. Heininger hatte gar keine Chance. Ich musste ihm nicht einmal in die Augen sehen. Es hat sofort kapiert, dass wir im Haus meiner Tante kein Licht anmachen durften. Zwei, drei Schluck aus der Pulle, noch ein bisschen knutschen, was das Widerlichste bei der ganzen Sache war. Und noch ein paar Versuche von ihm, mich gleich zu befummeln. Aber das ließ als Erstes nach. Dann noch ein paar Minuten warten, bis er sich nicht mehr rührte. Wenn man das Gesicht des anderen nicht sieht, fällt es viel leichter, ihn zu erdrosseln. Im Schuppen steht immer noch ein einachsiger Fahrradanhänger, den mein verstorbener Onkel für seine Angelei verwendet hat. Es war kein Problem, Heininger damit bis an die Stelle zu bugsieren, an der ich das Boot angebunden hatte. Die größte Schwierigkeit bestand darin, den Kerl vom Boot aus ins Wasser zu werfen, ohne dass es kenterte. Die Dolle und die anderen Gewichte waren ordentlich befestigt. Das lief alles problemlos. Den hätte man nicht gefunden.«

»Dass da einer in der Verbotszone taucht, war nicht zu erwarten.«

»Das war einfach Pech. Ich kenne den Konopke sogar. Der wäre wahrscheinlich sogar auf meiner Seite gewesen. Wenn der zwischen seiner Taucherei mal ein paar Wochen zu Hause war, hat der ab und zu meiner Tante was repariert. Mein Onkel war lange krank, ehe er starb. Wenn der gewusst hätte, dass die Leiche da wegen Pamela lag, der hätte nicht die Polizei informiert. Dessen bin ich mir sicher.« Sie stockte und murmelte: »Fast sicher.«

Über dem Wasser konnte Bröckle eine dunkle Linie erkennen. Sie näherten sich langsam wieder dem Anlegesteg. Rechts vom Strand tauchte das Seehotel auf, dessen Silhouette wie eine Trutzburg in den diesig-grauen Himmel ragte.

»Wie sind Sie eigentlich in das Gartenhaus von Frau Schlosser gekommen?«, fragte der Alte. »Hatten Sie einen Nachschlüssel?«

Franka Stecher sah ihn mit einem verschmitzten Lächeln an. »Es gibt noch von früher, als Bankraub noch als gehobene Form der Kriminalität galt, so einen Szenespruch: ›Ein guter Bänker ist auch ein guter Schränker‹. Noch nie gehört?«

xxx

»Erfahrungen sind Ersparnisse, die ein Geizhals beiseite legt. Weisheit ist eine Erbschaft, mit der ein Verschwender nicht fertig wird.«

(Karl Kraus)

Einige Wochen später …

… gab Dr. Möbius seinen abschließenden Bericht ab. An dem im Concordia-See in Ufernähe versenkten Ruderboot, das eine systematische Suchaktion zutage gefördert hatte, befanden sich keinerlei verwertbare Spuren. Im Rahmen einer akribischen Durchsuchung des leerstehenden Hauses im Nachterstedter Sperrgebiet war eine weitere Dolle eines Ruderkastens gefunden worden, die offensichtlich baugleich mit der war, die man zur Beschwerung der Leiche verwendet hatte. Die Mitarbeiter der Spurensicherung hatten zudem zwei Haare gefunden, die aufgrund des verwendeten Färbemittels auf Franka Stecher schließen ließen. Eine genetische Zuordnung war allerdings nicht möglich, da es sich um Haarbruch ohne Wurzeln handelte. Auch eine genaue Inspizierung eines alten Fahrradanhängers, in dem laut Aussage von Gotthilf Bröckle die Leiche vom Haus zum Boot transportiert worden sei, lieferte nichts Verwertbares. Eine weitere Untersuchung von Sigmunde Schlossers Gartenlaube erbrachte nichts Neues. Franka Stecher stritt unverändert beide Verbrechen ab. Ein aufwendiger Indizienprozess bahnte sich an.

xxx

… schrieb eine der Empfängerin unbekannte Radomila Conwald an Veronika Meinecke-Sieber: »*Hier eine Eilmeldung, die Sie nicht außer Acht lassen sollten. Die umweltgerechte Entsorgung von Haus- und Industriemüll sowie von Sondermüll bietet im 21. Jahrhundert nahezu unendlich große Geschäftsfelder. Die in Osteuropa tätige Gesellschaft IHP Phoenix Holding AG mit Sitz in der Schweiz betätigt sich genau in diesem äußerst lukrativen Geschäftsfeld, um sich einen Anteil an diesem riesigen Markt zu sichern. Fazit: Diese Aktie wird sehr stark anziehen!*« Veronika Meinecke-Sieber verfiel in ein lautes, schrilles Gelächter, das gar nicht enden wollte. Sie zerriss den Brief in kleine Schnipsel, warf sie in die Höhe und ließ sie über sich herunter regnen.

xxx

… erhielt Professor Dr. Jens Sieber ein Schreiben des Rektors der Börde-Hochschule, in dem dieser ihm mitteilte, dass nach der erfolgten Einstellung des gegen ihn, Sieber, gerichteten staatsanwaltschaftlichen Ermittlungsverfahrens keine Veranlassung mehr vorläge, ein Disziplinarverfahren einzuleiten. Einen Moment dachte er darüber nach, gegen Dr. Alexander Maul und die Rechtsnachfolger von Harald Schuster wegen der Ukrainegeschichte eine Verleumdungsklage einzureichen. Mit der Überlegung, es ab jetzt ganz ruhig angehen lassen, verwarf er diesen Gedanken und beantragte noch am selben Tag ein Forschungssemester, in dem er über den Einfluss des sozialistischen Realismus auf die Filmkunst der DDR forschen wollte.

×××

... nahm Professor Gönning-Pfister Nele Westkamp in einer lautstarken Auseinandersetzung, in der zwei wertvolle Vasen und Neles Prada-Sonnenbrille zu Bruch gingen, die Hausschlüssel ab. Zwei Tage danach beschloss er beim morgendlichen Abtupfen eitriger Risswunden, die Nele ihm mit spitzen Nägeln auf der linken Gesichtshälfte zugefügt hatte, ein Forschungssemester zu beantragen, in dem er ein Filmprojekt über die Gründe der hohen Qualität des tongalesischen Rugby-Spiels zu realisieren gedachte.

×××

... kam es über die Frage, ob der Antrag des Kollegen Sieber oder aber der von Gönning-Pfister vorrangig zu bewilligen sei, zum Streit am Fachbereich ›Medien und Medienwirtschaft‹ der Börde-Hochschule. Ein Patt bei der Abstimmung im Fachbereichsrat machte die Lage noch verworrener.

×××

... kam Claus Müller aus der Reha zurück. Er war allerdings weiterhin dienstunfähig und lebte in großer Verbitterung darüber, dass nach anfänglicher, wohl durch den Schreck über seinen Infarkt hervorgerufener Zuwendung kaum noch einer der Kollegen sich bei ihm meldete. Zu seiner ganz großen Enttäuschung hatte selbst

Heinz Bertram nur noch selten den Kontakt zu ihm gesucht. Er beschloss, einen Antrag auf vorzeitige Pensionierung zu stellen.

×××

… erhielt Ursula Seliger einen privaten Anruf von Eulalia Duran.
»Rat' mal, was ich demnächst machen werde?«, fragte diese nach einer überschwänglichen Begrüßung.
»Keine Ahnung. Arbeitslosengeld beziehen?«
»Du gehst aber pessimistisch an die Dinge des Lebens heran.«
»Das bringt mein Beruf so mit sich.«
»Stell dir vor, ich werde in Malgrat de Mar eine Cocktail-Bar eröffnen. Und weißt du, womit ich das finanziere?«
»Keine Ahnung.«
»Frank Heininger, dieser Schwerenöter und Lustmolch, hat wenigstens eine einzige gute Idee in seinem kurzen Leben gehabt und mich als Erbin eingesetzt.«
»Muss man da nicht eher ›mein Beileid‹ als ›herzlichen Glückwunsch‹ sagen? Ihr seid doch pleite.«
»Die Firma schon, aber nicht der Privatmann Heininger.«
»Muss der nicht sein Privatvermögen einsetzen, um die Anteilseigner wenigstens teilweise zu befriedigen?«
»Muss er nicht, denn schuldhaft hat nicht Heininger gehandelt, sondern der Privatbankier Rittberger. Ich habe mir aber vorgenommen, dass alle Touristen, die sich als Geschädigte des Deutschen Beamten Fonds ausweisen können, bei mir einen kostenlosen Begrüßungs-Cocktail erhalten werden.«
»Dann ist ja alles wieder gut, Schätzchen. Ich werde dich mal besuchen.«

×××

… las Hauptkommissar Bertram im Wirtschaftsteil der »Volksstimme«, dass die Öko Consult GmbH eine neue Geschäftsführung hatte. Neben Dr. Alexander Maul war Karin Krüger-Notz zur neuen gleichberechtigten Mitgeschäftsführerin und damit zur Nachfolgerin für den »auf so tragische Weise ums Leben gekommenen« Harald Schuster berufen worden, nachdem sie im Streit mit Kommanditisten und ihrem gleichberechtigten Mitgeschäftsführer Harald Gleiter aus der Magdeburger Neue Energien ausgeschieden war.

xxx

… war einem weiteren Beitrag derselben Ausgabe der »Volksstimme« zu entnehmen, dass die Öko Consult GmbH plante, neue Anteilsscheine des Windenergiefonds Haldensleben GmbH & Co. KG auszugeben, um »frischen Wind in einen Fonds mit Zukunft zu bringen«.

xxx

… legte die Magdeburger Neue Energien einen neuen Prospekt auf, in dem sie für »ein gleichermaßen zukunftsträchtiges wie ertragsstarkes Windparkprojekt im Harz« warb. Ab sofort könnten Fondsanteile gekauft werden.

xxx

… blätterte Gotthilf Brockle in der neuesten Ausgabe der »Zeit«, die er hin und wieder durchsah, ehe er sie für den in den USA weilenden Aron Winter neben dessen Schreibtisch stapelte. Er hatte grob überschlagen, dass er die Wohnung des Professors so lange nutzen konnte, bis der Zeitungsstapel ein Drittel der Schreibtischhöhe erreicht hatte. Und das war bald.

Nachdem er die politischen Einschätzungen auf den ersten Seiten überflogen hatte, stieß er beim Umblättern auf eine doppelseitige Anzeige der im Finanzverbund der Volks- und Raiffeisenbanken tätigen Union Investment. Ein Paar war abgebildet, das sehnsüchtig in Richtung einer massiven blauen Tür starrte, die in paradoxer Weise aus dem weich gezeichneten Landschaftsbild herauswuchs.

»Treten Sie ein und kommen Sie Ihren Wünschen ein Stück näher!«, lockte der Text.

»Des nimmt koi End' mit denne Hütlesspieler«, murmelte der Alte, »aber so isch's halt, d'Gier brütet Schwäne aus faulen Enteneiern.«

×××

»Hoffen wir eigentlich noch auf irgendetwas? Außer auf das Ende der Wirtschaftskrise?«

(Michael Jäger)